跨度新美文书系

*Kuadu Prose Series*

跨度新美文书系
Kuadu Prose Series

Shan De
Nabian Shi Hai

# 山的那边是海

桑新华 ◎ 著

中国文史出版社

# 目　　录

## 第一辑　欧洲行

1

## 第二辑　美洲行

## 第三辑　非洲行

## 第四辑　澳洲行

# 发现旅行（自序）

　　求新求异是人的本性，交往与沟通是人生存的需要，旅行则是人们展现这一本性、实现这一需要的基本而便捷的途径。时至今日，社会文化的发达，经济全球化的趋向，以及人主体意识的增强，使我们进入一个旅行的极好时代。

　　先贤们早就说过："行万里路，读万卷书。"世界就是一本书，不出门旅行的人，只能读书中的一页。越来越多的人认知到了这一点，也就不再仅仅为了谋生，而是不需要什么理由便迈出人生旅行的第一步，自觉自愿又自由自在地投入到旅行行列中去。

　　家居的乏味和如期而至的假日意味着旅行的召唤和邀请，以回归的夙愿接过邀请，走进大自然，抖落蜗居的焦虑，去寻找世界面目的本真，寻找个性与永恒。城市本来就是人造品，人造品容易被复制，复制品往往雷同。只有大自然造化的万物，一个生命个体一张面孔、一种个性，谁都不能找到完全相同的两片叶子、两只小鸟，自然自在、千姿百态让欣赏者心情愉悦、耳目一新。人们并不是都想当艺术家，多数人只是想从自然界求得一点精神上的抚慰、艺术上的享受，换个环境换种心情，做一次心态的补给和调整。仰望雄山可使人生发豪迈之气，品味秀水可使人滋润可人的柔情，凝视花木荣枯或潮汐消长可悟到生生不息的生存恒力。从这一意义上说，旅行最能给人以新的感觉、新的力量、新的生活内容。

　　远足异国他乡，置身于一片崭新的天地，从而领略不同地域的不同

1

风景、不同国家的不同习俗、不同族群的不同个性，拓展了视野，增长了见识。在天涯海角又结识了新的朋友，岂不是人生一大快事？于是得到了新的满足、新的提升。

人在旅途，身心放松，放松的人往往和善，和善的人容易亲近，容易沟通。由此，同乘一列车、同渡一条船的旅伴也可互诉衷肠，成为不相忘的朋友，这就发挥出了旅行的主题——人文关怀的特殊效能。当然，万事出门难，长途跋涉难免遇到困顿和劳苦，正是这些劳顿磨炼意志，锻炼体魄，成为旅行的一个部分。只要不发生意外，都应在收获之中。

我在旅行行列之中又属例外，只是由于工作原因，或外事访问，或文化教育考察，或某种交流合作而跨出国门，到各国各地去辗转，去奔波，带着不同的任务，采用不同的方式，收获了不同的经历、不同的心境。

乘飞机从北京到洛杉矶，再从迈阿密到圣保罗，几万里只在日出日落间，让人不能不感受到浩渺空间在现代化面前的缩小，体验出那种只有人类才具备的伟大创造力的自豪。在迈阿密湿地小河里乘坐悬浮式游艇，算个插曲。当遥望钥匙链岛（海明威夫妇命名它为"天堂岛"），想象海明威面对疾病的折磨，对自己举起手枪的那一刻，谁能不感到以死亡使生命拒绝平庸，坚守住只属于人类的伟大至尊，与《老人与海》的坚韧人生同样壮丽！从慕尼黑到萨尔茨堡，再沿阿尔卑斯山麓到威尼斯，坐上汽车去欣赏连绵千里的雪峰、掩映在苍松翠柏间的鲜红尖塔，不能不被仙境般的美景所陶醉。二十世纪九十年代初，河内还没有公交车和"的士"，坐上车厢在前蹬车人在后的"三轱辘"，用刚学来的几句越语与车夫打个招呼，双方在对视的微笑里，消融了多少相互的隔膜，平添了多少沟通的亲切。到埃及是省略不掉尼罗河的，到尼罗河里，自然要撑一撑古老的小舟，抹一把溅过来的混浊河水，看一看岸上独一无二的死人城，听着不时传来的做礼拜的钟声，又让人恍然回到过去，感受时空的绵长与历史演进的缓慢。身处帝王谷，仰视法老万年不变的威严面孔，想起美、日的现代，荷兰的前卫，不由得感慨这个大千世界多种意识形态、多种生活方式并存的奇妙与包容。《哈姆雷特》读过多遍了，亲临丹麦哈姆雷特宫，倾听剧情原型的真实故事，仍有那种莫名的激动。目睹万象塔銮下，带着家中所有钱物，在潮湿的草地上席地而卧，夜以继日地排长队，等待礼拜和贡献的人群那份无可比拟的虔诚，再也弄不懂究竟是人创造了宗教，还是宗教创造了人……

还有澳洲嬉戏的袋鼠和考拉，约旦民间艺术的绝活——沙画，利比亚丰富的资源，伊斯坦布尔东西文化交汇的果实。观察，交谈，记录，拍摄，回来后整理，保存。总想用一片又一片美丽的风景，一段又一段新奇的故事，一个又一个只因毫无利害关系而轻易走近对方精神构架的朋友，来充盈自己单调而局限的人生，在尽职尽责地扮演好所担当的社会角色之余，努力去把握另一种充满情趣、富有生机的生存。

具象的记忆面对时间的冲刷终归无奈。况且肩负任务出行，无疑属于繁忙而艰辛的那一种，每次临行前都要做一大堆的准备，每一行程中都有一连串的公务，一路的好风景来不及细琢磨。易淡忘的是浮光掠影，易倦怠的属艰辛旅行，出门多了自然挡不住家的诱惑，一旦回到家中，拾起那些日复一日平静而平淡的日子，旅途中所见过的人、所经过的事，各地的人文景象就会混作一团，难以清晰印记了。然而，正是这种似曾相识的模糊状态，使我感觉到由它们汇集成的那种多彩、生动、深厚、辽远，正强烈地撞击着我的思维，已注入我早习惯了的生活中去。它们的确超出了我以往已知的范畴，它们以一种陌生和挑战的姿态，警醒我去发现原有视野的狭小、思维的单一，进而懂得：僵化的思维、狭窄的视野会扼杀一个天才，窒息一种文化，甚至葬送一个种族，人只有在不断拓展的认识中才能实现自我提升，才能为刻板而乏味的生活不断注入鲜活的生机。猛然间想起了拉尔夫·克劳肖说过的话：旅行可以拓展我们的思维。这种拓展不是来自于旅行中那些直接收获的大量让人耳目一新的东西，而是来自于我们亲身体会到的他人与我们做事方式的不同。在此之前，我们总认为只有自己的做法是正确和唯一的。

真有意思，旅行以一种充满未知的魅力，激起人们不倦的向往，不停地前行；而当一个人跑遍世界去寻找自己需要的东西时，又总是觉得两手空空，直至回到家中，在不知不觉中，才发现已经把它找到。

原来，旅行的收获，并不只在旅行本身。

深层次的、真正属于自己的收获，是在见闻、取舍、吸收、调整之后所形成的新的见识、思维和行为。

人生就是一场旅行，一场无法取代、无法改变、无法预知未来的漫漫长旅。哪一个人不想使自己的人生之旅畅顺而精彩？哪一个人又能够避免人生长旅中因局限而造成的种种缺憾？为了使我们的人生旅程中少一分缺憾，多一分丰饶，就应该脚跟站稳在祖国，把目光投向世界。

这本册子尽管简陋且少艺术水准，它还是诚恳而小心地延展开一幅四十个国家与地区的缤纷画卷，娓娓述说五大洲中这些颇有代表性的国家的人文与风情，在倾心于理性思考的同时注意其知识性和趣味性，而且还保留下我亲身经历的原汁原味的真实。或许，这多多少少会成为你目光的引领。

# 还是有点文化好（再序）

　　人是大地的过客，人生是一场旅行。人生之旅大体是个常数，而漫漫行程中，不可避免地遇到许多超常。超常靠一个人内在力的支撑来跨越，生命就在跨越超常中得以延伸，得以提升，走向永恒。

　　我的人生之旅是平常而平淡的，与同龄人相比，只是多了些逼仄与坎坷。呱呱坠地，等待我的是欲夺生命的贫困与疾病，是养父母把我从死亡的边缘线上捡回，他们待我超过了对待自己的生命。特别幸运的是，这两位目不识丁的庄稼人，以"穷不丢书"的质朴心理，竭尽全力地供我上学读书，正是这一点改变了我的一生，也照耀了我的一生。回首走过的路，我无法用语言来表达对父母的感恩，是他们递给我一张珍贵的门票，让我拿着它，去寻找那个使灵魂得以宁静的空间，寻找大千世界上那个属于自己的位置，踏实而从容地迈动人生长旅的步伐，在慢慢接受文化知识的过程中，渐渐习惯了接受这个世界。

　　走上社会，工作几经变动，每次都有些跨度。不惑之年的时候，我开始面对一个崭新而陌生的岗位——基层的外交官。接到任命之始，不由自主地想到了让外国人不得不敬服的外交伟人周总理，还有面对豪强大声说"不"的陈老总，以及在联大会议上开怀大笑，连地球都为之打战的"乔老爷"。就在他们的谈笑声中，打开了一个个交往的国门，长了我中华人民共和国的威严。他们是万众仰视的大人物，居庙堂之高，我一介平民书生，处基层之微，居然由工作连成了一条线，实属两个极端。而工作的分量与责任不会因身处基层而减轻分毫，茫然不知所措中又添不安的惶惑。要做就应做好，愧对才是无可弥补的缺憾，我带着这不变的信条，凭借唯一的资本——学习，前去赴任。

上帝被称为造物主，是因为他创造了光、空气、水、草、树木、人等等无以计数的万物，而唯一不能被创造出来的，是属于形而上的文化知识，还有智慧与灵性。天底下怎能够没有文化与智慧呢？没有了文化与智慧就等于没有了山脉，而一个人的灵魂不想永远地匍匐就需要高度，就需要依靠文化与智慧这一动力，站起来，去自主地选择一个真正属于自己的人生，一步一步地向自己生命的高峰攀登。于是，我又一次翻开了一本本崭新的书籍，以文化知识为行李，迈出国门，去读书，读人，读一个精彩的世界。

原来，生活为我再一次敞开的是一扇汪洋恣肆的大门，各国各地多彩的历史文化，迥异的社会制度，各自坚守的信仰，千姿百态的风土人情、生活习俗，还有当今社会激烈竞争与迅速发展中此消彼长的涌动。太大的变化，鲜明的对照，使我目不暇接，心驰神飞。白天里不停的脚步，匆忙的身影，去领略千万座大山千万种姿态，千万条江河千万种风情；去感受各国朋友同样的热情之外，或严谨或高傲或温和或浪漫的不同个性；去阅读欧洲的古老、美洲的年轻、澳洲的美丽，还有同是东南亚，海岛上的现代化与腹地的原始性。夜幕降临了，欢宴也散去，迫不及待地坐下来，挥去连日奔波的疲惫，召回做自己主人的坦然，披一缕星光，对一盏灯烛，握一支笔，洁白的纸张铺展开来，在暂且阻遏滚滚红尘的孤清空间里，开始梳理纷繁的记忆和感受，以一种神圣的皈依感，投入到庄严的思索中去。此时此刻，身处古堡式的驿站还是"民泊"，寺院旁的邻舍还是摩天大厦，都已无关紧要，要紧的是回眸人类走过的路程，审视现今社会存在的种种形态，从文化那些基本因素，诸如生命哲学、社会体系、价值体系、教育体系、家庭体系等方面，去比较东西方两种文化的截然不同却又绝不意味着势必冲突，更不可能出现一种文化胜利另一种文化则消失，甚至选择一种文化来凌驾于另一种文化的结果。相反的，在不同文化间的彼此尊重、彼此影响、彼此接受中，新世纪的世界文化更加明显地体现出相融性中的多样化。梳理亚太地区各国各地在文化本质上的认同与现实发展上的差异，来感受各国的文化在以接触异质文化为发展机会的同时，都在以自己独特的方式演变，始终没离开多样化中的同一性这一轨迹。由此思索，当今的世界文化作为一个整体，在走向同一性的潮流中，另一种朝着个人化的反向潮流也在形成，正是在两种潮流的交汇中去接近全球化、多元化这样一个重大命题。也无可避免地苦思曾经辉煌的神州，在当今应张扬的理性和要付出的艰辛，然后把这一段段心灵苦航的过程记录下来，呈献给世人，以期共同去求索对人生大自在、生命大美丽的认知。同时，在思考与整理中洗礼并提升了灵性，使原来被沧桑碰撞的麻木了的心智还原为敏感与清醒，从而滋生起一种对人世深深的眷恋和由衷珍视的激情。

各国各地的友人到泰山来了，我仍以中国式的坦然和传统的文明去面对，用文化、用挚爱去沟通、去消融彼此的陌生。富起来的日本人语言更金贵了，程式化的弯腰鞠躬使空气都为之凝固，一则联系两国文化渊源又不失尊重的历史掌故，终于打破不合时宜的僵局。泰国的公主诗琳通来了，尽管平易却不失王室要员的尊贵，好学的公主走一路记一路，当她为浩瀚的泰山文化难以详记而黛眉微颦之时，我把自己撰写的泰山专辑书稿送上，赢得了公主慈祥的笑容和破例伸出的手，彼此相握。法国市长兼董事长的优雅风趣，丝毫无损经济合作场上的精明，洽谈中，一份中国市场调查的详细报告，一幅中方合作方式的图解，使他的惊喜冲淡了疑虑，学养深厚的中国式的谈笑风生赢来了他对中国基层小吏的刮目相看。高傲、严谨、绅士，依然最属英国，作为学者型的大使，慈祥的面容也遮不住心理优越的惯性，在关于泰山文化、汉字起源的交谈中，那种情不自禁的咄咄逼人，似乎要把人连同整座山都压下去。泰山人自有泰山人的品格，泰然自若而又有根有据的回答，最终使那缕不经意的微笑绽出仲春艳阳般的灿烂，面对他因满意而微微倾来的高大身躯，始终昂着的头颅里掠过了不知哪位诗人曾经的诗句：

当我带着满腹知识站在你的面前
你不能说我一无所有
你不能说我两手空空

以中国悠久的文化留住了本应属于中国人的尊严，在享用文化的过程中感受到拥有文化的幸福与自豪。这种人生高峰的体验使我真切地意识到，尊严比成功更重要，幸福比富有更具价值，而充实头脑丰富思维远远比满足肠胃填充欲壑有意义得多。人只有迈向博学智慧，才会获得永恒的富有和美丽，而获取文化知识恰恰是一个人精神上的自由选择，是一种生存的状态。文化知识于我，不过是在人生长旅的漫漫浩空里，以毕生精力去仰视才收获的一缕星光。星光虽微，终不会熄灭，它照彻我内心的世界，牵引着我驱散过眼的云烟，走向灿烂的黎明。我珍视自己的选择，我曾为这种选择去翻山越岭而不计成败，也不会为因此而失去的那些后悔。因为我还懂得，当造物主给你一些的时候，必定会取走另一些，自然法则的平衡定律就是这样。

埋头书稿，偶然抬头，看见窗前的扶桑，那枝高擎了多日、火炬一般的花蕾终于绽开了，开得那么酣畅，那么硕大，那么红艳，喷薄而出的是生命不熄的激情，映耀得每一片叶子都闪烁出绿意葱茏的光泽，整个地透过来一种诱人的大气和堂皇。我懊悔自己不经意中忽略了如此的壮丽，我知道这种由国外杂交优化培植的扶桑，科技肥硕了它的花朵，却还不能延长它盛开的期限，只好以"只恐夜深花睡去"的情怀，屏住呼吸去凝视，去解读。多想再看一会儿，谁知片刻之后，花瓣慢慢地闭合了，萎缩了，花株似乎倾其生命里所有的力量来绽放，给人间留下瞬间的辉煌，使惊呆了的看花人猛醒：花的景象不正是人生的景象？尽管短暂，却曾辉煌，正是由于这辉煌的瞬间，花与草才有了本质的分界，花才从此永远地超拔于芸芸的草丛了。

轻抚手下的书稿，不必再为其稚嫩而羞涩，它毕竟是我生命河流中的一朵小花，它令我释然，它使我欣慰。

# 第一辑

# 欧 洲 行

# 深秋踏雨访英伦

说不清是什么原因，我对英国久怀一种特殊的好奇心，英国于我有一种强烈的吸引力。时值新世纪之初，欧洲《申根协定》成员国只缺了英国和爱尔兰，恰恰是这个大不列颠及北爱尔兰联合王国直率地宣称：国门绝不会轻易向外界敞开。愈加显其神秘，令人困惑。此次，我们因寻求友好与合作而访问成行，最想知道的是这个曾经给世界巨大影响的岛国，关闭的国门里紧紧守护着的究竟是什么？给我这初访者的第一印象又会是什么？

## 雨中难识伦敦面

金秋十月访英，此时此地该是初冬了，因为拜伦早就下了结论：英伦的冬季，终于七月，始于八月。不过不必担心，在这个受大西洋暖流影响的高纬度国家里，四季温差不大，全年降雨量充沛而均匀，倒有"一日之中有四季，雨晴搅成一团麻"的奇特景象，难怪有人说它"晴时多云偶阵雨，瞬即阳光又普照"，刚刚靠近就感受到了这一点。

午时从北京登机，追着太阳西行，当地时间十八点抵达伦敦，已到了夜晚。刚才，还眼看着那枚落日浸泡在锦艳的流霞云海里，此刻地面天气预报却是阵雨。

飞机在降落，我们迫不及待地眺望这座闻名于世的大都市。雾都无雾，夜幕下，雨帘中，一片灯海清晰灿烂，条条马路上奔驰的汽车汇成条条流动的灯河。再细看，竟发现没有一条道路是笔直的，这些数不清的东拐西弯的道路交织起来，酷似一张八卦形的大网，密密实实地罩住了整座城池。同机回英的一位侨胞告诉我们："在这里，道路围着房屋转，有法律规定修建道路时不允许拆除原有的建筑物。而且建房屋重内部设计，不重外表装饰，他们很务实呀。英国是马克思唯物主义的发源地嘛。"同胞的目光温和而热切，我们相视无语。要下机了，来不及思索那些重大的课题。

下机穿过长廊，在机场服务人员的热情帮助下出了海关。候机大厅里，众多航班换领登机卡的窗口前都排着长长的队伍，唯有排在起头的两个窗口前空无一人，留下又长又曲折的低栏连着绳子，让人回忆昔日排队的拥挤。问过才知道是飞往美国的航班，心头不禁为之一震。深受"九一一"重创的航空业和旅游业，还有箭在弦上的军事打击，在这里我们有了更切实的体验。

走出机场，迎面扑来一股潮湿阴凉的气息，绵绵细雨消隐了近楼远景，只有高高低低多姿多彩的灯，像雨夜的眼睛，给人以暖意。承载我们的车，灯只能照出丈许，再远处，浑然一张中国水墨画，浅浅淡淡，混混浊浊，什么也分不清，倒是给初来乍到者留下发挥想象的余地。下榻在西区泰晤士河畔的科顿广场附近，离机场不远，途中用餐，总共不到半个小时，谁知道走出店门，已经雨过天晴，仰望净空，湛蓝幽深，星光灿烂，我们总算领略了伦敦天气幻化的神奇。

第二天，仍是个乍雨乍晴的天气。大家刚在餐桌前坐下，一位同事小声地说："昨晚从头上飞过的飞机，一分钟一架，整夜都是这样，是不是与军事打击有关系？"另一位又说："窗后铁道上，怎么一夜都没有火车通过呢？"原来大家都不曾入睡，而且并不只是为了泰晤士河里的涛声。接待我们的汪小姐快人快语："咳，希思罗机场一直都是这样。倒是全伦敦地铁的员工为福利待遇，后天要举行大罢工。英国经济越滑坡，这类事越多，人们都习以为常了，不用担心。今天日程满，餐后抓紧行动吧。"是啊，今天我们要前往中国驻英国大使馆拜会，随后去以自由演讲闻名的海德公园，还有格林尼治天文台、圣保罗大教堂、塔桥、伦敦桥……顾不得天气，我们穿梭于城中。

伦敦自有伦敦的气派：古老、庞大、庄严、凝重，历史文化的气氛很浓很浓。遍布的古迹、雕塑、大教堂、皇家宫廷府院，把整个城池装扮成一座宏大的历史博物馆。还有各式的广场、园林、金融城、商业街、富人区，让每一个踏上这块土地的人，都能感觉出它昔日的辉煌和现代的文明，感受到它在用一种深沉的力量紧紧守护着本属于它而不该失掉的东西，即使把它混在众多的欧洲名城里，也能让人一眼认得出。从大街小巷到角角落落都可窥见历尽千百年风霜的印痕，从每一处古迹、每一尊雕成永恒的塑像、每一队出入于皇宫的近卫骑兵，到一个个高大建筑物前面窄小的门头，一辆辆黑色的出租老爷车、赤红的双层大巴士，都包含着一段幽深的故事，随时随地都可拾捡起昔日大帝国曾遗落的好梦。于是梦中的绅士们，从里到外透着高贵，冷峻而洒脱地出入于咖啡厅，悠闲而缠绵地陶醉于下午茶。这里的第一太多了！自世界工业革命以来，哪个领域里不曾有大英伦崭露的头角？金融、股票、航运、天文、地理、教育，还有蒸汽机、钟表、地铁，连现代足球都是在这里发源。如今，第一只克隆羊、第一批人心猪又是从这里产生。英国人是富足的，应该自豪，值得骄傲。然而，什么都有了，富足而高傲的英国人，还用得着再为生活去奔波、去操劳吗？

车子在行进，置身其中，更知道了街道的弯曲和狭窄，这样的街道两旁还停满了车，加上雨天不见太阳，我们简直进入了迷宫，别指望分清东西南北。好在司机都遵守交通规则，礼貌行车，堵车较少，不耽误我们看两旁的风景。熙熙攘攘的人群中不光有白人、黑人、黄皮肤的亚裔，还有不少的阿拉伯人。看来，当年的大英帝国不仅收纳了旧殖民地的遗产与文化，也收纳了大量的移民，从此使它的首都成为名副其实的国际大都会。不过今天特殊，要为它多操一份心，伦敦增加了几万的警力，随处可见三两成伍、荷枪实弹的巡警。美国驻英国大使馆前警力更强，还有新加的不锈钢围栏。两位巡警并肩从我们面前走过，步履稳健，目光沉定，一直注视着前方不远处起飞的鸽群。他们在想什么呢？会不会想某一次纷争的胜利或失败在历史的长河里算得了什么？但愿，今天不要让纷乱的硝烟惊扰了鸽子们渴望阳光的美梦。

又是一个拐弯的路口，绿灯和行人优先的灯同时亮着，因为有人过马路，车子停了下来，很快有一位怀抱刊物的英国年轻人前来敲窗。司机打开窗子接过杂志，递过去一英镑硬币，接着告诉我们：这是一份帮助英国失业游民的杂志，收入的百分之七十用于帮助这些人，卖这份杂志的都是失业者和无定居的游民，胸前有识别证。女王伊丽莎白二世出巡时，曾掏出上面烙有自己头像的一英镑，向一位街头游民买过一份，从此定价一英镑。"那天，我卖给女王一本"，已成为街头游民之间广为流传的故事。

"看哪，今天下午美英对阿富汗的军事打击开始了。"司机盯着报纸提高了声音。

大家下意识地睁大了眼睛循声望去。看什么呢？那个一身风雨的年轻影子早已消失在人群里，一切如常，不见一丝涟漪。大家就此聊起来，司机说："目前，英国的经济发展状况就总体而论属世界二流的水平，而在政治上却一直是一流的声音，它仍然以大国的姿态积极参与重大国际事务。对于打击恐怖分子，当然不会落后，更何况是与美国合作。对于美国，英国从来都认为是年老而有教养的母亲与强壮的儿子的关系。"

雨越下越紧，气温降得很低，下午四五点钟的伦敦渐呈夜色，让人强烈地感觉出它的迷离、冷峻和漠然。当我们面对薄暮下烟雨中的伦敦桥时，只剩下一个什么也分不清的轮廓了。睹物思人，脑际涌现出《魂断蓝桥》中目光凄婉、神色恍惚的女主人公，踉跄地走在大桥上，向迎面而来的一列军车扑去的情景，主旋律《一路平安》回荡而起……伦敦桥又名滑铁卢大桥，是座多孔石拱桥，影片中这座大桥做了整个故事的典型环境。自一九四〇年影片面世以来，战争残酷地毁灭人间美好的悲剧，就深深地烙印在世界各国无以计数的观众心里，伦敦桥也成为具有永恒艺术魅力的一道国际风景线。早就知道，眼下这座桥不是原来的，当英国人觉得它有碍泰晤士河上航运准备拆桥重建时，美国人将桥拆了去，照原样架在美国西部亚利桑那州荒凉的蓝色湖上，仍称伦敦桥，借以丰富自己的文化底蕴。尽管桥非人去，石栏冷冷，路面血迹无存，然而四周风物依旧，观瞻者的心境依然。

该往回走了。伦敦把它独特的夜生活裹进了夜幕中，只留下五光十色的霓虹灯为我们照亮雨中的路。挥一挥连日奔波的疲劳，闭目沉思，直觉得世界上没有几个国家像英国这样永远值得探究。在这片不大的国土上，随便找个地方走走看看，每个地方都会有不同的景致、不同的风韵、不同的人群、不同的观点，从而给你不同的印象、不同的感受，点点滴滴，林林总总，汇成了一个令人惊异的岛屿民族。眼下这座大都会，它居然能把完全相反的两极因素规矩在同一个城市里：善良与冷酷，美丽与丑恶，热情与漠然，还有古老的国家制度——君主立宪制与非常现代的国际化开放，严格的等级制度与普遍的民主意识、强烈的个性意识，本民族语言的国际化和与其他民族语言的距离感等等，从而构成社会结构的多元、社会现象的纷繁。

想不清，理还乱，睡思沉昏，灯雨无痕。

脑际和眼前一片混沌，感觉里只剩了些沉重。

## 再品书香

作为东方的读书人，能到剑桥、牛津看一看，也算是种幸运。此次访问总算了却一个夙愿。

剑桥、牛津同执英国教育之牛耳，距离伦敦差不多远近，只是一个在东北，一个在西南，像稳定伦敦这只巨轮的两根粗大的拉线，更是伦敦的两个学术卫星城。其实，它们是整个英国现代文明的根。

时间关系，牛津来不及久留，剑桥得好好看看。如果说牛津城里弥漫着的是深厚的历史沧桑感和浓重的贵族学院气，剑桥城里则多了些明快和灵动，也多了些自然美和平民化。难怪当年康桥之美会使得徐志摩终生梦萦魂牵，为之写下了那么美的诗篇。正是自徐志摩的诗问世以后，康桥成了多少东方文人心仪的胜景。

出伦敦市区上高速公路，越过典型的英格兰平原，大约两个小时，隐约可见前方建筑物高高的尖顶，还有一排排整齐的红砖烟囱。下高速路，拐上石铺的窄路，不一会儿，在一座古老建筑前停下来。接待我们的侨胞张先生告诉我们，已到了剑桥市中心，标志就是这座建于十一世纪的修道院。

剑桥因剑河穿城而过，河上架有各式各样的桥梁而得名。剑桥大学是十三世纪初，由与牛津市当局发生分歧逃到这里来的几名牛津大学的学者创建的。至今城市不大，学院不少，古色古香，纯朴自然，清清静静，是个读书做学问的好地方。牛津曾被誉为"大学中的城市"，剑桥则被称作"城市中的大学"，这是因为城中除了一座座学院外，还有许多博物馆、画廊、植物园、教堂等文化设施，处处洋溢着欧洲传统文化的气息，许多地方仍保留着中世纪的原始风貌。在汽车成灾的欧洲，这里竟然仍有些道路不通汽车，于是，自行车在这里成了不可少的交通工具，还有此处仅见的自行车咨询处、租借处和修理店。常常见到著名教授与普通学生一样，以步代车，给小城添了一份平和与清幽。如果说一条蜿蜒而过的河，几十座别致的石桥，给这座沉淀着上千年人文底蕴的古老小城注入了秀色和灵气，那么河两岸分布的三十一座庄严华贵、风格各异的学院则是它的魂。

剑桥大学以理科享誉世界，素以英国科学家的摇篮著称，自十三世纪始它便是英国的教育中心。高名盛誉之下，它并没有拒绝普通人的脚步，来访者可以从任何一个庄严的大门随意步入，去看，去听，去想，去与精美的建筑交流，去向伟大的学者请教，去和青年学子对话，于是我们跨进了由英王亨利六世于一四四一年建立的国王学院。

建筑精美，精美得让人诧异。大门呈淡黄色，高大、气派，伫立门下，让人生发穿越时空隧道的沧桑感，顿觉历史的厚重和个人的渺小。

8

穿门而进，眼前是个开阔的院落，中间一块芳草地。标语牌上写着："草地为学院之圣物，除教师外不得踩踏。"寥寥数字，区区特权，足以显示教师连同他所获知识的尊贵与崇高。经张先生向校方介绍，校方微笑着应允了我们这些东方来宾，然而，我们谁又舍得踏下脚去呢？只是冒雨站在碧绿的芳草地边上照相留念，然后绕道走向对面——那座被视为剑桥荣誉的英王学院教堂。

通常，教堂的仪式是对游客开放的，坐在鲁本斯的《三博士朝圣图》旁的古老座席上，聆听全英赫赫有名的一流唱诗班那天籁般的吟咏之声，凝视描绘《新约》故事的二十五扇彩绘玻璃窗，感受教化的穿透力和宗教的内张力，进而启悟今日大英伦刻意要守护的那份最宝贵的遗产：人的素质和教养。深厚的文化教育，是一个国家历经风雨而不可轻易被动摇的力量根基；只有教育才能改变劳动人民的命运；尊重自己民族的历史文化，才是赢得外来者尊重的资本，英国人正是在由弱到强的过程中深切地认识到了这一点。于是，在上个世纪他们就通过了《教育法案》，规定国家提供免费教育，对十三岁以下的儿童实行义务教育，这为剑桥等各个大学提供了广阔的生源，使之人才辈出，古老而常新。今天学院放假，又遇大雨，教堂不开，我们只能站在院子里瞩望。放眼四周，这里的每一座建筑都历经千年的风霜，一所学院就是一部英国近代发展史的缩影，一石一木都能诉说一段动人的故事。

优美的自然景物与密集的历史建筑错落有致，让人倾心，令人赞叹。而剑桥之美在书香，学院之美在大师，剑桥大学正是一座大师济济、云蒸霞蔚的文化圣殿，它的师生中获得诺贝尔奖的人数和就任国王、首相等各国政要的人数都居世界各大名校之首。仅著名的三一学院，自一九〇四至一九七四年间，就走出了二十二位诺贝尔奖得主，世人皆知的大科学家牛顿，大诗人拜伦、丁尼生，大哲学家罗素、怀海德、培根都是三一学院的骄子。著名的物理学实验室——卡文迪什实验中心也已走出了二十多位诺贝尔奖获得者。在欧美文化界独树一帜的"布隆斯伯里学派"，被誉为英国和西欧文化的"精华"，这个学派的重要人物大都是剑桥出身，其中经济学家凯恩斯就毕业于英王学院。

当初，剑桥大学用乳汁和心血，培养出了一批又一批学术界的泰斗；如今，正因为有了这些科学与文化的巨匠及其辉煌的成绩，使得剑桥大学的教育质量获得了国际公认。在英国更不用说了，从三十年代以来就形成一个事实：人们在审视一个大学毕业生的资历时，凡剑桥大学的学子就不再问询，因为剑桥大学本身就是一种标准、一种资格。如今，我们面对伟人们一双双推动历史巨轮的大手，面对这样一座文化圣殿，怎能不心怀虔诚；在他们所创造的辉煌面前，怎能不低下自己的头颅，去思索怎样才算得上不虚度此生。

各种肤色的留学生随地可见，亚裔也不少，只是我们的同胞还不算多。

张先生告诉我们，以前，英国的教育市场很封闭，近几年，英国政府把教育作为重要的资源，把名校作为王牌"产品"推向世界。尽管英国的学费在世界上是最高的，外国留学生依然猛增，光我们国家二〇〇〇年就有留英学子八千人左右，二〇〇二年已逾两万人。然而牛津、剑桥就是"牛"，从不拿出指标到国外去招留学生，它以高门槛、严尺度选取那些找上门来的各国尖子生。目前，由于我们双方的教学从方式到内容还存在差异，英语又往往达不到听课所需的程度，加上经济原因，能到这两所学府来的中国学生尚在少数。

出国王学院，过一片浓绿的草坪便是剑河。河不宽且蜿蜒，雨后乍晴的澄澈秋阳照在碧水柔波上，缓缓飘过的大朵大朵白云投下轻盈的身影，几只洁白的天鹅凭水漂游，岸边的树木披一身红、黄、绿斑驳的深秋盛装，阳光辉耀，一片令人醺醉的绚烂。眼下，相隔不远两座造型各异的小桥，是每年学子们划船竞赛的起始点。今天空无一人，除了微风轻抚树叶的声息，就是不容惊扰的宁静。

独立桥头，唯有水声、风声和自己难宁的心声。

凝视不息的碧波，依稀可见历史行进的面影。河水依然，一曲九弯，濡润着一座座学院，似乎无意的，又是有意的，要在这里完成某种崇高的使命，然后，才缓缓地踅出这个古老的小城，一路上抖动着诱人的书香，投向北海，汇入大洋，去滋润每一颗期求灵魂升华的学子之心……

# 巴黎——建筑艺术的殿堂

十多天来，在西欧大大小小十几个城市里走马观花，这些城市既重视历史建筑的保护，也注意现代化建设的发展，那种古意盎然又清新雅致，历史传统与现代文明浑然一体的和谐之美，给我们留下了太多的印象，引发了深深的感慨。

把仅剩的一天留给巴黎，实在太短促了，我们不得不"跑"马观花。驱车直奔城中，去那片最古老、最活跃、最热闹的地区，在塞纳河边巴黎圣母院门前的广场上停下。

举目四望，连片的建筑博大而堂皇，庄重而多彩，仍然出乎我们的意料之外。塞纳河，这条巴黎的母亲河，水流清澈舒缓依旧，自西向东，蜿蜒从城中心横穿而过，从古到今，哺育过多少人杰，激发了多少艺术的火花，滋润了两岸林立的建筑群，使之始终傲然屹立，光彩熠熠。庞大的、小巧的，古朴的、新奇的，长形、圆形、尖塔形、大厦顶上小城堡形，似乎世界上有多少种建筑风格，这里就有多少种样式，古往今来法兰西经历了多少时代，这里的建筑就留下多少不同的痕迹。况且，不管在哪个时代，体现哪种风格，建筑天才们都发挥出极致的智慧，穷尽人间的想象，进行异想天开的设计，努力使每一座建筑独特而不朽，永久地活在人类的记忆里。纵观全城，就是在观瞻一座博大而生动的艺术博览馆，又像在读一部法兰西建筑发展史，在目不暇接中大开眼界，心驰神往。

使我们无比感慨的更在于那种无法确指又无处不在的和谐情调和浓

郁的艺术氛围。高大的博物馆、展览会、广场、教堂多而美不必说，穿插其间的公园、草地、大街小巷，到处是喷泉，到处是雕塑，有珍贵的原始遗迹，也有惊世骇俗的现代作品，衬在碧波绿草、秋叶纷飞、优美宜人的自然景色里，无疑是一道亮丽的风景线，人们行走其中，就像呼吸空气一样呼吸着艺术气息。听陪同者介绍，巴黎市政府在城市建设规划中，十分注重历史建筑的保护，提倡新建筑与原有风格相协调，以突出特色。还有意识地把许多现代化建筑放在郊区及不同的卫星城里，真可谓匠心独具。

巴黎圣母院正门在修复，罩着一些织物，这座世界上最古老、最庄严、最完善、最富丽堂皇的哥特式建筑，我们无缘见其真面目了。隐隐可见从两座钟楼之间微微露出的塔尖，从教堂侧面看塔尖比钟楼高出一大截，从这边看却似乎一般高矮，这正是建筑大师的匠心独运，从而象征基督教的神秘，给人一种莫测的幻觉。碰巧星期天，著名名胜景点都免票，进出的人很多，某一要员来此做弥撒，门前站着两列身着大红礼服佩金色绶带的卫队。没有凑趣的时间，只粗略地把雨果精彩的描写做一印证便匆匆赶路。穿过协和广场，在卢达索神庙的方尖碑前留过影，就上了香榭丽舍大街。一边走一边想：路易十六在协和广场被人民推上断头台，人们为什么照样在塞纳河大桥旁给这个奢靡昏君塑像呢？只因为受他生活作风的影响而形成做工精微的路易十六风格的木雕艺术吗？真是座无所不容、无所不有的奇特城市。

来到星列广场凯旋门下，已是细雨蒙蒙。茫茫雨雾中，这座记载着拿破仑光荣与梦想的高大建筑，显得更加巍峨厚重，自有一种风雨无摧、岿然不动的雄浑与威严。瞩目正面雕塑的《马塞曲》，阅读门内刻下的跟随拿破仑远征的将军们的名单，恍惚中似乎听到了石板路上车马疾驰的马蹄声和奥斯特利茨战役胜利的欢呼声。雨越下越大，沙沙的雨声淹没了这一切，唯有把门下无名战士墓上铭刻的字迹冲洗得更加清晰：这里安息的是为国牺牲的法国军人！

那盏为纪念在第一次世界大战中牺牲的一百五十万官兵而点燃的长

明灯，火焰跳跃，燃烧不息。陪同者讲了件趣事。据说，每当拿破仑的周年忌日黄昏，从香榭丽舍大街西望，一团落日恰好映在凯旋门的拱形门圈里。又是一个建筑奇迹。看来，这座象征胜利的宏大建筑永恒的盛誉是由将军与战士、设计者与建筑者共同支撑的。

凯旋门是威严的将军，埃菲尔铁塔就是美丽的淑女。从广场上南望这座巴黎的标志性建筑，仅仅可见它被建筑群挤压成纤瘦长条的顶部，像个小摆设。走到跟前一看，才知道它原是那么高大，仅塔底下的广场就占地一公顷，高三百多米，钢铁塔身七千多吨重。站在塔下，抬头仰望，无论如何抬头，如何向后仰身，都难以看到它的全部。我终于领略了这座在十九世纪木石建筑群中横空出世的庞然大物原本具有的气派和辉煌。

据说，它的出现是因为要纪念法国大革命胜利一百周年和当时在巴黎举行的世界博览会，由部长洛克卢和官员们在七百多个建筑设计方案中选出来的。这个钢铁巨人一出现，就被当作标新立异的怪物，遭到保守人士的强烈反对和攻击，许多社会名流认为它破坏了巴黎中轴线上传统的美，是泼在巴黎脸上的一个污点，以致发起倒塔运动，塔附近的居民也上告到法庭。埃菲尔以生命和声誉做代价，力排众议，坚定信心，毕其所有精力来构建，使塔如期建成。此后，由埃菲尔亲手将法兰西的国旗第一次升到三百米的高空。为铭记这位钢铁建筑之父，人们将塔以他的名字命名，并在塔下为他塑了铜像。而今，百余年过去了，铁塔巍然屹立在那里，无情地甩下世俗和浮尘，成为工业革命中建筑材料更新的丰碑，当之无愧地成为巴黎城首屈一指的标志。审视这一真实创造，感叹这个至今独一无二的存在，我理解了它的价值、它的骄傲、它的永恒，也懂得了它诞生意义的实质所在：历史发展，社会前进，总是以贡献来创造，因创造而不朽！

包容显示出一个民族的气度。

创新是一个民族进步的灵魂，也是艺术保持永恒魅力的灵魂。

巴黎与我擦肩而过，然而却给我留下了不易混淆、难以磨灭的印象，它以对传统艺术和现代文明的同样尊重，对不论国内国外、宫廷民间凡有价值的创造同样珍惜，构造起一座悠久、丰富、生动的建筑艺术殿堂。正应了巴黎那句家喻户晓的谚语："巴黎不是一天建成的。"当然，更不是哪一个人能建成的。它，因包容而博大，在创造中永获新生。

# 握住这张"卢浮宫中文指南"

　　站在这座久已心仪的 U 字形的雄伟宫殿前，迫不及待地想看到它巨丰的收藏。躲开玻璃金字塔前排开的长龙，从卡鲁索长廊入口进去，来到展厅接待处，依然汇入各种肤色组合的如潮人流。环顾周围一齐向我敞开的各个通道，实在不知应该先向哪边走，慌忙中想起了大厅中央圆台上摆放的指南手册，很快从各种文字中找出这份中文指南。

　　打开指南，眼前展现出一条五彩缤纷的艺术长河：希腊罗马艺术馆、埃及艺术馆、东方艺术馆，法国、意大利、西班牙等各个国家、各个时代的一个又一个雕塑馆、绘画馆，收藏和陈列着四十万件艺术品，每一件都记录着人类文明的一段历史，都是无价的稀世珍宝。

　　我们在此参观仅有小半天，面对这片博览世界艺术精粹的汪洋大海，只好瞄准最著名、最典型的作品，选择最简捷的路线进行参观。从图示用红、蓝、紫、黄不同的颜色指示出的八大部分中，大家先找到了"镇馆三宝"——维纳斯、胜利女神和《蒙娜丽莎》的方位，同时强烈吸引我的，还有那片用金黄色标出的古代东方文化。多么想知道与我一脉相承的东方先人，用灵性、血肉创造出的艺术被搬到异国他乡来的都是些什么，它们以怎样的价值、怎样的分量来使这座号称最大最全的艺术博览馆达到名副其实。时间有限，一项一项地进行。

　　维纳斯雕像在一楼中厅叙利馆内，跨过一组高台阶，穿过古希腊雕塑群，走到底就是。这位美丽的爱神，馆内"首席珍宝"，也同人类一样历经了沧桑变迁，当她从废墟里被拯救出来时，却永远地残缺了。千

16

百年来，无数艺术大师煞费苦心地为之复原都终归失败。面前这位断臂美神的光彩，仍然使人倾倒，反倒因其断臂，美丽中多了一份悲壮，给人留下了想象、思索的空间。"悲剧总是把有价值的东西撕碎给人看"，记不起是哪位哲学家的箴言，无来由地在脑际盘旋，陡然增加了历史纵深感、凝重感。

到二楼德侬馆去看《蒙娜丽莎》正好从胜利女神前经过，她高大、粗犷、无头，却振翼向天奋飞，似乎要把人带上天堂，使观赏者明显感受到的是一种不屈的精神力量。

再往前走便是绘画厅，一片精美绝伦，四壁富丽堂皇。法国、英国、西班牙、意大利的大型绘画都集中在这里，一幅比一幅逼真、生动，幅幅亮丽精彩，似乎画中人物都能走下来，连呼吸都能感觉得到。不少美术爱好者在现场临摹，其中也有年轻的中国人。真正的艺术本应是属于全人类的精神财富。

里边大厅里，所有的人都朝着一个方向注目，围了好几层。原来《蒙娜丽莎》在这里。画并不大，大约三尺高、二尺宽，安放它的墙壁凹进去半尺许，有特制的玻璃橱窗罩着，加了铁护栏，还有现代化的报警装置。《蒙娜丽莎》"永恒的微笑"，的确具有一种摄人魂魄的魅力。据说，在达·芬奇传奇的一生中，崇爱的唯一女性是他的母亲。他把对母亲温暖微笑的怀念融入他众多的创作里。在创作《蒙娜丽莎》这幅画时，他画好人物形象后，仅仅为了画出充满爱的真实的微笑，就耗费了五年心血。他千方百计引模特蒙娜丽莎微笑，直到他请来许多音乐家在她面前演奏最美的音乐，使她听得入了迷，忘记了一切，终于流露出发自心灵的微笑。达·芬奇将期待已久的微笑融入天才的画笔，创造了无论从哪个角度看都在微笑的不朽艺术。看来，艺术家的创作实际上是一种生命的转换，只有当艺术家把自己的情感、意念以及心灵都浸透到作品里去，才能创作出具有永恒生命力的艺术。而眼前这座博览馆的修建者，十六世纪的国王弗朗索瓦曾劝说达·芬奇来法国定居；在达·芬奇去世后，他不惜重金购买了这幅绝世珍品。我被不朽的微笑所感染，也为达·芬奇的创作精神所感动，同时对弗朗索瓦的明智之举不能不予以敬意。同伴忙着拍照，总嫌照相机精密度不够，无法留住、带走这幅珍品。殊不知，只有原作才是创作者灵魂的再现，具有不能复制性。看原作就是面对一个活生生的独特生命，而照片、画册，无论多精美，多逼真，都是被抽去了灵魂而徒具其形。这就是原作的珍贵之所在。

时间紧迫，容不得细细欣赏，我要去寻找那片金黄色的东方文化。不断地展开图示，按照标识走，谁知从图册上看似简单的路径，走起来却像串迷宫一样，绕来转去摸不着门。涌来流去的人群中，不少黑头发黑眼睛的东方人，大都步履匆匆，来不及问询。看临摹的同胞那副专注的样子，他无暇，我不忍。终于鼓起勇气，找约莫是同胞的游人去问，问一个没有回答，再问一个不知道。是像我一样与卢浮宫瞬间邂逅吗？还是在庞大的西方艺术面前省掉了八大部分中唯一的黄色？岂不知，东西方文化各有特色，具有相悖性，唯有相悖，才对另一方是全新的，从而拥有自己的天地和位置，二者无所谓谁高谁低。比如，西方绘画细腻、逼真，而东方绘画讲究神似、写意，独具那种让人获得超然物外的精神享受，又能充分发挥想象的神奇意境。人类只有同时拥有两种文化，才具有立体的完整性。

我继续去寻找，终于有一位热心的朋友用生硬的汉语指点于我。匆匆赶去，原来只是东方文化出入口一小段，仅有一堵原始的厚墙土坡，几块风化了的粗粝石头。图示明明介绍"远溯至公元前七千年的古代文明……"七千年，馆中最大的一个数目！多么漫长的岁月，多么沉重的数字，难道七千年文明仅仅如此吗？我恼怒，我疑惑，我知道这绝不是金黄色里真正的全部的内容。而时间紧迫，还要服从集体意志，只得放弃寻找，沿原路返回广场，迎冷风握紧这张冰凉的图示，对卢浮宫遥遥注目。

接我们去机场的司机来了，看我一副发呆的样子，笑了，说："还在看玻璃金字塔吗？那可是'建筑大师献给世界的世纪大宴'（见贝氏传记），巴黎当今建筑艺术中的又一奇迹。塔下是进出各展厅的通道和服务设施，加上扩建的地下一层，使卢浮宫由七万平方米扩大到十五万平方米。容纳的展品和游人扩大了一倍还多，扩建后的卢浮宫才真正成为世界上最大的艺术博物馆。地上部分，玻璃、水和光有机地结合为一体，使塔身熠熠生辉。奇特的造型，把法国独特的历史、文化、价值观和景物造型的严格几何精神统统融入到抽象之中去，让人产生两种文明在这里交汇的视觉效果，使古老的宫殿更气派、更辉煌、更具有新的意义。设计者就是美籍华裔建筑大师贝聿铭。旅欧的侨胞都知道，密特朗总统就是在这座塔内颁给他法国最高荣誉奖章的。还有，一九八八年密特朗总统连任的消息传来时，贝聿铭下榻的宾馆为他献上的就是早已准备好的象征胜利的卢浮宫金字塔造型的蛋糕。巴黎的民众都知道，密特朗总统当初选择他时，他说过一句话：'我是一个中国人，我懂得传统的含义。'"

如今，巴黎人将"金字塔"视为国家的骄傲。

此后，任谁讲到巴黎的建筑再也绕不过它了。

相视而笑，长长地呼出一口气。坐上车子直奔机场，手里仍然紧紧握着那张图示指南，有感慨，有遗憾，更有绵绵无期的期待。卢浮宫，你如此庞大，我来去匆匆，难视"庐山真面目"，为了那片金黄色的文化，我会再来。

# 灵魂的诉说

这里，是巴黎人心中的圣地。你为什么停在门外？是因为祈求了一辈子，上帝从来不是不言就是无语？

绅士的躯体，学者的风度，只是一头如霜的白发，记住了昔日的严寒。这把锃亮的大提琴啊，是你大半生的经历。

大提琴奏出的，注定是沉重悲怆的旋律。《命运交响曲》流淌出来的，都是人与命运抗衡的强音。

生活曾失意吗？精神还抖擞。背倚教堂，面对法兰西，昂起头，猛然抖弓，奏出了第一串音符——灵魂的独语。

苍天不言。

留住的只有行人的步履。

一个，两个，三个……弯下腰去，轻轻地把硬币放进琴盒，不去打扰，不要谢意。叮叮咚咚的饮泣，汇合教堂里的钟声，撞碎身后那片沉闷的空气。

你，头没低，眼没抬，那是做人的尊严。

岁月无声人有情，把人世间的大苦大悲，绵延不绝地演奏到登峰造极，回报倾听者以拥抱明天的希冀。

# 阿尔卑斯山——壮美永恒

必须先把心安静下来，才能欣赏、品味这自然、静谧、祥和的境地，慢慢地与之默契而融合。

阿尔卑斯山，久已神往的博大永恒的山，就耸立在眼前，笼罩在黎明的烟雨中，云飞岚绕，一片梦幻的色彩，无比静寂。我无言地望着它，它看着我不语，"相看两不厌"，唯有遐思飞。久久凝望着，一种肃穆、神圣的感觉从心底酿成升起。

这次访德，我们肩负一个光荣而神圣的使命：中华民族的灵魂、东方文化的象征泰山，与欧洲人的骄傲、西方文化的发源地阿尔卑斯山（德国境内一段），分别被联合国教科文组织列入名录的这两座神圣名山缔结友好，庄严的仪式就在阿尔卑斯山北麓的贝希特斯加登国家公园举行。

昨天下午，我们从奥格斯堡向东南驶进，进入山区以后，眼前渐渐展开了一幅阿尔卑斯山区特有的生机勃勃又异常宁静、空旷苍茫、略显孤傲的自然风景画。芳草碧连天的丘陵起起伏伏、无边无际，红绿白黄各色各式的古建筑、尖顶塔、小木屋，犹如漂浮在碧海上的彩帆，白花、黄花奶牛在这如诗如画的"高山牧场"里悠闲踱步。名副其实的"浪漫之路"，用不着巴州上好的啤酒和著名的弗兰肯葡萄酒，徜徉其中的人早有了十分的醉意。

车子行进了三个半小时，在大山深处一个古色古香、雕梁画栋的小城镇停住。司机说：加登公园到了。走下车来，迎接我们的有公园负责人茨尔博士，有连续两任德国驻华大使隋得尔先生，还有稀疏的秋雨。主人伸来的手是热的，打在脸上的雨是凉的。暮色已苍茫，先住进路边名叫"四季青"的宾馆。宾馆不大，台阶很高，有两百年的历史。最值得当地人看重的是，当年巴伐利亚国王来此游猎，钟情于当地最美的女子，并生下一个孩子，这些都发生在这栋房子里。而今，那女子的画像高挂在餐厅正面墙上，华服美貌，光彩照人，只是一双大眼睛直直地望着远方，似追问，似期待，给人多少感叹，多少遐想。住进这样一座古董式的宾馆里，自己也成了夹在历史某一页的书签，成了阿尔卑斯山某个山头上的一块石。

驱散所有的思绪睡下，只盼明天雨住天晴，好细细欣赏久已神往的名山。

一夜多梦，早早起来，独自出门去。

呀！牛毛细雨一夜未停，绵绵密密地把天、地、山笼了个严严实实，灰白相间的连绵群山被包裹在一片迷迷蒙蒙之中，别有一番情致。本来宁静，多了细雨，更少了声息，只有用期待的心去感受。偶有微风吹过，精神不觉为之一振。而雨却不露声色，依旧缓缓地抚摸一个一个高高耸立、顶戴洁白雪冠的山峰，抚去了坚硬的孤傲，留住至诚的谦和。雨在滋润，润鲜了秋树的绿叶、红叶、黄叶，还有接天连地的草；润亮了坳里美丽的小房；润活了千年的神话：《圣经》里那些聚会山中的神仙英雄在心中复活了，眼前由两座高山和怀抱里两座矮山组成的夫妇儿女一家四口醒来了，一起默立雨中，向我这远方的客人致意。她存敬意，我有爱心，山活了，湖涨了，人感动了，整个世界更丰富了，都是因为有了从欧洲和我们神州大地同一片天空上飘下来滋润美好与友谊的神奇之雨吗？这长长的雨丝是特意赶来联结两地情谊的吗？我不知，也无语，唯有把呼吸放松了，怕惊扰这自然自在、温馨友爱的和谐境界。

饭后天气渐渐晴朗，太阳出来了，山上山下一片澄明清丽。茨尔博士、隋得尔先生，还有专程赶来采访的巴州广播电视台的记者维尔茨，一位高大漂亮一直微笑的小伙子，陪我们一同去国王湖。这是加登公园一个著名的景点，在两脉大山之间，主峰瓦茨曼峰之下，狭长十里许。我们沿湿淋淋的道路来到湖边，湖边的码头、小屋都由原木搭构而成。水清得一尘不染，浅处连细沙都看得清清楚楚，远处绿水绿树相连，绿成了浑然一体晶莹剔透的碧玉。我们登上游艇，开始了身心与大自然交汇消融的畅游，一边为沿途的美景叫绝，一边与主人叙谈。茨尔先生告诉我们，这里被联合国列为人类生物圈。公园成立整整二十年，有管理的职能，更重要的是对自然环境进行保护和环保教育，为科学家研究环保提供方便。他说，德国到处干干净净，井井有条，唯有在自然保护区，叶子落了，树被雷击了或自己倒了都不许动的，让它保持自然风貌，自生自灭。大自然的恢复能力是无穷的，不要人为地损害自己的生存条件和自然资产。我们主张依赖自然生活，信赖自然生活，保护自然生活。

不觉中已走了一半的路程，记者维尔茨兴奋地指着右侧对我们说："这个山头后边就是主峰瓦茨曼峰。"我们举目仰望，在蓝天下一个个白雪皑皑的山峰中寻找。隋得尔先生微笑着说："我们这段阿尔卑斯山与喜马拉雅山相比属小字辈。和泰山也不好比，泰山在东方人心中是神圣的，自有它独特之处。这样两座名山结好也是自然而然的事。"

再往前走又有码头，要上岸了。岸上除一两座小巧精美的建筑，全是参天的森林，情景与茨尔先生讲的一模一样，走在其间，让人强烈地感受到茂盛。一棵合抱粗的长生柏，高五十米，已生长了两百余年，绿得油黑，没有丝毫的残枝败叶。置身这生机盎然的树林、山野，突然产生了一种至诚的激动：世界上唯有大自然是长生不老的，唯有大自然的力量和魅力是巨大而永恒的。阿尔卑斯山伟大壮美，久负盛名，不仅在于它绵延欧洲大地一千二百公里，更在于它具有一种天生气质，这气质源于无边的浓绿，常年的积雪，没有人为雕饰的那一切，有的只是备受保护的原本大自然。

阿尔卑斯山，大自然的骄子，无论日月变幻、风雨阴晴，它都具有永恒的伟大壮丽。

泰山——阿尔卑斯山，以自身的魅力相互吸引，自然地走到一起结成友谊，不管举行不举行仪式，都将成为载入世界史册的永恒。

# 巴州政府的钟

　　据说，前不久，汪道涵先生访德后说过一句话：要想了解欧洲必须了解德国，要想了解德国必须了解巴伐利亚州；反过来，了解了巴州就了解了德国，了解了德国就了解了整个欧洲。巴伐利亚州在德国、在欧洲竟具有如此的代表性，这就更引发了我想早些见到它的愿望。正好，我市与巴州的施瓦本地区结为友好城市，应施瓦本地区政府的邀请，我随政府友好访问团前去参加结好仪式。

　　到达后正式访问的第一天，就安排了拜会州政府的行程。从施瓦本地区驻地奥格斯堡乘车，沿高速公路驶向州政府驻地慕尼黑。由于历史上曾有"慕尼黑会议"那样一个与叛卖相联系的活动，明知道人为的政治与自然的城市根本就是两码事，但总有一种奇怪的感觉萦绕心头。车子穿过秋阳下一片片绿、黄、红相间的森林，越过修剪平整浓绿无边的草坪和牧场，眼前出现了尖顶红瓦的房舍，还有铜顶的、圆葱形绿顶的、一簇一片林立的堂皇建筑，陪同人员告诉我们慕尼黑到了。当我们融入这座巴伐利亚古国曾经的历史文化名城，踏着方石块铺成的鱼鳞花纹的大道，走进巴州政府门厅，受到值班人员彬彬有礼的热情接待时，眼前的现实将奇怪的念头冲刷得了无踪迹。

　　离拜会还有两三个小时，是主人有意安排观瞻这一世界名城容貌的时间。我们从面前的州政府大楼看起。它就是当年巴伐利亚王国的皇宫，已有一千五百年的历史，比德国的历史还长五百年。在"二战"中，仅剩下中间圆顶的门厅，长长的两翼是后来照原貌修复的，左端还特意保留了一堵经过战火的残墙。绕到大楼的后面，经过花草树木繁茂的皇宫后院和宽阔甬道，看过古朴而简洁的圣母大教堂，来到黄色墙体、灰色小古堡式楼顶的感恩大教堂。走进去，里面光线较暗，迎面是一片火焰摇曳的小蜡烛，烛前有人跪拜默祷。大厅里还散立着不少人，但一点声响都没有，沉静、肃穆而神圣。看四壁，满是精美绝伦的雕刻和色彩亮丽的油画，每一个人物，每一个造型，每一朵花，每一片叶，都形象清晰，栩栩如生。大厅里不少饰物和器皿都镶了金，一片金碧辉煌。出来后，翻译才告诉我们：在过去，只有王室可在此举行婚礼，现在什么也不用，仅供游人观赏。穿过布满精美石雕的市中心广场和玛丽亚广场，来到波多维亚广场，却是另一番景象：蔬菜水果、畜牧水产品，应有尽有，人群熙熙攘攘。原来是农贸市场。而普普通通的菜、果、鱼、肉在这里都摆放得整整齐齐、干干净净，色泽鲜艳，一盒盒一筐筐，成了艺术品。整个市场就是一幅色彩斑斓的巨大图画。

正欣赏漂亮的异域水果，陪同者提示拜会的时间快到了，我们便匆匆赶回政府。在门厅里，正好与巴州政府对外政策处处长菲舍尔先生以及他的助手布诺莱尔先生相遇。菲舍尔先生多次访问山东及泰安，为我们两地市结好做了许多积极的努力，是老朋友了，一见面非常亲切。一起来到会议室，先生致辞欢迎，打开投影机向我们介绍巴州的概况：联邦德国的人口八千八百万，是欧洲第一。一九九七年国民生产总值三万六千亿马克，占欧盟十五国的三分之一，是英法总和的百分之七十五，是美国的三分之一。巴州是联邦德国十六个州之一，但它最大，面积占全国的五分之一，人口占全国的七分之一，一九九七年国内生产总值占全国的六分之一。在这里，每年光牛奶就需要七十一亿公升，每人每年平均要喝二百二十九公升啤酒。巴州对华关系友好，合作广泛，在中国的投资和合作企业占全德在华投资和合作企业的三分之一，而且呈发展趋势……

转向双方的友好合作，话题越说越长，不觉夜幕降临。在我们离开之前，先生带我们参观州政府办公场所。大厅一头是州政府主席召集领导班子会议的地方。室内简朴明亮，除椭圆形会议桌、椅子外，别无长物。最显眼的是主席座位前立一座两面钟。菲舍尔先生告诉我们：会议绝对按时开，按时结束，从没等人迟开或拖延一分钟的例外。

先生像介绍客观存在的办公条件一样平缓地叙说，听者不由得深深思索。早就听说德国人持一种认真、严谨、执着的人生态度，以这种态度去追求精确和完善，直到精确完善到无可挑剔，今天从这里可见一斑。我们忽然明白了，在门口与菲舍尔两位先生的相遇绝非偶然，而是严格守时的必然。

德国从"二战"废墟上崛起，走到当今欧洲经济文化头号大国的位置，除历史的、外部的、社会市场体制的原因外，人们这种认真、勤奋、执着、创造的精神，不也是不可缺少的重要因素吗？这样一个总是踏着时代的钟点、不懈奋发进取的民族，怎能不无愧地担当起欧洲通向政治经济文明引路人的美誉呢？

大家忙着在钟表前照相，相机"咔嚓咔嚓"响个不停。留住我们第一天见到的这个实实在在的德国巴州，珍藏起来，把这座小小的钟及其精神带回自己的家园。

# 奥格斯堡——美好的家园

在施瓦本地区驻地奥格斯堡，主人安排我们下榻奥格斯塔宾馆。

三天来，我们紧张地奔波于施瓦本的城乡山水之间，访问考察了诸多企业、乡村、院校，触及了这里的现代文明，也享受了清新美丽的自然风景。上午，在施瓦本政府大楼——那座奥格斯堡古代王国的辉煌宫殿，隆重地举行了地市结好签字仪式。下午，主人安排我们参观奥格斯堡市容。也好，放松放松。尽管短短三天，摄入脑海的新东西太多，该梳理梳理、回味回味了。

城市很少高楼大厦，到处是深红色尖顶的玲珑小楼，修饰得古朴、典雅、别致。不少青石块铺设的街道，干干净净，两旁绿树成荫，映衬着一个个小巧美丽的商店，特别是售书画、古玩、工艺品的，犹如在举行艺术展览。清澈见底的莱希河穿城而过，滋润出一个个酒旗彩幡高挂的临河酒家、水上餐厅。如诗如画，好一番格调迥然的异域风情。谁会想到这座城市在"二战"中几乎毁坏殆尽，许多建筑是战后照原貌修复的，其后便是大量种植树木花草。到现在，茂盛的森林覆盖了国土的百分之三十七，草坪覆盖了所有的黄土地。人说爱绿是德国的一种癖好，又有多少人知道为保护这自然环境不受污染花去了多大代价，耗去多少代人的艰苦努力。在奥格斯堡整座城市里看不到冒烟的烟囱，这里有投巨资建起的欧洲最大的垃圾处理厂，不仅解决了垃圾污染，而且能利用处理过的垃圾来为人类造福，同时形象地表明了现代文明发展所达到的程度。我们参观的水泥厂、造纸厂都投入与生产所需相等的资金来治理污染。在那个不见粉尘、花园似的水泥厂里，厂长恳切地对我们说："生产这些产品都为改善我们的生活环境，美化我们的家园，如果在生产过程中毁坏了环境，使我们失去了赖以休养生息的舒适家园，我们的生产还有什么意义？"经历过毁坏和死亡的人们，在用加倍的付出，来呵护重建的家园和恢复的生机。

陪同者一边引路一边介绍关于这里的一切。他告诉我们，奥格斯堡的意思是"回家"，源于古代一个美丽的传说。一位公主出游迷了路，她走啊走啊，走到这块山清水秀的地方，感觉回到了家，于是住了下来。她就是这里的祖先，由此产生了城市的名字。我们住的宾馆奥格斯塔意思则是"家在的地方"。展望城市树茂草丰的景象，想起上万年前，人类的祖先就由森林草丛走出，时光隧道虽然漫长，而人们向往回归绿色环境乃出自本性，这块美丽的土地的确是家园的理想选择。都说东方人"家"的观念强，殊不知西方人对"家"同样讲究而珍爱。

来到市中心的大教堂，目睹这座战火中所剩无几的幸存物，油然产生一种沉沉的沧桑感。由此想起了德国著名剧作家布莱希特以两教纷争为背景写下的名作《高加索灰阑记》。故事发生在天主教与基督教纷争的年代，贵族教徒为躲避祸乱，一家人仓促逃走，舍下了自己的婴儿，他家的女奴收养了这个孩子，含辛茹苦把他养大了。几年后，女主人回来了，非得要回孩子。纠纷上了法庭，法官也没有好办法判决，于是采用了东方传统的心理情感的方法：用灰撒个圆圈，让孩子站在中间，两个人一人拉孩子的一只手，谁先把孩子拉过去，就断给谁。结果贵妇人拉走了孩子，女奴站着没动。法官问她为什么，她说：那样拉肯定会把孩子的胳膊拉坏，我宁愿不要，也不能让孩子伤残。于是，法官把孩子断给了女奴。听着这个融进东方文化的故事，平添了几分熟悉和亲切，一时间也有了回到家的感觉。原来东西方文化迥然不同的是外显形式，而追求真善美、热爱和平美好的实质息息相通。千年前，二者就有所交流而彼此借鉴了。

第二天我们将结束对施瓦本的访问，送行的晚宴设在奥格斯堡市政大楼的地下室餐厅。又是一个古堡式的砖石拱券建筑，装饰全是自然的农耕用具，电灯做成了煤油灯和蜡台形状，餐桌上点燃着大红蜡烛。地区主席路德维希·施密特先生来了，奥格斯堡市的女副市长来了。他们用这种发思古之幽情的方式，来表达惜别的心情。这个欧洲经济巨人同样好古，喜欢返璞归真。他们为自己从不停歇的前进步伐而自豪，同时把深深的爱恋、内心的骄傲留给了自己悠久的历史文化传统。

主席先生仍然笑声朗朗，女主人热情活跃，频频碰杯，屡屡合影。点心、沙拉后面的主菜，竟是一只二三十斤重的烤乳猪。偌大的盘子，服务生用近似舞蹈的姿势只手托到我们附近的摆台上，微笑着拨开猪身上的精美装饰进行切割。我们称道美菜佳肴以及服务生的精彩表演，引得施密特先生哈哈大笑。他兴奋地向女市长介绍他到泰安时吃过的一道又一道数也数不清的鲜美饭菜。他说："烹调也是民族文化的组成部分，中国烹调世界闻名，由此可见中国文化更悠久，更灿烂。下次再到泰安非学回一手不可。"一桌人都大笑起来。

面对德国朋友友好的笑容，我们看到了更多的理智与坦诚。一个火与剑、友爱与进步并存的二十世纪即将成为历史，相约在新世纪，以相通的文明实质做背景，在美好家园里种下友谊的种子，一定会得到好的收获。

# 德国人就是德国人

　　一九九八年十月下旬，我办理的市政府赴德国施瓦本地区友好访问团的出访事务，顺利地到了最后阶段。突然，工作人员拿着对方的回电紧张地跑进我的办公室，说："路德维希·施密特主席不同意签友城协议书。"这是此次出访中最重要的内容，这可怎么办，又是怎么回事呢？我连忙拨通了施瓦本政府对外联络部的电话。原来，主席把去年我们双方签的发展友城关系意向书，和目前要正式签的建立友城关系协议书，按德语习惯理解为一回事了。他说，如此严肃的事情怎能重复进行呢？我们仔细解释，在中国这是一个过程的两个不同步骤，这次才是得到正式批准的签约，又请省外办的牵线人做了解释，直到主席听明白了，才答应。不过，协议书中的具体条款还要一一做明确的界定，如对企业间的交流合作是"政府做好中介人"，对经济、科学和教育领域专家的交流"积极推进"，"有兴趣"共同开发现有旅游资源等等。此后才收到了主席同意的日程表，一块石头总算落了地。未跨进日耳曼民族的门槛，先领教了他们的认真规范、一丝不苟。

　　在慕尼黑一下飞机，我们就受到施瓦本地区政府对外经济联络部部长卡尔·威内格先生一行的热情接待。他们高度重视这次访问，称："巴州地区政府与中国地方政府之间建立友好合作伙伴关系，是前所未有的发展。"主席先生把签字仪式安排在洛可可大厅里隆重举行，并按他要不断加强友好，必须先让他的公民了解中国的愿望，尽量多地提供宣传我们的机会。仪式上请来了各界的代表人士，请来的巴伐利亚州电视台的记者对我们的团长进行了专访。政府内部刊物《视点》在头题位置发表了《施瓦本与泰安：同在一个屋檐下的合作伙伴》的长篇通讯。当地媒体的极大关注引发了市民们的兴趣和热情。此后，在有限的访问时间里，安排了尽量多的访问内容：奥格斯堡的城市、大学、乡镇，地区内几家与我国有实际交往的公司和企业，还有童话般的古老小城内尔特林根。主席和巴州电台、电视台的记者维尔茨先生几乎陪同了访问的全过程。在他们的积极协助下，有几家中等企业郑重表示愿意与泰安经济界商谈合作，使我们的访问愉快而实在。

第一天晚上，主席设的欢迎宴会特意安排在奥格斯堡一家有上百年历史的著名的古堡式餐馆里。我们步行走过餐馆门外一小段石块铺砌的街道，穿过街两旁排满的奔驰和宝马轿车，进入餐馆。餐馆外表并没有什么特别装饰，全由棱角分明、貌似粗糙的大石块垒砌，坚硬得连目光都要碰回来。里边上下两层，规模不大，就餐的人满满当当，但很静。只有穹顶下面一盏盏老式蜡台上的红烛不时发出丝丝微响。与其说是餐馆，不如说就是古堡，谁来到这方空间，都能找回那种回溯历史的感觉和怀旧的心情。

显然，我们的宴席是提前预订的，在二楼北墙镶嵌"圣经故事"的壁画下面，摆了个偌大的"丁"字形餐桌，占了二层整个面积的一半，满桌子闪闪烁烁的蜡烛，映照着摆放整齐的各种糕点和干鲜果，气氛神秘而庄严。施密特主席先请女士入座，而后走到横桌中央坐下，西装里的衬衫依然袖口紧系。前来作陪的奥格斯堡市的女副市长和主席一样，一副正襟危坐不苟言笑的样子，比起主席先生的长者风范来，似乎更多了点局促和紧张，仿佛面对的仍是谈判桌。我方的团长很有些对外交往的经验，他主动交谈，很随意地找些双方都感兴趣的话题，比如足球。施瓦本地区有足球之乡的美称，主席本人也是位足球爱好者，我们的上一届市长来此访问，他就赠了枚足球徽章。还有贝多芬，全世界的自豪和骄傲。市长又讲了一段由于中德语言差异造成误会的笑话，引得主席和市长女士都大笑起来。绷紧的神经一下子放松了，宾主之间进入融融泄泄的畅谈。相互谈了许多正式场合难以涉及的历史、习俗、现实发展方面的问题，很顺利地加深了双方的了解。频频干杯，烘托了气氛，超越了语言的障碍，增添了每个人脸上真诚的微笑。同时，无意中隐约可见德国人与我们自谦心理迥然不同的心理优越感。

今年六月份，主席先生率团回访了，这是双方正式结好后德方的首次回访，我们做了精心安排。主席除按上次会谈中双方感兴趣的项目定人员组成回访团外，要偕夫人同来，不过再三说明，夫人的费用他要自付。无论是从礼仪上，还是双方为发展友好共同表现出的真诚上，况且按"对等"的原则团员人数不超，我们坚持了夫人在泰的费用纳入我方正常接待的费用之中。主席先生一再致谢。

回访团在泰期间，参观了城市建设，饱览了泰岱风光，广泛接触了我们的企业、乡村、学校、医院，把在机械制造、环境保护和职业教育方面合作的共识推向了实质性。真想把祖国的文化、现代化建设最大限度地传扬到异国他乡去。加上我们热情的接待、丰盛的饮食，德方客人非常高兴而满足，热切地赞赏我们优秀而悠久的历史文化和现代化建设新成就。在岱庙大殿巨型壁画面前，他们深感震惊，不约而同地感叹东方艺术恢宏而绚烂的永恒魅力。有位首次来中国的先生一再说：眼前的景象太美了，完全不是在欧洲电影节上看到的那些中国获奖电影所描绘的时代。主席先生看到同事们这样高兴，他更加兴奋。他觉得，自己能组织他们到中国来实地考察，使他们得以真实地了解中国，是做了件欣慰而有意义的事情。

访问结束后，主席和夫人需要再停留一天，等待航班去上海。他再次提出他们这一天的费用要自理。两市地结好，在德方始终都是主席操办的，他为双方人民间的沟通和友好所做出的一切，何止一天费用的价值。中国人最珍惜友情，从不忘老朋友，依然坚持由我方支付。

第二天，我们的市长设宴为主席夫妇送行。在宴会上，施密特夫人由于兴奋拿出了香烟，主席先生连连摇手，坚决而不失风度地说："我一向不赞成她抽烟，今天在各位客人面前，还是不抽为好。"夫人连忙征求大家的意见，我们当然很客气地表示允许。她向主席示以微笑，仍然点燃了香烟，主席先生也笑着做了个耸肩膀的动作。我不禁暗暗咂舌，这虽然是件小事，在中国夫妻之间恐怕是办不到的。宾主在愉快而恋惜中话别，话题滔滔，欲止不能。小盒奶油上来了，夫人拿起一盒，看了好一会儿，才犹豫地说："这样的包装太浪费原料了，我们过去也曾是这样的包装，现在都改为大块包装，上桌后再切开，你们也需要改一改吧。"主席也提起了沿路看到的旱情，问是怎么回事。我们告诉他，泰山一带历来偏旱，这个季节最突出，今年属于旱灾了，我们正在抗旱。他又问都是利用哪些水，用什么方式灌溉。我们客观地介绍：蓄天上雨水，提地下深水，以大田普灌为主，也有喷灌和滴灌的情况。他点点头说："中国人口多，水资源是紧缺的，节约用水对你们来说很重要。我们的国家早就采取了各种办法来节水了，其中有发展滴灌，废水利用，还有提高日常用水的价格等等。在你们有的宾馆里，我见到用热水时，需放掉好多凉水才行，太浪费了，这在我们的国家里是不允许，也是不存在的。"

德国人就是德国人，无时无刻不表露出他的直率和坦诚，而今天的话语，坚硬的外壳下满含关注和希望的真情实意。

# 在 途 中

结束了对德国的访问，我们要到罗森海姆火车站乘国际列车，经奥地利到意大利的米兰去。这一段路程需要六个半小时。我一向珍爱属于自己的时间，而真正完完全全属于自己的时间都是在途中：这边做着的事情已放下，另一边需要做的事情未来到，再繁忙，在途中也不会有琐事俗务来打扰，借此得到暂时的喘息和全身心的放松。

在罗森海姆火车站，去米兰的列车在此仅停两分钟，我和同伴们拼命似的把大大小小的箱包拖上列车，未站稳车就开了。大口喘气，顾不得欣赏车厢内明净的环境、精致方便的设施，坐进玻璃门内舒适的高靠背座椅，把几天来的疲惫连同无力的身体完全交给了车子，眯起眼来静心休息。

"国界线竟是这个样子！"

"那边就是奥地利的楼房啦！"

耳边的轻声絮语勾起我强烈的好奇心，打起精神看窗外。可不，国界线只是一条再普通不过的小河沟，没有任何隔离的标志，德意志联邦和奥地利那各三分之一的交接边界竟是这样来划分，贯通两国的公路上有个界牌，人照样自由来往。他们共有阿尔卑斯山，共有蓝蓝的多瑙河，共有哥特式、罗马式楼房，还共同拥有一段曾经辉煌的悠久历史。至今，彼此同用一种语言和文字交往沟通，倘若无人指点，无论从背景画面，还是民族渊源、人的形貌，都无从区分哪儿是德意志，哪儿是奥地利。世界上真的有完全相同的两个国家吗？

列车始终在阿尔卑斯山的漫长峡谷中驶进，车上的人就一直在这条长长的无与伦比的艺术画廊里穿行。两边的山势绵延万里，起伏雄丽，不时有一个个巍峨的雪峰扑入眼帘，引得同伴们忙不迭地按动相机快门。空气纯净，视见度极好，雪峰下绿海中一座座黑黝黝的废弃古堡在眼前一一掠过，使人想起了中世纪骑士时代的神奇传说，或者奥匈帝国的英雄史诗。从深涧里挺立起的高架桥托举着现代化的高速公路挂上山腰，公路变成飘逸灵动的彩带，一头系着古堡，一头连着三五成簇的幽雅玲珑的小房，整个就是一曲动人心弦的凝固的音乐。

我再无倦意，专注地眺望着，倾听着，捕捉来自著名音乐王国的每一组音符。因斯布鲁克车站到了，这个奥地利西部的著名城市，它掩映在浓郁的绿色之中，每一棵树、每一片草都是一个美好的音节，波澜起伏的绿海就是一曲壮美的交响乐。整天被城市的嘈杂、异彩所炫惑的眼、耳及身心，此时此地才得到纯粹的净化和放松，获得一种飘飘欲仙的感觉。

车厢里有音乐声，优美、欢畅，侧耳细听是《维也纳森林的故事》。这曲表达大自然与人类关系亲密和谐的美好颂歌，深深感染了我。于是我想起了"圆舞曲之王"施特劳斯，想起了莫扎特、舒伯特，还有古典乐派的代表海顿，特别是青年时代就来到奥地利，在这里留下大量世界名作的德国作曲大师贝多芬；想起了像《蓝色的多瑙河》等那些能成为一个国家的标志，又能沟通世界的著名乐章。这些为什么都产生在奥地利？是森林、草地、鲜花这些无比秀美的景色给大师们带来创作的灵感和冲动，还是这一方风俗民情酿成了宜于音乐产生的土壤？确实，只有音乐最适宜对美景、激情的抒发，它不像绘画，只有心灵承受负载时作品才更具分量；也不像石雕，其中蕴含了刀光剑影的沉重。不管怎样，大师们的不朽名作无可非议地成为奥地利的骄傲和象征。或许，正是这些能够通过摇撼灵魂而改变人的乐章，塑造起当今奥地利人的习性：浪漫、闲适、优雅，鲜明地区别于德意志人的严谨、缜密、勤奋。

我终于了悟了德意志与奥地利的诸多相通和迥然不同。

无限风光和不朽乐章伴我长途旅行，心思长了翅膀，在天地间自由翱翔，得到的是另一个层次的休整。

# 世界水城威尼斯

凌晨四点钟我们就往威尼斯赶，来到进海的码头，上了轮渡，在亚得里亚海湾里曲折前进，不时有小岛、小桥、古老的建筑物闪过。多么想立刻看到威尼斯啊！迎面而来的岛上一片宏伟的建筑群，大家以为到了，不料陪同的皮扎莱先生说："这可不是，还早呢。"

谈起来才知道，威尼斯由一百一十八个岛屿组成，岛屿之间有一百五十七条河道、三百七十八座各式各样的桥，因此，有人说这里是桥的博览会，又称"桥城"。现在岛上保留着一百八十四座哥特式、文艺复兴式、巴洛克式、拜占庭式的教堂和修道院，四十四座宫殿，七十七座府邸，还有二百多个广场，是一座驰名世界的历史文化名城和贸易中心。更让我们大吃一惊的是，这一享有世界盛誉的名胜，并不是突出海面的地壳，而是从山林里运来的几百万根硬木桩，一根一根打进海里，花了四百多年的时间，才建起的人间天堂。我们无不为智慧、勤劳、勇敢的创造者惊叹，从而懂得了它与中国的长城、埃及的金字塔并列为人间奇迹，联合国把它作为符合世界文化遗产六项标准的世界三大文化的资格所在。早一点见到这个世界级名胜的心情更迫切了。

船在码头停泊，我们上了岸，本以为这次真的到了，年轻的翻译大笑起来："这只是距威尼斯中心岛最近的一个岛，叫离岛，那里边人太多，根本住不下，我们就在这边住下，然后乘船进岛。"

终于踏上了这块心仪已久的土地。第一眼看到的是无数只叫作"贡多拉"的细长小船，无数座精美却显拥挤的建筑物，无数只信步广场的鸽子和熙熙攘攘的人群。走进著名的圣马可广场展望，这座城市本身就是艺术，它的每一座建筑物、每一栋房子、每一个广场、每一座桥，甚至每一段栏杆、每一块石头，仿佛都是由某一个杰出的建筑天才精心设计而修造的。脚下的广场是威尼斯最大最宏伟的一个，入口处竖立着两根高大的圆柱。东侧的圆柱上挺立着一只振翅欲飞的青铜翼狮，它就是威尼斯的城徽。古代威尼斯是称霸一时的海上强国，在海上各国航船与之相遇，都要向飘扬的这面狮旗致敬。西侧柱子上则是威尼斯的守护神——圣·佛多尔。这两根大石柱就是威尼斯海上大门的标志。广场石铺地面，在阳光下闪闪发光，周围三面是高楼底层的圆柱长廊。正面是巍峨庄严的圣马可大教堂和钟楼，这座被称作"世界上最美的教堂"是融东西方建筑艺术为一体的典型，其中多了些拜占庭风格。外形十字平面，顶上高耸着五个巨大的穹顶，中间最大的一个是深蓝色的，其他每个穹顶里都有一幅表现宗教故事的精美图画。整座教堂上林立着无数个伸向天空的尖顶，与华美的钟楼遥遥相对，从海上一走到这里，不能不为这座杰出建筑群的雄伟壮丽而惊叹。据说当年拿破仑走到这里时，曾脱帽鞠躬致意。

我们向里走，穿巷过桥，来到市中心的运河。河上一座大理石独孔飞桥，桥上有拱廊，廊里有许多店铺。好一座高大独特的桥！

"这就是阿托芬大桥。"

"莎士比亚的《威尼斯商人》写的就是这里。"

一位从未来过威尼斯的英国作家，竟逼真生动地刻画出威尼斯的商人，从而可以看出当年这里商业的繁荣和影响。这篇名作为世界艺术之林增添了夏洛克这样一个充满悲剧色彩的艺术形象，同时也留下一个批判基督教民族歧视的深刻主题。

大桥多了一层意义，多了一分吸引力。我们快步踏上桥，挤在人堆里照相。然后登上桥顶观看四周景象。陪同者举手把我们的目光引向桥下一侧：一座米黄色傍水的三层楼，它就是世界闻名的大旅行家马可·波罗的故居。我们情不自禁地久久凝视。马可·波罗是威尼斯人，也是中国人早年最熟悉最友好的外国朋友，据说，他远涉重洋来到中国，一待就是二十一年，回威尼斯后因战争而被俘，在狱中口述了《马可·波罗纪行》。他在书中盛赞"东方之富庶，文物之昌明"，最早把中国文化带到了威尼斯。这次访问意大利，第一餐就是马可·波罗面条，然后差不多每餐都有马可·波罗饼（又叫比萨饼）。看来，意大利人对这位传播东方文化的伟大使者同样崇敬、怀念。这座建筑因有人居住不对外开放，我们不能得以瞻仰，只好远远注目。

下了大桥，皮扎莱先生带我们串小巷，又是一件有趣的事情。狭窄曲折、恍若迷宫的小巷是威尼斯的一景，两边楼房的顶层几乎贴在一起，就剩了一线天。这里的每块石、每片瓦都记载着过去，包藏着故事：这里是拜伦写作《唐璜》的地方，那里是歌德住过的塞卡旅馆，这里边有福楼拜坐过的椅子，果戈理、契诃夫、密茨凯维奇、格林……都留下了足迹，而这一切至今保护完好。保护才是最大的珍惜，珍惜才是最大的热爱。我们由此窥见威尼斯人的胸怀，以至活鲜的灵魂。如今，贴着陈迹斑斑的墙壁走，恍若古代威尼斯人与来此的各国人正愉快地交谈，实实在在地构建生活。唯觉缺憾的是，那么多外国人中竟没有一个是来自中国的！当年马可·波罗刚十七岁就离开威尼斯到中国去，庞大的元朝帝国根本没注意这个小小的城邦，也就没有一个中国人能到这里来走一走看一看。

很快时至正午。离开祖国的时间越长越想吃顿可口的中国餐，近几天，善解人意的皮扎莱先生不断安排中国餐馆。在这人流似海、商店餐馆都挤成压缩饼干的旅游胜地，让先生再找中国餐馆恐怕有点为难，于是，我们谁都不再提。走到小巷一侧的一家餐馆门前停住，抬头看，门前竖着"南京酒家"的招牌，我们都为先生的精细入微而感动。

餐馆内装修是地道的中国江南风格，典雅清丽。客人多，空座少。见我们进来，一位中年女子迎上来，用江南口音的普通话，绵绵软软地招呼我们坐下。我们点了中国饭菜，还要了原装的镇江醋，不一会儿上齐了，女老板还站在桌前问这问那。他乡遇同胞，倍感亲切，我们攀谈起来。通过交谈知道，她来这里已十几年了，生意并不难做，因为来岛上做生意的外国人很多，特别这几年，中国人增加得很快。

这座矗立水中的城市从来没有围墙，两根柱子组成的象征性的大门始终向全世界敞开着，它怎么不属于整个世界？亚得里亚海湾的水连着五湖四海，水上名城以大海般的胸怀，集中世界的智慧和力量，不断丰富，不断更新，它怎能不繁华壮丽，经久不衰呢？

回到离岛，已近傍晚。西望临近海面的夕阳，天上一个美丽的金轮，水里一条明亮的金柱，摇曳着大片碎金，把天和海映成了一片无边的辉煌，而大海相接处，那个披霞流彩、闪闪发光的地方，正是刚刚谋面的世界水城——威尼斯。

船已停泊，码头空空，海面无比宽阔，四野渐归平静，唯难平静下来的是心情。脚下碧波轻轻地荡漾，细浪拍岸的潺湲声萦回于耳畔，几分温馨，几分庄严，更多的是水城亘古不变的绝唱。

# 小国家　大文化

梵蒂冈是个国土不足零点四四平方公里，国民只有两千多人的城市国家。只因为它拥有一部自古罗马灭亡以来的悠久历史，一座成为世界基督教中心的大教堂以及世界上最大教会的总部，由此而统辖着十亿多教徒的灵魂。一个名列世界"三大"之一的博物馆，凝聚起西方崇高的宗教文化和艺术精粹，而神圣、伟岸，不失国家风度。

越台伯河，过罗马大道，穿圣彼得广场，拾级而上，来到大教堂门口。穿着金丝银线制服的那些卫士，可称得上粉墨登场的演员。

他们乃至整个教皇卫队都是瑞士人，早在一四八〇年，教皇西克斯特四世就对瑞士人英勇无畏的作战精神表示赞叹，并招募瑞士人组建了自己的军队。一五〇六年一月二十一日，罗马教皇尤里乌斯二世邀请皮埃尔·德·艾伦斯坦上校加盟，上校带来了一个团，这个团由一百五十名身材高大、头发金黄并蓄着胡须的士兵组成。二十年后，一五二七年的五月，当卡尔五世进攻罗马的时候，四十二名士兵和教皇克里门特七世驻守在圣天使城堡里，留守在城堡外的一百四十七名瑞士士兵献出了生命。从此，每年的五月六日——血战纪念日，梵蒂冈都要举行盛大的仪式，届时，新兵要宣誓忠于教皇和天主教会。从此，罗马教皇的卫队，应征者必须是纯种的瑞士人并信奉天主教，年龄不超过二十五岁，身高一百七十四厘米，除潇洒的外表和强壮的体魄外，还得接受过高等教育，经受过严格训练，武艺高强同时出色地掌握军事技术。

走进教堂大殿，按"西斯廷"的标示箭头，走过七公里的通道和无数个厅室，正感觉累得要死的时候，猛一抬头，天花板上那幅金碧辉煌的《创世纪》会把你震撼得嘴巴和眼睛再也合不上。

"真正的美是很难言传的，那是征服一颗心的事情。"

沉思中缓缓地低下头来，目光正与圣母悲切雕塑相遇。圣母低垂的双眼，安详而内敛的表情，让人不由得肃然动容。

你是怎样强忍着悲痛把儿子从裹尸布中抱起，横放在自己的膝盖上？那阴阳相隔的瞬间，所有的慈爱与悲哀、绝望与希望都被把握了基督的神圣和艺术的完美的米开朗琪罗定格在你安详而悲恸的脸上和柔美而无助的手里。是否就在这一刻，你留给了世人"爱，本不隶属"的真谛，完成了一个平凡的蜕变，成为完美女性的化身？

就从这一刻起，仰望者们都对你有了一种更加深切的依赖。

# 山城之国圣马力诺

  圣马力诺是个山城之国，地处亚平宁半岛东北部，四周与意大利相邻，是欧洲最小的国家之一，六十一平方公里，两万五千人口。公元三〇一年这片土地上就有人居住，与外界独立。现在，该国实行共和制，没有军队，也没有消防队，倘若发生火灾，就请意大利的消防队来灭火。房屋、城堡、城墙多是大块石头建成的，质朴、自然、坚固。高耸在山巅上的第一堡，是这个国家的标志性建筑。景点上商店里的纪念品，多见他们心形的国徽、纪念邮票、硬币等。官方语言用意大利语，用意大利法律。在这样一个袖珍的"国中之国"里却有一个庞大的民间组织——"圣中友好协会"。

  圣中友好协会有两百多名会员，约占国民的百分之一。该协会主席也是协会筹建者名叫泰伦齐，曾于二十世纪八十年代任国家元首——执行官，一九八八年访华，是第一个访华的圣马力诺国家元首，受到国宾级的隆重礼遇。在中国的所见所闻给他留下了深刻印象，由此与中国结下了不解之缘。我们在一家大商店里见到了圣马力诺为纪念香港回归中国专门印制的邮票小型张首日封。

# 来自欧盟的汉学家

二〇〇〇年四月八日至九日，欧盟十五国驻华使节团来泰安访问。他们各国轮流坐庄，今年是葡萄牙当执，二十三名使节在葡萄牙驻华大使佩德罗·卡塔里诺团长的带领下到来。座谈交流之后，登泰山是必不可少的项目。九日凌晨六点钟，德国大使于倍寿和夫人等十一位使节，迫不及待地从中路步行上山去了。其实，于倍寿先生于十一年前在大使馆任参赞时，已登过一次泰山了，只是那一次步行到了中天门，他不满足，这次非补课不可。其余的人乘汽车坐缆车上山。

正在安排乘车，陪同的省外办倪处长跑过来拉住我："桑主任，您赶快到这辆车上来，欧盟驻华代表团团长魏根深先生有一大堆问题要问呢！"

我走上车来，魏根深先生手握着一本刚买的《泰山古今》与我打招呼，旁边的瑞典公使付瑞东手捧英汉词典翻来翻去，另一位芬兰公使衔参赞密凯松先生干脆直接用汉语说话。魏大使看样子五十多岁，高高的个子，挺拔的身板，面容慈祥而不苟言笑，一看就是位绅士风度十足的学者型外交官。交谈起来得知，他是英国人，曾在国内做过大学教授。三十五年前，曾当过我国《新华字典》的重要编纂者王维新的英语教师。他说从王先生那里得到不少有关汉语的知识，此后就一直喜欢研究汉语和中国历史文化。他作为欧盟驻华代表团团长在中国已经六年了，还有一年多任满，更想借机多了解些中国的文化。我被眼前"汉语热"的氛围所深深地感染，对外宾给予汉文化的重视和喜爱油然升腾起敬意和激动。于是以我有限的知识，认真地向客人介绍泰山上的景物和文化，耐心地解答不时插进来的疑问，气氛很是活跃。

"泰山的'泰'字怎么来的？泰山的称谓从什么时候开始的？"魏先生发问了，一开口就学究味浓重。

我回答："这座形成于二十五亿年前的山，起初称'大山'，大与太同音引申，太与代同义演变，代、岱、岳互为通假字，于是有了今天的'泰山''岱岳'的称谓。泰山的称谓最早见于先秦时期的《诗经》。"

魏先生打开手中的书查看之后才点头称是。真是严谨的学者。

"封禅是怎么回事？"

我介绍了封禅的本意及其仪式，还有秦始皇至宋真宗的封禅大典，和此后直到清末的祭祀活动的一系列演变。魏先生插话说："山高，接着天，皇帝到山顶上祭祀是让上天听见。"又说："宋代以后，活动降格了，影响小了些，是不是与中国文化重心南移有关呢？"我一边表示赞同，一边为先生对中国历史文化有如此深入的了解和精辟的见解而暗自佩服。

由此说起了中国的茶文化和英国的下午茶。他说，中国茶进入英国，最早是从福建过去的，福建人叫茶为"tei"，所以英文里茶为"tea"。先生又问："黄山很美，为什么不在五岳之中？"我说："大概与山所在地历史发展的早晚有关。泰山脚下有五千年前新石器时期的大汶口文化，那时这一带就比较繁荣了。黄山一带的文化历史比之晚了一些，那里发展成徽州文化，商贸特点很明显，也说明这一点。"先生补充："与黄河发源地有关。"接着又问："峨眉山为什么也不在五岳之中？""峨眉山是我国的四大佛教文化名山，佛教从汉代才传入中国的。因此，峨眉山名扬天下可能更晚了些吧。"于是，先生有关佛教的问题插了进来："中国寺院里敲钟都是一百零八下，还说人生有一百零八种烦恼，这一百零八是不是佛家的说法？"我说："是的。"先生接着说："不过，佛教传入中国已经汉化了。其实一百零八的来历是八乘以九等于七十二，再加三十六即是一百零八。八是女性的吉祥数，九是男性的吉祥数。在外国也有类似的说法，如希腊，二三五七为吉祥数。"我说："在我国的道教里，三为大，最吉祥。道家说一生二，二生三，三生万物，于是有了世界。"先生似乎有所感悟，沉思了一会儿说："是呀，世界与人生原来都是从简单开始的，经过繁杂的过程，最终要回归简单。"我接着说下去："世间万物莫不如此，比如生产力，一开始简单而落后，为了提高，搞复杂的科学研究，出了成果，造成产品，先进了，使用起来更简单、更方便。人类就是从否定之否定中走向更高层次的往复循环。"先生会意地点点头，笑了，笑得很满意，很开心。

沟通是从交谈开始的。

尤其在国际间的交流中，语言和文化具有独特的魅力，因为它与它的国家、民族是一种生死存亡的血肉关系，要了解一个国家、一个民族，应先从懂得它的语言、了解它的文化开始。而有文化的人是最直接的桥梁。魏根深先生作为外交家，是智者，而且当之无愧。

在交谈中，很快到了双束碑，也就是俗称的鸳鸯碑遗址。先生对泰山上这通绝无仅有的碑及其有关的历史故事自然很感兴趣。我们进行了详细的交谈，最后他突然问道："碑中的'曌'字是用什么造字方法？"对于学习中文专业的我来说，东汉许慎归纳的六书应属基本常识，而"曌"字是武则天按照自己的心意组合而成的，比《说文解字》晚了近七百年，该属于哪一种呢？在不在六书之内呢？一急，渗出了汗，急中生智，顺口说："合意，合音。"先生又说："'甬'，还有'孬'呢？""也是合音、合意，还有民众的约定俗成。"先生又笑了，说："再准确点，'曌'是合意，'甬'和'孬'既是合意，又是合音。"幸好，没出大丑。他慈祥地看着我，又讲了一个与此相关的故事："你知道《新华字典》里关于'陛下'的注释是怎么来的吗？你们新编《新华字典》的时候，正在'文化大革命'中，'陛下'是个旧社会的产物，编入还是不编入，怎么注释，谁也不敢做主，请示哪一级都得不到答复。正要舍弃的时候，有人请示了周恩来总理，周总理明确地说：这是历史存在嘛，要编入，可以解释。于是，才有了今天字典上'对国王或皇帝的敬称'这一词条。周总理的态度是客观、科学的。"说话间，流露出对周总理的敬重之情。

边看边说，先生几乎对泰山上的每一个景点、每一处文化都感兴趣，每一景每一物似乎都能引出先生的一大堆学问。时间过得真快，不知不觉中我们就下山了。午宴后，访问团要踏上回程了，游兴未尽的魏根深先生与我握手告别，一字一句地说："我记住了泰山。"

先生对中国文化有如此渊博的学识和浓厚的兴趣，是因为他来自一个拥有优秀文化传统的国家，更因为中国语言和文化自身的博大精深具有极强的吸引力。泰山不仅风光壮美，还承载着悠久丰厚的民族文化，所以它会深深地吸引着全世界的目光，留住八方来宾的记忆。

# 多彩的荷兰

乘车从巴黎到荷兰，不仅享受到了一日三餐吃在三个国家的情趣，还充分领略了欧洲的自然、舒坦和精巧：小山坡上寂静的古堡，葡萄园里斑驳的木屋，边境上宁静的小镇，小河小湖里漫游的野鸭和不知名的水鸟，一派秀丽的田园风光。而清丽中又多姿多彩的当属荷兰。

荷兰的多彩，最直观的体现，就在于它总能很轻易地把两个极端的东西放在一起，像就在眼前的"洼地高人"。它有三分之一的国土低于海平面，近四分之一的国土靠一道大堤坝围海造成。首都阿姆斯特丹地势最低，它的建筑物多数是用木桩打入地下来支撑的，难怪被称为"海洋中的城市"。荷兰人自己则乐观地说："上帝造人，荷兰人造地。"就在这片世界上独一无二的洼地上生长的荷兰人，人均身高竟然居世界第一，男人平均身高一点八三米，女人平均身高一点七米。高大的荷兰人聪明、乐观、宽容、坚韧，他们面对这样恶劣的生存环境，不但没有被吓倒，反而创造出许多世界之最。他们拖着笨重的木鞋在洼地上创造出一个花的王国，如今，他们早已把鲜花生产转移到外国，使自己用转基因来改良和发明新品种、延长插花寿命的高科技领先于世；他们迎着北海的四季来风最早发明了风车这一生产与制造的动力，此后，又最早使用机械和电力，把风车变成这个国家的历史见证、游览的景致；他们拥有自然而广阔的河流田野，同时也拥有浓艳到灵肉的"性展览""红灯区"；他们一直沿用古老的王国制度，同时他们也最前卫，第一个在法律上通过了同性恋、安乐死……

49

听说荷兰每年的阴雨天气要在二百五十天以上，我们真幸运，今天遇上了好天气，阳光在云彩里穿行，为洼地的风景增添了灵动和亮丽。我们沿着纵横的河道旁默然矗立的风车和遍地的鲜花走进了古老的风俗村。村落不大，倒有四百年的历史，恬恬淡淡，宁宁静静。远近矗立着几座造型各异的巨型风车，今日无风，叶轮缓缓转动，与静极的氛围相默契。穿村而过的河上架一座原木小桥，古老的木鞋制造作坊里机器正削出一只翘尖的鞋。相邻的工艺品商店里摆着绚丽多彩的木鞋、陶瓷鞋，做钥匙坠用的鞋仅有花生米大小，而摆在院子当中的那一只，足有大半人高呢！

如果说风车、鲜花是荷兰最大的特色，水则是这里最精彩的一笔。从地图上看，纵横的河道交织成一张网，覆盖着整个国土，景由水造，花从水生。水最伟大的杰作，是这座与之息息相关的水城——阿姆斯特丹。

这座"水下城市"，十六世纪就曾与巴黎、伦敦、那不勒斯并称为欧洲四大都市。从古到今，尽管它并没有像那几座城市似的有标志性的建筑物，但它绝不会与任何一个欧洲城市相混淆。市区内河网交错，千余座桥梁纵横，百余座岛屿风光各异。

来到水城，当然不会错过乘船航游的节目。从火车站出发，追寻昔日航海家的足迹悠然前行。两岸建于十五世纪的楼房千姿百态，红墙褐檐，白漆门窗，清新雅致，间或与往昔贵族的豪宅擦肩而过，让人无法忽略地感受到了当年"海上霸王"的气派与辉煌。而不管什么样的房屋，呈窄三角形的临河墙顶上大都伸出一个铁钩吊环，问过才知道，这是为大水到来时往上吊东西用的。河岸上摆放着无数自行车。河道两侧停靠着成排的"船屋"，据说住在船屋里的人家已逾万户。穿行在水城的昨天与今天之间，既古朴典雅又轻盈飘逸，动感十足的独特魅力，使谁都会觉出它自有的国际化城市风韵。

穿过一座中段自动开合的桥，就来到了有海盗船和船舶现代博物馆的开阔水面。不远处伸进海里的一座中国宫廷式建筑——"海上皇宫"

呈现在眼前，它是我国的旅荷侨胞毕先生经营的，荷兰王室多次选在这里举行盛大宴会，现在，在这里就餐已成为一种规格与荣耀。今天，荷兰朋友就把我们安排在这里就餐。然而，游船按既定路线，到不了"海上皇宫"就该掉头了。陪同的荷兰朋友与船家说明，船家征求同船游客的意见，全船乘客一齐微笑着喊："我们要专程去送中国朋友！"大家以及临船听到喊声的欧洲朋友都兴奋而激动地鼓起掌来。

夜幕降临时分，我们徜徉在阿姆斯特丹的繁华闹市卡尔弗尔大街及其东西两侧的市区里，自然清秀、素面朝天的荷兰顿时荡然无存，整个的一片奇光异彩，耀眼的灯光和各色闪烁的霓虹灯标牌，宛如少女的艳妆浓抹让人眼花缭乱。红灯区在繁华的"二战"纪念碑广场附近，是一条本来就不宽，中间还有一条运河穿过的街道，全都浸泡在昏暗闪烁的红光里，街两旁赫然而立的是世界闻名的"性博览馆"。白天还窗帘紧闭的落地式玻璃橱窗，此时洞然大开，窗内的"商品"一览无余——一个个穿"三点式"的橱窗女郎，或立或坐，向窗外的路人暗送秋波……有人解释说，荷兰这种现象也是一种文化，它展示了一种自然的宽容与随意性，是在呼唤人类野性的回归。然而，我们这些来自东方文明古国的"死脑筋"，怎么也品味不出它的美感来。

离开阿姆斯特丹，我们顺便游览了海牙，荷兰的第三大城市，也是皇宫、中央政府以及各国大使馆的所在地。依然宁静、舒展。皇宫就在大道旁，敞着门的铁栅栏内一个不大的院落，没有什么特别的森严的感觉。不远处立着女王祖母——维欧罕米娜的雕塑，一座轮廓式的抽象铜质艺术品，面貌模糊。底座上老祖母的话语清晰："我是一个人留在这里，但我并不孤独。"由衷地表达出王室与民众同在的平民情愫。荷兰的首相是民众直选的，每四年一次。首相官邸沿河而立，官邸前的院落是一处古迹，民众与游客自由进出。据说有一次，首相骑自行车来上班，下班时发现自行车丢了。

海牙最著名的当属国际法庭，第一次世界大战后成立的这座国际常设法庭，因荷兰在世界上第一个实行《海法》而设立在这里，是美国石油大亨费里斯捐建的。它又被称为"和平宫"。每当发生国际纠纷，这里常常被人们当作正义和公理的化身。法庭门前的浮雕也表达出人类对公平与正义的渴望。然而，严正的历史里也不乏让人啼笑皆非的情节：就在这国际法庭大门前，竖着的"标志物"却是第二次世界大战打在这里的第一发炮弹。法庭里有个日本厅，日本人捐了十万美元，因此，日本人来这里参观就有了不少的优先权和优惠政策。人类总是抱有美好的理想，而现存的公正仅是相对而言罢了。

匆匆地浏览，深深的印象，并不在于它光怪陆离的"红灯区"，也不在于它前卫的制度，而在于它独特的北欧风光，荷兰人令上帝折服、让大海屈服的沉着与坚韧，当然，还有《夜巡图》与《向日葵》，更在于它整个国家散发出的那种自由、宽容而多彩的光芒。

# 丹麦掠影

## 城市的灵魂

我敢说，全世界到哥本哈根观光的文化人，都是为安徒生而来的。我是其中一个，因为在我自己人生里程的起步阶段，有《卖火柴的小女孩》和《海的女儿》。可以说，是安徒生为这座城市注入了灵魂，否则，一座城市不管多么繁华、多么美丽，抽去了人文情致就等于斩断了它的根。哥本哈根是有幸的，一百八十年前，它没有拒绝这位有生以来第一次穿靴子的丑陋少年，虽然让他碰了些壁，却没让他失望。于是，他把坚韧的生命研磨成墨汁，用毕生精力把整座城市勾画成了童话，他则成为这篇童话里跨越时空飞向永恒的天鹅，令世人久久仰望。

## 安徒生雕像

在市中心安徒生大街上，一侧是哥本哈根市政厅，市政厅临街的便道上，矗立着先生仰视长空的青铜坐像。

以不变的姿势
坐在这里
百年　千年

53

就像你一生不变的执着

生前

国旗卫官勋章　欧洲公民　有了

身后

安徒生大街　安徒生公园　有了

为什么你连眼珠都没动一下

仍然不变地仰视长空

似作天问

是怕当今的浮华

淤塞了目光的澄澈

还是与上帝一直没说明白

那个冗长的话题

长夜与文学

文学与人心


## 新港石桥

　　新港运河里，当年繁忙的帆船，如今成了游人眼中的风景。岸南，是热闹的啤酒街；岸北，是宁静的先生故居。桥，亘古不变地立在其中。


石桥拱起

如同你那被岁月压驼的背

背弯了　硬度仍在

始终承载着童年的艰辛和憧憬的甘醇

融入生命的处女作　被抢购一空了

啤酒屋里送来的　还是讪笑

你怅立桥头

看天　看地　看河水
当看清了清澈与浑浊
现实与未来之后
终于明白了
世上唯一可以倾心的
只有孩子
于是　把不朽交给了无邪的孩童

# 故　居

一座普通的红房子
门紧闭着
像一场大剧谢了幕
插上国旗
招呼八方来客
让人分不清是高贵还是寒酸
门前的路不宽敞　也不平直
正是这些坑坑洼洼
留住了沉重脚步的伤感
倒是文豪一路踉跄的坦然
使来访者　不经意中
听到不屈命运叩击道路坚硬的声音
"只要你不相信自己会摔下去，
你就不会摔下去！"
循声追去
你已走远

# 童话的秋天

穿越风雨的一生

到了秋季

一下子被晚霞点燃

苍绿未尽

多了耀眼的金黄

如此绚烂

怎不刺伤美人鱼忧郁的眼神

波罗的海风的清凉里

飘落的叶子与黄昏相撞

演奏出一曲凄婉而凝重的乐章

凋零不是死亡

是生命的成熟

# 铜石作纸著诗篇

## ——北欧雕塑一瞥

　　北欧距我们遥远而又神秘，遥远得像清晨的半缕晓梦，神秘得像古老的传说。久已神往，偶得机会，又是顺访，步履匆匆，浮光掠影。而这些岛国独具特色的海光山色、风土人情，又多得像天上数不清的星星，美得像安徒生的童话，好像不管谁踏上这片土地，都会变成童话人物似的，那种怡然陶醉是情不自禁的。

　　大面积扑入眼帘的，先是无边无际的碧蓝海水环抱中的片片绿色的土地，绿色的树木，绿色的草坪，绿色的湖泊，绿色的河流。雅致疏淡的城市景观与之相映衬、相默契，再配上远处落日余晖里，上边白雪皑皑下边绿树森森的山影。一旦整个地笼罩在人与自然浑然一体、纯朴而宁静的氛围里，真叫人分不清是人间还是天堂，难怪郭沫若先生在一九五九年五月来访后写下了这样的诗句：

> 五月晴光照太清，四郎岛上话牛耕。
>
> 樱花吐艳梨花素，泉水喷云海水平。
>
> 湾畔人鱼疑入梦，园中雕塑浑如生。
>
> 北欧景物今观遍，风情最美数丹京。

　　访问归来，已有好长一段时间，俗务缠身，美景美感随时光流转而悄然消失。偶尔与亲友谈及，不承想，留下印痕最深的竟然是那石刻铜铸的雕塑，或坐落在街头小巷，或矗立在湖畔海滩，或云集在广场公园，千姿百态，无不栩栩如生。它们是这片神奇土地上的精美点缀，是每一座城市的文化表情，是每一个民族的精神象征。像一首首诗、一幅幅画，深沉地与来宾对视，无语地与世人交谈，使人们心领神会，思索遐想。

记忆最深的当然是《美人鱼》，它是哥本哈根的象征，是丹麦人的骄傲，更是丹麦人刻意留藏在内心深处的真与美。或许，一个善良、纯洁而高尚的民族会这样认为，有了美便有了一切。

安徒生的这篇童话实在是太美了！这篇童话里的主人公"海的女儿"那坚毅而高尚的情操实在是太美了！她是海王的女儿，是六姐妹中最漂亮、最受老祖母宠爱的一个。她十五岁时，一位王子所乘的船触礁沉没，她舍生救了王子并倾心于他，但王子因另有婚约离她而去。痴情的美人鱼依然日复一日地坐在海边岩石上，等待王子的归来。

这个凄美的故事，深深打动了丹麦人，他们于一九一三年为她精心铸造了一尊一点六米高的人身鱼尾的铜像，安放在港口海边一块岩石上。铜像曾于一九六四年和一九八四年两次被盗，先后被人锯去头颅和右臂，幸好丹麦人一直保存着铜像的铸模，使之得以劫后重生。就这样，她以不变的姿势，斜坐在这块水潮涨落所遗留下的岩石上，注视着宁静的海面沉思着，到底也没弄明白，王子与平民，做人与做鱼，哪一个更高尚？然而，她仍以对幸福不变的渴望和追求，期待着，期待着……使慕名而来的各国游客，一旦与她那深沉而凄楚的眼神接触，便再也忘不掉这个让人类愧疚的情结，以至于世界上知道美人鱼的人比知道丹麦在哪里的人还要多。

在哥本哈根自然不可少了安徒生的塑像。市政广场旁边斜出的小巷，先生在仰视长空，似作天问；安徒生公园里，先生端坐而凝视，像是构思新的篇章。这里的人们已经习惯了与他相依相伴，如果没有了安徒生，如同抽去了这座城市的灵魂。

另一尊闻名于世的杰作《神牛》，屹立在朗格宁海滨公园的水池里。只见一个半身裸露、长发飘飘的妇女，右手挥鞭，迎着风雨，神态坚毅地驾驭着四头壮牛在耕耘。从解说牌上得知，这组雕塑表现了一个古老而动人的故事。传说在远古时代，魔鬼作祟，要把西兰岛沉进海里，正当危难之际，女神婕芬降临人间，把她的四个儿子变成四头神牛，硬把这块土地重新拉出海面，使人民幸免于难。为了纪念她，丹麦雕塑家艾·泼德卡特创造出这一杰作。它既表现了丹麦人与自然灾害顽强斗争建设美丽家园的精神，也表现了丹麦人不忘根本的美德。

不要说芬兰赫尔辛基市西贝柳斯公园里，那尊用无数钢管组成的现代派的西贝柳斯纪念碑，还有雕塑一侧那位音乐家颦眉凝思的金属头像，也不去说瑞典首都斯德哥尔摩以及海港之城哥德堡随处可见的雕塑，单说挪威奥斯陆人生公园里维格朗刀下的那一百九十二座雕像和六百五十座浮雕，就堪称世界之最。公园以雕塑家斯塔夫·维格朗的名字命名。大师以"人生的不同阶段"为主题，雕出人生百态，从牙牙孩童到耄耋老人，勾画了人类从生到死的全部旅程，也再现了人生之路的曲折而漫长，给参观者以深刻的人生启迪。公园中间宽大的平台上高高耸立的"生命柱"，是由一百二十一个人物雕像组成，柱上每个人都与真人一样大小，神态各异，身体线条逼真，立体感极强。据说，作品是在表现不满人间生活的善男信女对天堂的向往。"生命柱"四周则是三十三组人体石雕群像，反映了平凡的世界里，人们茹苦含辛而不懈追求幸福的真实生活，二者形成鲜明的对照。

散布在园中的一尊尊雕像，有天真烂漫的孩童，有孤独寡欢的老人，有慈母对儿女的疼爱，有父亲与孩子嬉闹，为数较多的则是年轻人的青春活力和相亲相恋……日常生活，人之常性，无不跃然其间。大路旁一座叫作"痛哭男孩"的雕像特别引人注目。只见一个胖墩墩、黑乎乎的小男孩，号啕大哭，跺着脚，张着臂，急切地要扑入亲人的怀里，使许多过往游客深深地爱怜他，不时有年轻的母亲上前抚慰，拥着他合影。

北欧，这片富饶而美丽的土地，她不仅拥有独特的自然风光、富足的海上石油、漂亮的沃尔沃汽车、湿热的桑拿浴，还拥有如此丰厚的文化、精美的艺术。这里众多的发明早已为世界所瞩目，而她的艺术创造不失为又一道亮丽的风景线。"发明改变了我们的生活，艺术使她变得更加美丽。"一个拥有自己的文化和不竭创造力的国家，怎能不自立于世界民族之林，怎能不让世人久久向往！

# 文化都市圣彼得堡

圣彼得堡，这座从海滩泥淖里拔起的宏大城市，徜徉其间的涅瓦河以及穿梭于水上的船只，见证着它三百多年的复兴，任凭俄罗斯历史长河中发生过怎样的变故，都没能影响到它优雅、沉凝、从容的气度。无论是整座城市统一的布局，每座建筑的精美，多得数不清的博物馆、纪念物，还是不同时期在此驻足的普希金、陀思妥耶夫斯基、列宁等各界名人，以至今天市民的文明举止和素养学风，都使得它与众不同。尽管历史的变迁留给它些许繁华落尽后的落寞哀愁，但从古到今蓄养起来的人文气质，与许多国家大都市的繁华迷醉相比，更是令人心驰神往，不容忽略，不能忘记。

我是在访问过欧、美、澳的许多国家之后，于二〇〇七年六月踏上我们的邻邦——俄罗斯这片世界上最大的国土的。造访了莫斯科之后，乘火车穿越半天一夜来到这座城市。

这个季节，在我的故乡已是热浪蒸腾，而这里涅瓦河里的冰雪尚未消融。白白的冰雪，蓝蓝的河水，晴空万里，映衬得一城浅黄色的宏伟建筑巍峨里透出雅致、高贵。与河并行延伸五公里的涅瓦大街是这座城市的主动脉，从早到晚都是一副熙熙攘攘而不失章法和节奏的景象。它有一个美丽的别名"宽容大街"，是因为它容许非东正教在这里存在而获得的。它两旁的建筑，与它交错的纵向街、瓦西里耶夫斯基岛上的滨河学府路、大街、中街上面的建筑，毫不夸张地说，每一座都是一个令你反复欣赏的艺术品，每一次欣赏都会有新的发现。建筑上的精美雕饰物，同一座楼房，不同的层次，不同的门窗，不同的墙壁上，都会有不同的细节和讲究。置身于这些街道和这样的建筑中，仿佛置身于精美的雕塑群中。这些造型稳重、颜色和谐的建筑，有序地放在设计整齐的街道框架里，让你无处不感受到那种气势恢宏又巧夺天工的美妙。据史料记载，圣彼得堡是按照彼得大帝拟订的统一计划建造的。说到这一点，俄方的陪同人员自豪地说：与巴黎建筑的区别就在这里。巴黎作为古都，是以建筑流于自然而闻名于世；圣彼得堡呢，则是按照统一的计划建造出了自己的特色。这里边折射出东西方建筑文明的差异。实际上，更确切一点说，它的基本特色是俄欧合璧，把欧洲建筑风格与俄罗斯建筑风格融为了一体。这是因为，圣彼得堡作为彼得大帝向欧洲开放的硕果，兴建之初，他就广招意大利、法国、西班牙等国家有名的建筑师和设计师，前来与俄国的建筑师和设计师合作共同建造的。冬宫和斯莫尔尼宫的设计就出自意大利设计师之手。

这座文化城市建筑的杰作在夏宫，皇冠属冬宫。夏宫也叫彼得宫，更是按照彼得一世的运筹和指令来建造的。十八世纪初，俄国同瑞典的北方战争结束后，彼得一世一方面在现在的圣彼得堡的瓦西里耶夫岛上筹划修筑彼得要塞，以防北方敌人再次入侵，同时创造条件继续向西方开放，择地兴建皇宫和贸易场所。夏宫是皇家的休闲娱乐场所，几经勘察考究，才选定的现在的所在地。这里面向圣彼得堡，背后是波罗的海。公园的整体由德国和意大利的设计师设计，由俄国工匠建造。据说，那时每天有从全国各地前来的五千民工在这里施工，从一七〇五年兴建，到一七九九年完工，整整用了九十五年。夏宫分上下两园，上园多是建筑，下园多是人造的自然景观，奇花异草，名木古树，喷泉池水散落其中。最著名的"喷泉公园"，是由来自几十里以外的一百三十八股自然泉构成的。当地人自豪地称之为古今俄外绝无仅有，泉水喷射高达二十多米，蓄水池中雕塑之雄伟，喷泉之壮观，设计之精巧，都堪称世界之最。这件建筑杰作在"二战"中险些毁于入侵的希特勒之手，幸好敌人没来得及占领，重要展品得到及时的搬运，否则也会像我们的圆明园似的，留下不尽的遗憾。

现在的冬宫就是艾尔米塔什博物馆。它位于涅瓦河畔圣彼得堡宫殿广场上，规模宏大的建筑本身就是一件巨大的艺术品。而它的举世闻名，还在于收藏了众多世界级文物和艺术品，使得它与巴黎的卢浮宫、伦敦的大英博物馆、纽约的大都会艺术博物馆齐名，名列世界四大博物馆之中。该馆最早是叶卡捷琳娜二世女皇的私人博物馆。自一七六四年，叶卡捷琳娜二世陆续从柏林购进伦勃朗、鲁本斯等人的二百五十幅绘画存放在这里。经过多年的积累，藏品日渐增多，种类趋于多样，如今藏品已近三百万件。不能不佩服叶卡捷琳娜二世女皇的境界、见识与胸襟。据说，看完这么多的藏品，需要二十七年的时间。十月革命以后，整个冬宫归属于艾尔米塔什博物馆，一九二二年正式设立国立艾尔米塔什博物馆，向公众开放。

跨进这样的博物馆，就是置身于艺术的世界。走过一个个展厅，就好像做了一次以俄罗斯艺术为主线、以各国艺术为点缀的跨世纪旅行。从古至今，从西方到东方，从绘画到雕塑、金银器皿、服装、饰品、工艺品等等，古波斯的、古罗马的、古希腊的、中国的、俄国的。藏品中绘画最为著名，从拜占庭最古老的宗教画，到现代的马蒂斯、毕加索的绘画作品，以及印象派、后期印象派画作应有尽有。最多的还是法、德、意、英、荷兰、西班牙等欧洲国家文艺复兴时期的，其中意大利达·芬奇的两幅《圣母像》、拉斐尔的《圣母圣子图》《圣家族》、荷兰伦勃朗的《浪子回头》，以及提香、鲁本斯、委拉斯贵支、雷诺阿等人的名画极其珍贵。在这样的艺术殿堂，面对这些取之不尽的宝藏，需要慢慢地品味，细细地欣赏。俄罗斯有句谚语说："艺术与匆忙毫不相干。"人们的情操陶冶，审美情趣提升，就是在这慢慢品味细细欣赏中完成的。难怪圣彼得堡的民众普遍热爱文化艺术品，举止从容大度，行走不离书报，使满城散发着书卷气息，让我们这些来自孔子故乡，应该传承"好学"这一最重要的文化基因的中国教育者自愧不如。各式各样的艺术品给你不同的感觉，或感叹，或震撼，或回味，或流连。西班牙的画多表现宫廷题材，给人一种恢宏、豪华、气派的感觉；意大利的画多是表现宗教题材，给人一种和谐宁静、与世无争的感觉；荷兰的画多是表现乡村普通人的生活，给人一种欢快、风趣、生机盎然的感觉。有一件大理石雕塑整体制作用了七十六年，几代人接续完成一件作品，还是那么浑然一体，完美无缺，足见几代人对艺术理解的共同感觉和统一理念，令人更为艺术家们的匠心独具和锲而不舍的精神所感动。

这里的文化太丰厚了，厚重得让我们这些匆匆过客装不下载不动。走出冬宫，漫步在广阔的广场、宽阔的街道，无意中发现了这座城市纪念名人的独特方式：随时随处可见到一块或铜或铁或大理石的牌，钉在或嵌在墙壁上，上面刻着某某伟人、名人、科学家、政治家、社会活动家、院士、建筑师乃至受过国家奖励的劳动模范等等，何时曾在这里居住过、生活过、工作过。很多街道、区域、广场，以名人或对社会做过贡献的人来命名，这也是圣彼得堡又一种文化景观。这种纪念方式既经济又实用，大人小孩路过此地，边走边说，不经意间就进行了教育和熏陶，使前人的遗志、精神、文化内涵自然而然地融入现代人的工作和生活之中，发挥了承上启下的历史传承作用，形成一种自觉的自我教育，就是只看上一眼，这无声的教育同样能启迪灵魂深处的自省自励，大概不亚于有组织买门票参观的教育效果。这，对我们拥有五千年文明的国度不具有启示作用吗？不由得仰望楼群上方的蓝天，莫名地感叹。

陪同的俄罗斯朋友提示我们，去看一看楼群间的拱门，那也是圣彼得堡建筑的一大特色，并说穿行拱门能更加深入地理解圣彼得堡。我们将信将疑，真的从六线拱门一直穿到十线拱门，走进一个拱门就是走进一个楼群，一个楼群就是一个街区，穿过这个楼群就到了另一条街，再从另一条街穿拱门，又到了第三条街。拱门里的楼，门窗墙壁都很破旧，院子很深，环境卫生不算差。从楼顶造型、外墙以及门窗上的雕饰、院落的样式等可以判断楼的建筑年代，依稀可见楼建时的质量。但毕竟年久失修，残破的楼梯、东倒西歪的大门、破损的雕塑，都在向你倾诉它那非同寻常的经历，显示出时代的沧桑。也难怪，建城至今三百年间，这座城市经历了从农奴制、半农奴半资本主义，到资本主义临时政府、苏维埃社会主义，再到现在的原始资本主义，差不多五种社会制度的变迁，它们是见证者，拥有权威的发言权。悠悠地穿行于拱门楼群，静静地听这楼、这院、这门的诉说，慢慢梳理这座城市的发展轨迹，似乎触摸到这个国家行进的脚步。

天近傍晚，我们该去大剧院看芭蕾舞剧《天鹅湖》了，需要乘坐公共汽车。交通状况不敢恭维，等车时间很久，队排得很长，但不乱，很静，他们把加塞、喧哗看作不雅的事情，这时候不少人手里拿出书或报来浏览。汽车破旧，车上拥挤，仍有给老年人让座的年轻人。车上报站的一会儿是售票员，一会儿是司机，吐词不清，我们请的留学生翻译是听不懂的。售票员验票很认真，给不认路的人引路很热情。这辆车上的售票员是位六十多岁的老者，好像感冒了，不断打喷嚏。中间上来一位外地人，路不熟，而且因上辆车坐错了迷了路。于是这位老售票员认真地听他讲述，帮助分析，最后决定他该在什么地方下车。他耸耸肩膀说，如果你要下的路口红灯亮了就幸运了。果然下一个路口红灯亮了，老售票员果断地让司机打开车门，迷路人下了车。这时老售票员高兴得手舞足蹈，大声告诉他下一段路怎么走，开心地与他话别，好像一个孩子得到了自己心爱的东西似的，早忘了自己感冒的难受。他的举动使满车上如沐春风，我们这些坐车的人也暂时忘记了车子的拥挤、车外的寒冷，心里暖融融的。到了大剧院，观众很多，俄罗斯人主动为我们让路，让我们走过他们才走。落座以后，鸦雀无声，台上演得投入，台下看得认真。哦，苏联留给俄罗斯最最宝贵的财富——素养。这样的城市，这样的人，是民族传统，是精神文化的修养，还是历久弥新的教育？但有一点是肯定的，绝非一朝一夕，更非单单金钱的激励。不错，物质文明是基础，还要看上面种植什么样的精神文明之花，二者统一了，文明之花才会盛开并常青。欧洲有句成语："困境造就美德。"也许，圣彼得堡本来就是从困境中拔地而起的，俄罗斯民族同样经历了无以计数的困境。其他国家其他民族，譬如我们，从古到今，同样经历无数困境，我们该怎样去营建一座座文化城市，怎样造就一代代既传承历史又创新明天的族群，圣彼得堡或许具有镜子的意义。

# 第二辑

## 美 洲 行

# 从海恩斯到阿帕契

美国的海恩斯小镇和阿帕契国家野生动物保护区，两者地处北美洲的南北两个顶端：一个位于不与任何陆地相连接的阿拉斯加州南部、最长峡湾原始海湾的岸边，一个位于南部边陲的新墨西哥州的西南边，相距近万里；一个属于冰天雪地的原始荒野，一个属于阳光充沛且干燥的沙漠地带。在这样两个人文、地理、气候迥异的地方，却拥有一个共同的美称：鸟类的天堂。那里的人们始终如一地悉心呵护着鸟儿们，鸟儿们在那里自由自在、无忧无虑地享受生活，尽情展现精彩的生命。说着、做着、歌着、舞着，创造出人类与伴生生命和谐相处的共生模式，还有如诗如画的美好境界，令所有热爱大自然的远方来客，禁不住生发出难以忘怀的感动和思绪。这两个遥远而奇特的地方，会聚在我的一次行程里，就是因为我要慕名前去拍摄白头海雕和沙丘鹤。时间在那个隆冬季节。

## 海恩斯：与海雕共舞的传奇

海恩斯是美国第一大州（指面积）阿拉斯加的一个小镇。除了地理位置遥远，原始风貌自然纯净之外，其他说不上有什么特别，就因为这里聚集了大量的白头海雕而闻名于天下。

站在海恩斯轮渡码头看这片原野，一面向海，三面环山，除了冰雪还是冰雪，除了纯净还是纯净，一切都是自然的、原生态的，鲜见人类足迹，让人只觉得面前是人类几千年历史长河中任何一个自己感兴趣的年代。怪不得当地的印第安原住民奇尔卡特人称它为"路的尽头"，即使到了今天，阿拉斯加的高速公路也在这里走到了尽头。迎面山腰上有座古堡，那就是西华德军方邮局，这个地标式的建筑，已被冰雪覆盖得棱角不甚分明了。山脚下海湾里停靠的私家游艇，透露出人类在此居住的消息。远处，连绵的山峰只见起伏的曲线，难辨高低错落。海恩斯这般模样，可是阿拉斯加向世人敞开的第一扇窗？第一亮相？冰雪梦幻童话中的第一个情节？

虽然一路小雪，北纬七十度的高寒地带，并没有想象中的那么寒冷。我们走进下榻的小宾馆——"船长的选择"，它也是原木建造，形状自然而古朴。刚放妥行李，此行的鸟导马克先生要播放他多年来在此地拍摄的白头海雕照片。挥一挥连日奔波的疲惫，踩着吱呀作响的楼梯到大厅去观赏。照片一展现就让人感到震撼：海雕们个个是一副桀骜不驯、凛然不可侵犯的模样，一行一动皆是征服者的游戏，遨游、俯冲、打斗、雄视，威猛高傲、坚定勇敢的王者之风一览无余。不结冰的河水里慢吞吞游动的硕大鲑鱼清晰可见。我们既为雄鹰佳作喝彩，又为冰天雪地中的河水不结冰而疑惑。马克闻听笑了起来，说："海恩斯的神奇就在这里，海雕聚集的原因就在这里。"

它的神奇首先在于地理条件。海恩斯坐落在狭长的内湾奇尔卡特和奇尔库特之间的奇尔卡特半岛上，这个半岛向南深入到林恩运河——北美最长的峡湾。齐尔库、克莱赫尼、奇尔卡特三条河交界地带，泥沙淤积形成一个扇形坝，即便在冰天雪地的严冬，长达八十公里的奇尔卡特河也不结冰。于是产生了一种神奇的自然现象：河水吸引来了鲑鱼，鲑鱼吸引来了海雕。每年七至十月，大西洋深处的上万条鲑鱼沿着入海口的河道逆流而上，利用嗅觉以及太阳、地球磁场引导，洄游到淡水河流和湖泊的出生地，奇尔卡特河便是其中之一。它们辗转万里，历尽生死劫难，只为产卵，产卵后即死去，安息在自己的故乡。鱼卵长成鱼苗，半年后又将会沿着父辈成长的道路洄游入海，重复着同样的悲壮，颇有一种生命传承的神圣的仪式感。它们的勇往直前，无惧无悔，最终将生命的终点变成永恒的延续，背负起了一个种族需要完成的生命循环。

每到冬季，天地间就像有一项默无声息的契约在履行，数以千计的白头海雕飞来赴约，按时守候在这里，毫不迟疑地将鲑鱼作为美食，尽情饕餮。一边是为生而死的奉献，一边是因死而生的占有，这种自然界的伦常，附着在固有的生物链上，环环相扣，上演着自然界生命繁衍不灭的规律。当地两千多名居民，习以为常地固守着千百年来无法解释、无法改变的自然生命奇观，握手天下宾客，为原本单调的生活增添了人气和趣味。

昼短夜长是海恩斯冬季的特点。太阳与大地只有三十度的夹角，下午两点太阳就衔山了，不一会儿夜幕降临，漫长的黑夜开始。早晨七点多钟，天刚蒙蒙亮，我们迫不及待地收拾好相机，在晨曦里乘车前往契凯特白头海雕保护区。这片保护区占地七万八千英亩，于一九八二年设立。今天雪过天晴，空气格外新鲜，处处一尘不染，远山近水，一草一木，连同远方来客的思绪似乎都闪烁着晶莹剔透的光芒。黛青色的松柏林间白雾缭绕，黑白分明，若隐若现，酷似童话世界里的世外桃源。一个小时后，到达保护区内的河岸平台，恰好太阳羞答答地从雪峰后露出面容。经历了寒冷寂静冬夜的日出格外美丽，道道粉红色的霞光铺展在蔚蓝色的天庭，白雪皑皑的群山，笼罩上由乳白渐变为粉红的光晕，山峰被霞光镶上了粉黛色的裙边，冰封的大地呈现一片温馨的橘红。冷峻和柔和，生命宇宙里截然不同的表情同时出现，相互交织，创造出一种神秘而瑰丽的梦境。这一幅幅奇异的美景都映照在清澈的河水里，波光粼粼的河水翻腾起来，一圈圈涟漪中心有鲑鱼跃动的身影。抬头看，岸边突兀的枝杈上密密麻麻地站满了白头海雕，不一会儿，它们陆陆续续地向河边俯冲。零下十五度的冰天雪地里、沙石河滩上，很快就成了海雕猎捕鲑鱼的战场。

置身仙境中的我们哪里顾得上欣赏仙景，被冰雪过滤得分外洁净的视线，紧贴着长焦镜头，瞄准海雕的一举一动。只见它眼神犀利，凶光闪闪，带钩的喙锐利刚劲，头灵活地转动近二百七十度，巡视着四野，颈部根根羽毛参起，像支支待发的利箭。霸道地猎取，凶猛地争抢，拼死地厮杀，一旦抢到，拖起滴血的鱼儿远走高飞，划破长空的嘶鸣，宣示着胜利者的得意，鱼儿垂死的挣扎正是它眼中最美的风景。冒死历险，从大河中洄游到这里争取新生的肥美鲑鱼，就这样毫无求生希望地成为雕类生存的祭品。生态世界里同样存在着掠夺和牺牲，轮回着大自然不可更易的宿命。正是鲑鱼甘愿处于低一级的食物链而牺牲，成全了海雕们的威猛刚勇；正是海雕们的王者必胜的气概，成为人类自古以来普世尊崇的最美意象、最能表达精神和意志的象征。怪不得一九八二年，美国国会在立国之初，就把白头海雕定为国鸟，取意正在于它的自由、力量和英勇。

绕过雪峰飞来的海雕越来越多，在河滩上渐渐停留成一片。排在最前边的几只海雕不约而同地参起示威的翅膀，好像准备决斗的相扑选手那样，迈动起起武步向河边逼近。河水清澈，硕大的鲑鱼拙笨地挪动着，暴露无遗。走在前边的那只海雕抢先近前，抬腿抓住鱼身，伸喙啄瞎鱼的眼睛，旋即从鱼尾处啄食，顷刻间河水被血染红了一片。当海雕凌厉的目光与鲑鱼哀怜的眼神狭路相逢时，猎食者与被猎者之间复杂而微妙的情愫正好定格在镜头里。后面的几只海雕毫不相让，赶上来争夺，血腥里顿时扬起一片雪尘。这可阻挡不住王者志在必得的欲望，只见前面那只海雕伸展双翅，像三角滑翔机一样飞起，双脚抓着大过自己身体的鲑鱼，滴答的鲜血在空中拉成长长的弧线。后边的几只海雕紧追不舍，一场空中雄鹰们的肉搏战立马上演。我扛起相机追赶过去，急忙忙支稳相机，慌张张扣动连拍快门，如愿拍摄下这种绝无仅有的精彩场面。没几个回合，鲑鱼血肉横飞，化为碎片，被瓜分殆尽。海雕们各得其所之后，哼着小曲四散而去。我依然愣在那里，出神地品味惊险大剧里的一点一滴。一辆远来的轿车戛然停在身后，车上走下一位中年男子，衣着随意，举止有度。他见我喜爱白头海雕，露出了赞许的微笑。指指笨重的相机，示意请我上车，要送我回到河边平台。我做了个继续拍摄的样子，婉言谢绝。望着绝尘而去的车子，我深深感受到这片寒冷僵硬的大地深处那种柔软和温度。

经过几天紧张的拍摄，我们收获了许许多多精美的图片，颇为得意，抽点闲暇，到四处去赏景。在一片较开阔的地方，发现一张石椅，椅上有一块铭牌，上边的铭文写的是：坚强、乐观、充实、勇于展现自己。原来椅子里有个故事：住在荷马市的一位女士名叫珍·基恩，她在一家鱼类加工厂工作，每天都从工厂带回家许多鱼剩料喂养白头海雕。久而久之，她的家竟引来几百只海雕，海雕吸引了众多游客，成为当地一大景观。人们对她的做法毁誉参半。环境保护者认为这种行为破坏了当地环境和生态平衡。二〇〇九年珍去世后，荷马市政府通过了一项立法：禁止投食喂养白头海雕，违法投食一次被发现，罚金一万美元。但却为她建了这把石椅以示纪念。石椅上立有一块铭牌，牌子上刻的文字就是她从白头海雕那里领悟到的人生哲理。

与海雕有关的故事在当地流传很多。马克先生是纽约人，他就亲历了一件事情：前些年他来这里拍摄的时候，发现一只海雕伤残，翅膀冻在冰上，奄奄一息，他在当地人的协助下，砸下冰块和海雕一起送往野生动物保护中心。中心工作人员剪掉断了的翅羽，精心饲养，直到海雕完全康复后放生。持之以恒的自觉保护使这里的白头海雕有增无减，至今蔚然大观，引得五大洲的旅客雀跃前来。海恩斯人得以享受如此美景，在与世隔绝的境地里打开与外界联系之窗，既有大自然的赏赐，也有自己对伴生生命的善行付出。

马克先生早已熟悉这里的一切，他带领我们来到三条河的聚集地——扇形水库。跨过一段低矮土丘，穿过松林，只见偌大一片水面，静静地躺在四面耸立的雪峰怀抱里。山水一色呈黛青色，没有杂物，没有冰冻，只有清澈和静谧。岸边浅水里站着三个年轻高大的美国人在垂钓，听见有人来，回头向我们微笑。海恩斯有约定俗成的规矩：限制每天捕鱼的数量、品种和地域，以便让更多的鲑鱼洄游。看来这里是允许垂钓的。岸边放着几条钓上来的鲑鱼，又肥又大，每条近一米左右。我们的一位团友想抱起鱼来照相，拽着鱼的尾巴晃了几晃，没能搬动。垂钓人中最年轻的一个走过来，毫不费力地抱起一条鱼，摆了几个姿势让我们拍照。欢声笑语顿时打破了沉寂已久的空间，在雪峰间回荡。这方水土原本的热情友好又一次印在我心灵的底片里。

走出库区，我们又一次路遇半山腰的古堡。马克讲述了与这个军用邮局有关的故事。远在一千一百年前，印第安人就在这里安家，以打鱼为生。一七九九年，由于俄罗斯的探险家先到，阿拉斯加因而属于俄国的殖民地。一八六七年，俄国害怕这片一百七十万平方公里的土地成为英国的殖民地，便以七百二十万美元卖给了美国，每英亩平均两美分，实在是世界上最大最合算的土地买卖。经手人正是当时的国务卿威廉·亨利·西华德。实际上，这块土地虽原始却不贫穷，纯净且富有生机，二百六十种野生鸟类以及为数众多的动物自由自在地安栖在这里，特别是它给美国带来了渔业、天然气、石油、大量林木，并作为军事基地等源源不断的实惠，验证了西华德当年的眼光和承诺。

走过印第安人文化博物馆和高大的图腾柱来到小镇中心，沿途看到大大小小十几个博物馆、艺术馆、咖啡馆，还有几家商店和餐馆。每座建筑风格不同，外墙装饰都很有个性，其中多处有海雕的形象。艺廊和商店里摆放着原住民制作的传统工艺品和极具当代风格的艺术作品，一起售卖，很受游客喜爱。由此也看出当地人虽然物质生活简单，但并没有减少精神上的富有和浪漫。在商店里，我购买了刻着海雕图案的项坠和多绒加厚的御寒衣物，仅有的一位老年女性售货员热情地帮我挑选，直到称心如意。回到旅馆半天后，才发现围巾丢下了，回去寻找，老售货员已经收到柜台后，见我回来微笑着递上。我又一次感受到这方冰天雪地的淳朴和文明。

我们自然关注老鹰博物馆了，通过展示的图片、雕塑以及实物，了解了白头海雕以及鹰类的前世今生。白头海雕属鹰科，是北美洲特有物种，异常凶猛善战，习惯于掠夺、抢食。它俯冲捕猎的时速达两百五十公里以上，就因为它骨架轻薄而中空，许多雕骨连接在一起，身体结实而轻盈。早在美洲原居民印第安人的文化里，白头海雕就是将神的消息传递给人的使者，也象征着旺盛的繁殖力。雕的羽毛象征高贵，在传统仪式中，只有酋长或族长才能佩戴，也可赏赐给成年勇敢的部落战士。今天，我们从建筑上和物品上多处见到的海雕形象，印证了这种爱鸟护鸟的文化延续至今，已成为现代居民生活中不可或缺的一部分。

不知不觉十天过去，迎来了本年度的第四场大雪，用"雪花大如席"来描述这样的雪景最恰当不过了。我们不舍地来到河边，只见海雕难得地偃旗息鼓，半睡半醒地蹲在河滩或树杈上。平台上河岸边却站满了拍摄和观赏的人。原来到了感恩节，人们利用节假日，从美国内地或欧洲各国出发，千里万里为白头海雕而来，在这里只有一两天的停留时间。我们不忍心与他们拥挤，便撤下来，端着相机冒雪"扫街"，拍摄山水、冰川、土著部落、现代文明，还有住宅窗前居民送来的微笑。

海恩斯以飞雪为挥动的哈达，来迎送八方来宾。宾客们把这方生态淳朴的风情，以及他们与海雕共舞的壮美，用相机，用眼睛，用文思心绪向五洲四海传扬，传扬。


# 途　中


从朱诺飞新墨西哥州，几经换乘，用了十八个小时。飞机穿越云层达到的高空，永远是晴朗的、清澈的、光明的，无论地面上的阴晴风雨怎样变化都无法改变它，世人也还没能污染它。

从高空往下看，大地仅是漂浮在海洋中的一片叶，山河镶嵌在碧海中就是一架盆景，至于人类，简直渺小得没有了位置，了无踪影。原来，达到一定的高度，居高临下，就会把一切都看小了。世界大是因为人的目光短，天下事大是因为人的心胸小。极目四望，地球的边沿可见，整个美洲夹在两大洋之间的地理位置一目了然。西北角正是与俄罗斯连接的地方。突然，脑海中冒出了上个世纪四十年代美国某理论家的"地缘政治说"，如此自然而美丽的地带，一旦设军，其后果是保护还

75

是污染，谁又能说得清楚？在人类活动中，破坏性最大的无疑是战争。大概当时的世人还处于应穿越而未穿越的云层中，看不清世事本来的面目吧。耳边传来"阿布奎基机场到了"的播音，打断了纷乱的思绪。

走过机场大厅的时候，看到了令人耳目一新的一幅幅壁画：红岩峭壁、高原沙漠、仙人掌林立。迎门立着一根原木雕刻的印第安人的图腾柱，更多的自然是成群的沙丘鹤了。把新墨西哥州的人文地理和景象特色，向我们透出了冰山一角。

## 阿帕契：鹤舞长空的乐土

博斯克·德尔·阿帕契国家野生动物保护区，位于奇瓦瓦沙漠上，海拔一千五百米，属于内陆高原。它成立于一九三九年，面积五万七千余英亩。保护区内西有楚帕德拉山脉，东有圣帕斯奎山脉，高耸而连绵，古老的格兰德河流淌其间。大片的森林、灌木丛、湿地、湖泊以及庄稼地穿插交错，是两万多只沙丘鹤、五万多只雪雁等三百多种鸟类的乐园。它就在索科洛小镇南部，两地相距十八英里。

天色尚在黑暗中，我们的车子已经奔驰在寂静漆黑的道路上，尽管车外模糊一团，我们还是睁大眼睛好奇地望着掠过的原野。过了一阵，车速渐渐慢了下来，可一定要赶在日出前呀！随行的当地鸟导看出了我们急切的心思，耸耸肩说：有规定，临近保护区是限速的。

终于开到沼泽湖边，四周群山怀抱，地面无比寂静，遍地丛生的灌木和荒草，在朦胧的灰黑色中均为模糊的剪影。借着晨曦的弱光，看到土道上停满了汽车，土道下左手边是一片很大的水面，水岸边用木板架起长长的观赏台，台上早已站满了人。摄影者们蹑手蹑脚地走上平台，悄无声息地在三脚架上架好"长枪大炮"，生怕惊扰了鹤们、雁们的美梦。大家不顾清晨的寒冷，目不转睛地盯着湖面，静静地等待"仙鸟们"醒来，以期趁着晨曦时的逆光，捕获它们睡眼惺忪的漫步或者振翅起飞的美妙瞬间，把鹤们的曼舞和百鸟齐飞的壮观奇景摄入镜头。

东方渐渐明亮起来，曙光由一条幻化成一片，天色由深红转为橘黄，直到变成澄明的金色。此时此刻的远山近水都笼罩在金光中，如同一座硕大无比的水晶宫殿。湖水中央，一行一行整齐地排列着沙丘鹤，它们单腿站立，头颈插进翅羽，好像在睡梦中。湖边排着的是密密麻麻的洁白雪雁，还夹杂着一些杂色野鸭和不知名的水鸟，一起静静地等待旭日东升。岸上久候的人群开始调整相机，瞄准各自的目标，蓄势待发。鸟群在晨光沐浴中慢慢苏醒，万头攒动，呱呱的叫声在沼泽内外此起彼伏，划破寂静，直冲云霄，那气势不由得令人感到"鸣则闻于天"的撼动。沙丘鹤面对周围的人群毫不惊慌，用长长的喙慢条斯理地梳理自己的羽翼，像大家闺秀似的精心梳妆。原来，在人们长期自觉的保护下，这里已经形成了"人鸟共乐"的生境。

太阳升起来了，把温暖而美丽的光芒洒向大地，驱散荒漠沼泽上的晨雾烟岚，使水面的金黄色更加透明，群山披着金纱更加纯净。梳洗完的鹤群开始缓步前行，头颈前伸，一鹤领头百鹤随，优雅地轻点水面助跑之后，扇动双翼，凌空而起，飘逸潇洒地飞向高空，空中顿时交织成一片扑朔迷离的羽翼彩墙，嘹亮清越的鸣叫经天行地。继而湖边数不清的雪雁、野鸭起落飞腾，枝头的白冠雀、红翅黑鸟开始放歌，使绮丽奇妙的美景更加壮观。惊呆了的我，一时间竟然不知所措，目光跟随鹤们远去。看罢它们在空中盘旋穿梭时才回过神来，按动相机。连拍不断的嗒嗒声，"仙鹤们"清亮悠长的鸣叫声，在荒漠上空，交汇成一曲悦耳又动人魂魄的天籁乐章。

天光大亮，我们绕过一片草地，来到它们的觅食地，一片紧接麦苗地的狭长浅水沼泽，这里已经落下许多鹤群。鸟儿和我们相距几米许，它们的形态举动尽收眼底，亭亭玉立的静若处子，张翅觅食的动若流霞，翘首远望的翩若仙女。流畅优雅的身姿，灰褐色的羽毛，深蓝色的翅边，色彩不艳不娇，长喙长颈长腿，无不展示出超凡不俗、仙风道骨的绰约风姿。洒下来的柔和阳光，更加增添了它们的妩媚，神情里都是只可远观而不可亵玩的高贵和圣洁。

每当一队鹤群落下，就有一阵低鸣，好像不同的群体之间在相互打招呼。安静之后，有的对着湖水照镜子，有的用喙捕鱼，有的三三两两地在空中低旋绕飞，像是在欣赏自己安居的这片乐土。有两只鹤，风度翩翩地踱步来到我的面前，闪光的羽丝、鲜红的顶冠、点漆似的圆眼睛让我看得清清楚楚。我抑制住内心的激动，耐心等待着。只见它们双双对视、低鸣，像窃窃私语，接着长颈一曲一伸，一进一退。之后雄鹤展翅起舞，雌鹤则羞涩矜持，不为所动，雄鹤便围绕它的四周翩翩起舞，展现各种舞姿，雌鹤终于被感动，一起跳起舞来，低送高迎展，配合默契，一段晨光里双鹤热恋的对舞定格在我的镜头里。

鹤属于单配制的鸟类，君子似的舞蹈求偶文明而慎重，一旦结为伴侣，没有特殊情况会终身厮守，不离不弃，无论在地上或者飞翔时都紧紧相随。这对鹤却像爱了很久的情人，舞罢没有亲热，而是双双飞过土岗，落到远处的树林边上。我正凝望着，又有群鹤遮天掩地地飞落过来，挡住了视线。面对此情此景，谁能想到，保护区成立初期，这里是只有三十多只雪雁、不到二十只沙丘鹤的荒漠。保护区的宣传展览馆记下了这漫长的变迁历程。

这里原本是普韦布洛民族居住的地方，千百年来他们与飞禽走兽和谐相处。在这个民族的古老传说里，认为这些古老而美丽的鹤在很久很久之前也是人，至今仍保有人的灵魂。他们把鹤作为吉祥、忠贞、长寿的象征加以崇拜，在鸟类中赋予了它们崇高的地位。

上个世纪初，境内的格兰德河夏季洪水泛滥。当地居民为了根治水患，筑坝分流。经过多年努力，解决了水患，随之而来的却是洪泛区沼泽地的干涸。在湿地生长的油莎豆和谷类等植物开始消失，该地域内的野生动物，特别是候鸟，随着食物的消失也慢慢消失。居民们认为这里沿河的野生动物和它们的栖息地值得保留。在二十世纪三十年代，经过民众保护团体的不懈努力，终于在一九三九年，富兰克林·罗斯福总统批准建立了该保护区。从此以后，保护区的工作人员模仿大自然的洪水循环，创造季节性湿地，利用沟渠和水闸，将河水引来灌溉田野，人造沼泽和池塘。保护区为农民提供土地和灌溉，让农民种植苜蓿、玉米、小麦，苜蓿归农民，玉米、小麦的青苗和果实则作为鸟类的食物归保护区。使大片丰茂的草地、一块块农田，成为鸟儿兽儿取之不尽的粮仓。他们对每一只鸟或兽的伤、病、死亡都很重视，及时救治，找清原因，让它们在人类的保护下无忧无虑地自在生存。八十多年来的致力保护，换来了今天鹤雁成群的光景。每年秋末冬初，沙丘鹤、雪雁和许多其他鸟类，沿着格兰德河，穿越河边的森林，来到保护区栖息、补充营养，然后继续南飞越冬，来年春天，它们飞回加拿大北部。这片沙漠上的鸟类伊甸园，北美最大的观鸟地，已经成为世上一个传奇，每年吸引成千上万的游客来这里享受大自然的美妙。

　　大片的玉米地里，吃饱喝足了的鹤们格外精神，欢乐地嬉戏打斗，双双对对曼舞，犹如大型国际交谊舞会。再看蓝天白云下的连绵山峦前，当空飞舞长歌的群鹤又是另一番景象。它们灰褐色的身躯在阳光照耀下呈现出独特而深沉的光泽，舒展近两米长的翼翅，出没在云彩之间，时而疾飞盘旋，时而平缓穿梭，时而快速熟练地变换队形，一会儿"人"字形，一会儿"一"字形，穿过山坳的时候又变成弧形，好似连接青山的仙桥。无论怎样变换，都有条不紊，表现出它们很强的组织意识和团队精神。一阵又一阵清亮的长鸣在苍穹下回荡，直叫人想起"晴空一鹤排云上，便引诗情到碧霄"的句子。我们谨以"嗒嗒"的快门声送上伴奏。

　　夕阳西斜，一群群回归水面准备宿营的沙丘鹤铺天盖地，会集在一起的鸣叫声撼天动地，湖水里映出遮天蔽日的鸟影。目睹大群飞鸟弄余晖的壮阔景象，让人震撼，令人惊叹。它们像降落伞般展平长翼下降，着地的刹那酷似一群芭蕾舞演员足尖点地，仪态万方，激起水面一圈圈荡漾的涟漪。鹤无视我们的存在，就落在我们面前。有一只歪着头直视镜头，好奇而专注的样子，反倒使我不好意思。彩霞透过鹤的翅膀映进湖水里，多彩的湖水映进鹤的眼睛里，幽深似水的眼睛闪烁着灵光，仿佛里边隐藏着一个偌大的世界，在那个世界里边一定藏着许多生动的故事。这种世界上最古老的大鸟，从远古走来，飞越大半个世界，在它们的故事里，是怎样叙说自己与人类为伴从洪荒走到现在的情景的呢？我无法得知。

当我回到自己的书房里，整理这些生动美丽的照片，还有那一段段传奇经历时，严冬早已遁去。想必此时此刻的海恩斯，漫天彻地的冰雪渐渐消融，海雕暂归平静，花草悄悄萌发，阿帕契的鹤们也已北迁繁殖地，唯有宁静留在那里。我站在神州的春风里，回望那片辽阔、安然、资源丰厚而生机勃勃的土地，沉思……

# 华 盛 顿

## ——亮丽中的黑色风景

在华盛顿，壮观的林肯纪念堂的北侧和南侧，有两片空旷的土地，地上分别立着两堵黑色的墙。这墙是坟墓，它们的名字分别叫作韩战纪念碑、越战纪念碑。

墙上刻着在战争中死亡者的名单。这些曾经青春年少、风华正茂的美利坚公民，已经变成刻在碑上的名字在此永远地沉默了。

多少悲欢离合、哀痛忧伤的故事隐含在黑墙的后面，这两堵墙太过沉重。

这两堵墙站在这里，站成了一段难忘的历史，站成了这座大气而美丽的城市里一道独特的风景。周围浓郁的绿无法改变它的颜色，墓墙周围的林木被微风吹拂得枝叶飒飒作响，优美的环境无法冲淡它沉闷低回的气氛。

二十世纪中叶，朝鲜和越南这两个安宁而美丽的国家，分别在不同的时间里成为世界上的关注点。战争的阴霾遮住了半岛上明媚的阳光，枪炮声代替了轻拍堤岸的海浪声，人们的哭喊声掩去了一个能歌善舞的民族常挂在脸上的欢笑。然而主战国呢？他们正是这两次战争的失败者，韩战纪念墙前面横卧的基石上清晰地刻着：美军死亡五万四千二百四十六人，失踪八千一百七十七人。从那一刻起，美国人脸上同样多了一分悲哀的颜容……

南面的那堵黑色大理石墙上，刻着美军战士作战的形象：草地上有数十个形态各异、真人大小的美国士兵，头戴钢盔，手握长枪，身背报话机，穿着防弹大衣，神情紧张地猫腰弓步前进，一副集体冲锋的样子。雕塑毕竟不是活人，无从得知他们是否知道为什么要到一个他们从没有去过的异国土地上作战，为什么而战，又为什么会永远地不能回到自己的家乡；很难辨别他们表现的是呼吁和平与友谊，还是在呐喊战争和复仇。

躺在地上的一块石碑上刻着"1950—朝鲜—1953"。

另一座石碑上刻着"自由不是无代价的"。

以西半球上的一群年轻生命和东半球上的无数无辜生命，这样昂贵的代价换来的是谁的又是什么样的自由呢？这些宝贵的生命换来自由了吗？

错误的时间，错误的地点，一场错误的战争！错在哪里？谁的错？

茫茫浩空无以作答。有一点是毋庸置疑的：健在的美国人民要让他们的子子孙孙记住这一幕。

北面长长的黑色大理石墙下，零零散散地摆放了一些鲜花，三三两两的美国人默默地来到这里。有的坐在旁边的草地上，看着那堵墙静静地遐想；有的俯身仔细地阅读，寻找着自己心中的名字。

一只苍老而干瘦的手在墙上摸索着，停在一个名字上。一位老妇一遍一遍地抚摸着，像抚摸着一个人的面颊，光洁的墙面上反射出她略显驼背的孱弱身影，憔悴的面容是那么平静，像一口被人忘记了的枯井。没有悲哀，没有泪水，那些伤及心灵的至悲至痛早已被岁月冲刷干净，当初他们情意绵绵的别愁离绪也早已在她不尽的苦苦等待中耗尽。如今，黑色的墓墙只能带给她不愿想起的黑色记忆和伤痛，那种摧残文明与无辜生命、毁灭人类美好梦想的挥之不去的伤痛。

瘦弱的手还在抚摸着，抚摸着，慢慢地有些发抖。这位未亡人，是被哪一段陈年的细节勾起了心事，还是被今日明媚的阳光辉映着的大理石光泽刺痛了眼睛？

两堵黑色的墙，在这座亮丽的城市里站成了一道引人注目的黑色风景，铭刻下来的遥远记忆不能代替当今有识之士的清醒意识：不管谁发动战争都是危险的，发动者终究要承担后果。

　　人类从不希望战争！

# 亲历"九一一"后的美国航空安全

为促进经贸合作，我随市政府代表团赴美访问，时间安排在二〇〇一年十月。正在办理手续时，"九一一"事件发生了，访问搁浅。一直到了美国与中国协商，要我国以派出访团或旅游团的方式对其援助时，此次出访才得以重新启动，这就到了二〇〇二年一月份。

由于间隔时间较长，报批手续得重新办理，其中的一些环节需要变动：团长的身份由市长改为贸促会会长；原来发邀请的我市电缆集团的美方合作者陶氏集团不再二次改发邀请，改由我市合作方北京明天科技集团的美国合作单位利盟公司驻北京的亚洲代表处发出邀请。还好，签证很顺利，而且签的是半年多次往返。于是，我团出访于二〇〇二年一月九日成行。因考虑安全和餐饮问题，起程的航班由美联航临时改为国航，这样一来，原定的由旧金山入境只得改为洛杉矶，在旧金山接机的明天集团总裁肖先生等不能赶过来了，委托在洛杉矶的侨胞朋友马克先生协助。

九日（以下是美国时间）上午十点左右到达洛杉矶机场。各国有各国的出口，别的国家的出口前大都寥寥无人，只有中国的出口前排成了长龙。真是个讲道义讲信用的国家，我们油然生些许的自豪。出关检查很严格，进度很慢。我们前面有五六个来留学的学生，受到严厉的盘查，在机场的中方服务小姐的帮助下，解答问询，补填一张又一张的表格，好一会儿才过了关。十一点左右轮到了我们，验关员是个中年黑人女士，人高马大，满脸严肃，看过证件，拿着邀请书询问利盟公司在美国的地址，翻译告诉她在旧金山。不知什么原因她呼喊中方服务小姐："China，China！"连喊几声，碰巧小姐不在附近，她便把我们的证件收起交给另一个人，那人把我们带到出关大厅边上的一个工作部门。我们坐下来等，翻译去交涉。负责我们这个事的是一个三十来岁、微微发胖的美国人，很认真，一连打了几个电话，都以摇头耸肩膀作结。过了好一会儿，他们总算与利盟总部联系上了，结果却是："我们不曾发出这一邀请。"我们异乎寻常地纳闷：我们外办的分管主任亲自到利盟亚洲代表处取来的邀请，难道你们大使馆的签证也有错吗？总部怎么会是这样的回答？

没等我们多想，气氛一下子紧张起来，他们把我们的翻译赶回来，再不让我们问情况，更不让我们向外打电话。这时，中方的服务小姐过来了，我们忙去询问，才知道这里是美国移民局的工作人员。她告诉我们，美方已怀疑我们这个团有移民倾向，如得不到及时有力的证实，就会被遣返回国。刚才还满怀的"践诺"的友好感和对这个大国的信任感，被兜头一瓢凉水浇了个透心凉。那怎么行？我们五个人一下子站了起来，要向他们讲清情况：我们是政府官员代表团，堂堂正正的公务访问，要求他们与利盟驻北京的亚洲代表处联系，我们要与中国驻美大使馆和洛杉矶总领馆联系。又把公务护照和以前护照上英国、法国等签过的证给他们看，他们都不予以理睬，并且从门里冲出来四个警察，端着枪，如临大敌似的站在我们对面。其中一个矮个子胖女人最凶，一手按着枪，一手指着我们，四个人一起喊："不许动！不许动！"我们既气愤又好笑：如此强大的把人权与自由讲得震天响的国家，在一次恐怖袭击事件面前，竟对"安全"与"自由"的关系重新定位；面对手无寸铁有理有节交涉的几个来访的外国官员，竟草木皆兵地把警察的工作与军队的任务混为一谈。

容不得大意，我们请中方小姐跑到机场门口找到了马克，可他是临时帮忙的，也没有好办法。我们以最快的速度把问题出在哪里、后果的严重性写张纸条让小姐送出去给马克，让他马上告诉北京明天集团的肖先生去利盟总部搞清事情的真相。我们耐着性子等，时间一长，美方警察撤了回去，只剩下一个亚裔工作人员在电脑前，现场不像刚才那样紧张了。他悄悄地招呼我们赶快用他们的电话与外边联系。我们接通了肖先生的助手郭先生的电话，才知道肖先生他们已知道了纸条上的内容，他一边在美国找利盟总部，一边让他们在中国的工作人员找亚洲代表处，两边紧张地忙活起来，只是这时北京时间才凌晨五点钟，美方驻京工作人员是北京时间九点上班，这时找不到人，而总部只能由亚洲处来解释。又过了两三个小时，美方让我们称体重，量身高，站在一面墙前一个一个地搜身、照相，一个一个地到工作台里面按黑色的手印，一人要按四十个。事后我们才知道，他们这是在给我们办理遣返的手续。接着要我们戴手铐，要持枪押送我们到另一个房间去。我们坚决抗议：你们口口声声讲人权，在问题没有得到证实之前，你们这样做就是侵犯我们的人权！我们要见你们的官员，我们要联系我们的大使馆，我们要求通过政府途径和外交途径来解决问题。他们说："你们按我们的要求做了，我们的官员就来见你们。"我们说："让你们的官员来了，讲明了情况后，再说处理的办法。"僵持了好一会儿，在我们的坚决抗议下，他们改为不戴手铐，不持枪押送，一个一个地送我们到了另一个房间。他们收起我们的行李，贴上封条由他们看管。

新到的屋子呈正方形，一边是办公台，坐着四五个着统一制服的工作人员，其余的全是一排排破旧沙发，围成两个方块。他们让我们分男女坐到两个方块里去，我们照办了。他们一会儿不让这样，一会儿不许那样。这时到了下午三四点钟，我们坐了十几个小时的飞机，在这里又被折腾了五六个小时，一直没吃饭，觉得有点饿，提出来要吃点东西，得到允许。大家拿出带来的食物，围在一起平平静静地吃。工作人员看我们平静的样子非常惊奇，表情在说：你们有那么大的问题，怎么会这样平静？我们因为实在没问题，自信一定会水落石出。双方是截然不同的心态。又过了一两个小时，从外边进来两三个头目样的人，又要强制我们再换一个地方，我们又一次坚决抗议，提出要与他们的官员对话，要与我们的使馆联系，又僵持了好一会儿。这时从外边进来一个又高又胖的黑人女警官，看上去比刚才进来那些人的级别高。我们的团长提出要说几句话，她允许了。团长平静地把我们全团人员在国内的身份和来美访问的目的、日程一一介绍，申述了绝非移民的理由，提出与领馆联系。她首次说话客气了点，说："知道你们在国内都是有相当级别的官员，但目前我们的航空安检是特殊时期，来到这里就得按这里现在的规矩办。可以与领馆联系，派一个代表去。"我们说："电话号码在箱子里，你们收了，没法拿，请你们提供。"她也答应了。于是，一个美国人领我们的翻译出去。接着又进来一个美国人让我们再派一个人去接电话。原来，利盟公司的亚洲代表处全部七名工作人员签名的证明传真发来了。利盟总部纠正错误的传真也来了，他们说邀请是二〇〇一年发出的，没记入二〇〇二年工作计划，值班人员没查到，所以做出了不准确的回答。这时，我们接电话的人拿着已入关的护照回来了，进门就哭了起来。大家也是百感交集，欲哭无泪，欲笑不能，相对默视。高个子女警官露出了尴尬的微笑，看管我们的警察放下了枪支，都从桌后面站起来，送我们走出房门，来到我们第一次停留的地方，办完手续。还是看管我们的那些人，站成一排与我们送别。

走出机场大厅，温差骤落，冷风扑面。洛杉矶严冬的下午六点钟，夜幕初降，灯光零落，街上有些灰暗，回首身后的这所庞大建筑，大家禁不住打了一个寒战。与马克会面后，千言万语不知从何处说起，大家一致说："算是领教了'九一一'后的美国出入境安全检查。"马克说："还好，总算有惊无险。前天，他们就遣返了中国的一位副部级官员。"后来的美国朋友都说："是你们不卑不亢、有理有节的斗争，赢得了处理问题的时间。"

时间的耽搁，使我们先访问旧金山的原计划临时改为先在洛杉矶活动。帮助办理邀请和接待我们的明天集团为此深感歉意，特意安排在铁路大王旧居即现在的丽池大酒店下榻，把我们的行程和洽谈联络安排得周到而充实。我们到老富人区八百六十八号拜会了向我市教育捐款的侨胞，考察了使用我们玻纤产品的卫浴生产厂家拉斯考公司和销售商家尤金公司。特别是与美国最大的玻璃纤维经销商亚仕兰公司洽谈顺利，签订了年销售一千一百一十六万美元、"十五"末达到五千万美元的合同，大家的心情渐渐好起来。借此，明天集团建议顺访拉斯维加斯，我们愉快地应允了。

乘车赴拉斯维加斯，沿途目睹了荒漠中崛起的梦幻般的城市。下午五点时分，我们到达了这座全球闻名的豪赌之城。行进在拉斯维加斯大道上，初上的华灯已使我们置身于灯和光的海洋，不时闪过的硕大霓虹灯不停地变幻着五彩缤纷的巨型图案。大道两旁鳞次栉比的大赌场，各个门面装潢都独具特色，令人叹为观止，而且每隔一小时就推出一套新奇的表演，真是一座名副其实的光怪陆离的不夜城。我们入住的是豪华的布拉骄酒店，门前是著名的音乐喷泉，左翼有欧式建筑连廊，店内集饭店、旅馆和赌场于一体，饭店和旅馆的价格极为便宜。赌场大得让人找不到边沿，一大排一大排的各种赌博机浩浩荡荡，叮叮当当的钱币落地之声充盈耳畔。数不清的人驻足在各种赌具前，一眨眼工夫，成盒成箱的钞票便消失在漂亮的赌具里，赌博的人们竟像丢掉的不是自己的钱一样，不惊不乍地任"老虎"吞进吐出，不乱方寸，倒比机场安检的那些人镇静得多。

第二天要乘十一点三十分的飞机去旧金山。早早上路，七点钟就赶到了机场。人并不多，安检愈加严格，于是，我们分头去办手续和排队安检。大行李要过新型安检机，由于机器精密度高，我们的五只箱子就发出了七八声警报，每一声警报都要停下来开箱验证，结果都是被我们所携带的礼品筒或化妆品瓶子愚弄的假警报，而且使我们在洛杉矶精心拍摄的照片都曝了光。后来才知道，这就是美国为机场反恐安检新上的"四大金刚"之一——炸药物探测器。它采用 X 射线和猫眼过滤器相结合的技术，来寻找与炸药相同密度的物质。它们先在这里试验，我们就成了试验品。然后再一一开箱，箱内物品一件一件地翻查。美国检查员见到我们的百龙邮票礼品，要留下一件，我们以为又出了什么事，连忙询问，她倒是满不在乎地说她喜欢，让我们又虚惊一场。直到十一点多才检查完。坐地勤车到候机大厅，手提包再一次被打开逐件检查。我们喝水用的不锈钢杯子成了麻烦，解释不听，做了个喝水的动作还不算，让我们真的喝了一口水才算过了关。全身用仪器照射检查，最后脱下鞋来，检查人员一一用手去摸。待到检查完毕，早过了十二点，应乘坐的飞机走了，我们的大行李也随机运走了，只是我们又一次被留下来改乘下一班飞机。看来，我们这次出访的又一重要日程，已联系好的下午两点在旧金山拜会美国参议员和大律师，不得不取消了。

好一个惊心动魄、让人终生难忘的美国航空安全检查！

# 这里还有一片净土

## ——加拿大印象

提起远在北美、地广人稀的加拿大，恐怕多数人先想到枫叶，再就是水了。

我们正是在枫叶红透的深秋时节前往访问的，第一站便是从多伦多直奔尼亚加拉，去观瀑听涛看风景。

走在加拿大的土地上，突出的感觉是天高地阔、云白水蓝，城内花草遍地，城外随处可见繁茂的树林。满树满地的枫叶，加上各种物什、产品上的枫叶标志，比加拿大人多得多，而一旦仰视那鲜艳的枫叶国旗，就知道加拿大人对枫叶的珍重了。至于水，不仅蓝而且多，遍地都是，一片水一座城镇，依水而居，和水在一起的日子，怎么说都不觉得过分。整个国家河川纵横，湖泊多达两万多个，占世界湖泊的半数以上，总面积二十五万平方公里，储水量二点三万立方千米，相当于地球表面淡水总量的百分之十五。北美著名的五大湖泊，四个就在多伦多与美国相邻的这一带。我们出市区前行，越百里都没走出安大略湖的边沿，而安大略湖还只是五大湖中最小的一个呢。不能不羡慕加拿大人得天独厚的福分。

来到尼亚加拉镇，下车步行，眼前开阔的绿地上稀疏地散布着低层建筑，显然少了许多大城市的雄伟与辉煌，多了一些小镇的自然、平实和清新。它和它的国家一样，同属于年轻一类，古迹自然不多。然而，在这些现代建筑里，有石砌的台阶，别致的小巷，街旁的风灯，精巧的小酒吧、小店铺、别墅式的仿古民居。居所门前摆放的大南瓜，门上挂着的翠绿花环，昭示出感恩节在即、圣诞节又临的节庆气氛。这一切衬在树丛、草坪、斑斓而厚实的落叶里，组成了一幅别有滋味的异国风情画。在这小雨初歇、午后斜阳辉照之时，走在空寂澄澈的街道上，只有自己轻松的足音在耳，让人有说不出的舒畅和惬意。

来到十字路口，陪同去找人问路，等了一会儿，有几位女性从一间小商店里走出来，竟有白、黑、棕三种肤色，真不愧是个多种族、多元文化的国度。就在陪同问路的空隙里，她们与我们聊起来，我们以有限的英语与之进行哑谜般的会话。当她们知道我们来自中国时，张开双臂，跷起拇指，友善地大笑起来。加拿大人爽快、乐观、热情，坦荡的性格连同淳朴的民风，给我们留下了最初也是最深的印象。

小镇距瀑布所在地还有几里路。穿过小镇，走到尽头，迥然是另一番景象：瀑布轰隆隆地咆哮，震得大地都在颤动。循声趋步，越过连接加拿大和美国的彩虹桥，三股飞瀑直泻深谷，谷底升腾起团团云雾的奇景就在眼前。脚跟未稳，惊魂未定，不觉中飘洒的雾雨劈头而下，围栏边游人里飞出一阵阵惊呼和笑声。

从深谷里流出的水道就是尼亚加拉河，它是加美两国的界河，对岸是美国纽约州，这边是加拿大安大略省，上源来自北美的伊利湖，下接加拿大的安大略湖。形成于一万多年前的安大略湖与伊利湖之间落差一百七十英尺，汤汤大水，汹涌而至，陡然泻下巍巍高崖，强劲的跃动，经久的雷鸣，弥天的水雾，造就了这独属于大自然的雄奇景观。瀑布分大小两部分，小的两股在河对岸较下游的地方，属于美国，宽的一条叫"彩虹瀑"，窄的一股飘似新娘婚纱，被称作"婚纱瀑"。最壮观的在上游加拿大一侧，弯曲呈马蹄铁形，这就是闻名于世的"马蹄铁大瀑布"。世上著名瀑布不知有多少，各具特色，各领风骚。眼前的飞瀑以流量最大著称于世，它以每秒钟五千五百六十立方米的流量，硬是把坚固的白云石基座每年切削掉一点二米，让观景人从此看到大自然的庄严和永恒。

"永恒也是有极限的，"陪同的李先生说，"哥伦布发现新大陆以前，大瀑布不为北美以外的人所知，土著们把它看作神灵，对它顶礼膜拜。自从十七世纪后期被一位法国传教士宣传，大瀑布名满世界，同时也失去了神秘色彩。这之后，尼亚加拉瀑布发生了显而易见的变化。"

　　"你是说大瀑布不仅已经成为商业性的旅游胜地，而且它的流量也被利用为现代化的水力发电站吗？"

　　"不仅这些，大瀑布在外界因素的影响下本身也在不断变化。"据科学家们考察，这个瀑布虽然存在了千百万年，但并不是毫无变化的——它在不断向上游后退。李先生顺河向下一指，告诉我们，原来沿河岸很长一段都是瀑布，形成目前这几股的样子是近代的事。特别是从六十年代起，每年后退大约一米，至今已后退了九百多米，再加上河床岩层在大水冲刷下的变化，如若长此下去，用不了多少年，大瀑布就会撤退到伊利湖中去，从此在大地上消失，后人再来这里只能凭吊它的遗迹了。

　　还好，加拿大联邦政府注重环保而且措施得力。二〇〇〇年，多伦多议会新通过了《沟渠使用附则》：任何人向路边排水道排放的废水中，如果有十一种有害重金属元素或二十七种有毒有机化学物质超过标准的话，居民初犯罚款一万加元，再犯罚款两万加元；单位初犯罚款五万加元，再犯罚款为十万加元。还有，联邦政府把水资源作为战略物资，禁止大宗淡水出口。为保护自然生态平衡，不断提醒居民节约用水，告诫人们：天然的水资源不是取之不尽的，它同样是珍贵而稀缺的商品。现在已有在缺水的国家里水比石油还贵的先例。多伦多市把二〇〇一年六月定为"节约用水月"。这些都起到了积极的作用，现在大瀑布后退的速度已经减慢到每年零点零三米了。

　　瀑布依然在眼前腾跃飞奔，我们看着倍觉爱惜与珍重。它的每一个姿态仿佛都是给我这世俗之人的一个愉快邀请，它的每一种表情都能使观瀑人得以精神的更新。飘来的雨雾，清凉了我的双眼，洗刷去淤塞心智的尘埃。忽然间，忆起了某一位先哲早就说过的话：自然的价值具有独立性。文明与荒野应保持平衡。开发自然不仅仅在于使用，更要侧重于愉悦身心，使在开发中变美的景象更具有激发人激情与美感的作用。人类对自然过度的开发是对生命诗意栖息哲学的毁坏，人类虐待了风景，风景便会消失，风景消失了，人类生存的环境无异于沙漠。到那时，人的精神寄存何处？灵魂又如何安顿？原来，看似率直的加拿大人比我们思虑得更远更深，尼亚加拉的碧水、红叶、白墙、蓝天因此承载着环保的含义，给了我们一个深刻的提醒。

回程去看安大略湖。途中路旁有座教堂，长不过三米，宽不足两米，只可容下神父和一个忏悔人，听说是世界上最小的教堂。教堂是西方城镇不可或缺的部分，有了它，小镇的存在才算完整。它代表一种玄秘超凡的文化，具有一种感召聚合的力量，它是一个民族心底无穷的向往、彩色的梦。说到底，它就是一个人为自己建造的灵魂安顿处所，有了它，小镇的人们才能神安气闲地听着瀑布的涛声和教堂里的诵经声，一天又一天，迎来清晨，送走黄昏，过得踏实而愉快，堂皇而沉稳。

再往前没走多远，安大略湖就展现在眼前了。湖水的辽阔和澄澈，使我们这些远方来客再次感叹这个国家资源的丰饶、环境的洁净，同时在身临其境之中获得一次精神的净化、理性的思索：人类究竟应该怎样对待自然？怎样对待生活？该选择什么样的生活方式，才能使大地连同自己的生存更真、更美、更丰盈？

# 天边　那道热土上的飞瀑

巴西距我远在天边，伊瓜苏大瀑布于我简直是遥在天外。

我第一次知道它的名字，是在今年一月份出访时巴西友人安排的日程里。从北京到旧金山，到纽约，再到巴西圣保罗，加起来足足两万公里，从圣保罗到伊瓜苏还有两千公里。跑那么远，有什么奇景？

友人在电话那头再三说，到巴西不去伊瓜苏，就像巴西大宴缺少了烤肉，惨淡无光，淡到无味。想想朋友说的也是，巴西那片古老的土地，那个年轻的国家，地处热带雨林，连它奔放的桑巴舞，原汁原味的烤肉，还有点燃世界情绪的足球，无一不与"热"有关。我们的寒冬正是它炎炎的酷夏。此时此地，忽临一道清凉飞动的清流，一洗万里颠簸的征尘，那该是怎样的境地，挡不住的诱惑，于是，敲定行程。

抵达伊瓜苏的那天，正是个晴朗的大热天。清晨推窗一望，天，蓝得纯粹；地，绿得透彻；花，星星点点，却艳得耀目、天然、舒展、清丽。加上我们下榻的度假村里，一座座粉色欧式小楼，一排排挺拔的热带树木，起伏流畅的高尔夫球场，简直就是又一则人间童话，与我从地图上好不容易才找到的那个天涯海角，从而想象出的天地洪荒根本不搭边儿。只是天高了，太阳近了，投过来的光线明亮亮、火辣辣的，让人不敢直视。一阵微风吹过，温热温热的。看看气象介绍，今日最高四十五摄氏度。关窗、下楼、就餐，早早地钻进待行的车子里。

车子在国家公园的广场上停下，徒步穿行园中小径，倒凉爽了许多。路旁植被异常丰富，从半落叶林到热带常青树、松柏、翠竹、青

94

藤、花丛，色彩绚烂，绿到了立体。林中栖息着许多珍禽异兽，我们几次遇到野狸当路，停下来与之戏耍，在这片远离尘世的圣地里，享受天然的情趣。陪同小朱告诉我们，大瀑布是由一五四二年西班牙的探险家发现的。伊瓜苏在瓜拉尼语里意为"巨大的水"，它地处巴西与阿根廷两国交界，汇集了巴拉那、巴拉圭和伊瓜苏三条河的水，由地壳大断层造成了四千五百米宽的泻瀑面，雄居世界第一。由于它的存在，才有了两国在两岸建立的两座公园，有了巴西一九九一年建起的世界第一的伊泰普水电站，有了度假村等无数的旅游设施，有了这座美丽而现代的城市。

聪慧的巴西人珍惜大自然的恩赐，懂得怎样从文明与自然保持平衡的层面上，去利用自然资源的价值。

说话间，有訇然水声袭耳。加快脚步又走了好一阵，才见长瀑的尾端。那段不高的断崖上挂起涓涓细流、条条白练，在阳光下晶莹闪光，显得素雅秀气。令人称奇的是，世上瀑布知多少，大多出自山崖中；在这里，两岸上下都是平展展的平原地。这样的地势，使呈马蹄形的长长断壁和挂在上面的几百股飞瀑尽收眼底。水势不同，落差不同，地形也不尽相同，使飞洪时而激如雷鸣，时而低如轻吟。如果说世界上一道道瀑布是一曲曲各显魅力的乐章，那么，伊瓜苏瀑布就是一部最完整最精美的交响，有月光曲、田园诗，还有英雄与命运的奏鸣，跌宕起伏，汪洋恣肆。

动人心魄的轰鸣声还在千米之外。循声前行，一边是静谧的园林，一边是浩歌的壮士，闹里取静，静中有闹，另有韵致。阴凉下，潮润中，走近了最大的瀑布——鬼喉瀑，眼睛豁然一亮：真有天上之水吗？看滔滔奔涌的大水，在百丈断崖顶绝壁端猛然跌下，犹如天河倒悬，烈马脱缰，壮士赴义。水落深潭，立即激起冲天的水雾，伴随着阵阵渊雷，波涛翻滚涡旋，几经起伏曲折，而后悠然远去。那阵势，那速度，那经久不息的活力和永远崭新的姿态，令世俗中人心旌撼动，使浮躁者变得沉稳，怯懦者增添豪气，为惜春悲秋者充盈勃勃生机。想想这三河之水，源自南美最高最长的安第斯山脉，居高临下，汤汤而来，一路畅行，是何等的凛然而适意。怎会想到，坦途之中突然横出如此巨大的陷阱，情急之中，拼出生命之力向外突围，两边冲出几里地，终未逃出冥冥之中的安排。壮士命断心不甘，就是跌落深渊，撞到玉碎，也要用灵性的碎片铺陈出这惊世骇俗的杰作，以此把瀑布推向极致，使天下观瀑人再也绕不过这道风景。正是这落差、这裂变，成就了司空见惯的流水，使看呆了的我等平俗之辈只剩下感叹唏嘘。

河上架着曲曲折折、摇摇晃晃的铁桥，小心翼翼地踏上去，想靠近看个仔细。刚一仰面，迸溅的雾团化作一张密雨般的大网撒了下来，披落一身水珠，冲了个透心儿清凉，浑身爽利，平日里的焦虑、烦闷都被这无视日月幻化、人世无常而万古不变、真实自在的浩渺之水冲走了。低下头去掸掸水珠，猛然见被两股激流夹在中间的河心岛岿然不动，雨雾笼罩下嵌入河岸的块块大石头一动不动地守在那里，一守就是千万年，不动声色地看浪涛翻腾个死去活来。波浪还是那一个吗？石头还是那一个，任肥硕的苔藓长成了修长的须眉，俨然宁静无为的老子。窄窄的河道，竟然同时容纳了汲汲入世的流水和淡然出世的岩石，真可谓水流石不转，物各有路，人各有志。这一水一石，一动一静，一凉一热，写就了世间一部厚重的经典，只是匆匆行人忙于看景，还没来得及展读。

伊瓜苏，拥有了大瀑布，就成为一片经得住审视值得研读的土地。远方来者在这里掘取了珍贵的宝藏，留下的只有不成行的诗句：

打湿了泥土
打湿了脚步
扑入大自然怀中
洗去了多少沉沉浮浮

大起大落

才有壮美
本本真真
才是永恒
行者不经意
顽石已彻悟

衣湿了
心也湿了
从此再也走不出这绿风绿水绿雾
掬一清泉
在皱皱的心扉
种下一枝长青的翠竹

# 丰庶的原野

## ——哥斯达黎加野生鸟类拍摄手记

"观鸟拍鸟，去哥斯达黎加是个不错的选择。"一个世界野生鸟类俱乐部的朋友这样对我说。

哥斯达黎加，在哪儿？什么样儿？没去过，此前也没听说过，它陌生得像我梦境里的一个片段，遥远得似一则被遗忘的童话。只因为它五十一万平方公里的国土上，蓄养着八百七十种独特而稀奇的美丽鸟儿，这比美国和加拿大目前发现的鸟类还要多。作为一个野生鸟类爱好者，怎挡得住这诱惑？揣起一颗因一无所知而无比好奇、焦渴的心，于二〇一三年三月干季，飞越万里有余，不惜晨昏颠倒，切换十四个小时的时差，奔向南北美洲之间、两大洋的夹缝里、赤道北部的边沿上，一块咽喉之地，那个蕞尔岛国。

从上海起程，洛杉矶转机，十七八个小时之后，走进了圣何塞国际机场的大厅里，见到迎接我们的鸟导之后，乘车去宾馆。

海拔一千一百七十米的高原，温度宜人，视野开阔，只是阳光格外明亮，特别透彻，照射着一片一片芬芳的草地，一丛一丛的高矮树木，一汪一汪肥美的湖泽。万物鼎盛，怡红快绿，一幅美丽的自然风景。沿着平直不甚宽阔的道路前进，渐渐有了些行人和稀疏的建筑。心急的同伴问："还有多远到首都城区啊？"黄发碧眼、人高马大的鸟导凯文慢悠悠地转过头来，诡秘地笑笑，低声说："刚刚经过的就是啊，这里可没有你们北京的高楼大厦。"又说："这是城区边沿，里边的大教堂、博物馆、歌剧院、历史遗迹，还是不错的。""你去过北京？"凯文点点头。原来他是美国人，职业鸟导，从七岁时就跟做牧师的父亲关注鸟儿，四十多年下来，现在已经熟悉了五千多种鸟类。他业务繁忙，辗转工作在美洲的几个国家。

说话间宾馆到了。原木框架，木板覆顶，面积不大却很整洁。院子里绿树如盖，硕花似锦，卵石小径，喷泉轻洒。几位面容清减、体格健硕，看似印欧混血的男服务生带着温和的微笑，前来小心地帮我们搬运照相机。入住完毕，我们迫不及待地跑到外边看环境、寻鸟踪。嗬！鸟比人多，树比庄稼多，河比道路多，散落的建筑埋进了原野的浓绿里，和欧美其他国家的首都完全是两个模样。这种素面朝天、泰然自若的样子，让我们这些过往旅人怎么也看不清这个国家的时光印记，猜不出这片土地的生命长度。

越洋跨洲来此看鸟，首选的该是凤尾绿咬鹃吧，一种华美但已濒危的长尾小鸟，就是那种在古代玛雅文化和阿兹特克文化传说中，由羽蛇神化身的仙鸟。阿兹特克人把它看得比黄金还贵重，只有皇室成员才有资格佩戴其羽毛。现如今只生活在中南美洲一带海拔一千二百到三千米的高原云雾雨林中。它还是邻国尼加拉瓜的国鸟呢。

驱车向首都南边的塞维格山区奇里基高原行进，一踏进山区的边缘，一个个路标上陆续出现或绘画或雕琢的小鸟造型。到了宾馆，卧室、餐厅，随处可见它的身影，使原本简陋的草舍蓦然焕发出别样的生机和魅力。被罩、枕套同样由这小鸟来完成点睛之笔。可见该国人对鸟的钟爱，使我们本来的向往之心更加渴望。

一夜难寐。第二天一早，我们在凯文的带领下，几经曲折，爬上一座丘陵，开阔地中间直立的枯树干上圆圆的洞里就是小鸟的巢。正是鸟的哺育期，我们屏息静候。不一会儿，雄鸟衔食而至，立于洞口。眼前真切的小鸟比任何一幅画上的都精致、俊俏：颀长的身躯加上尾羽大约六七十厘米，体长与尾羽差不多等分，一个头盔似的冠羽，明黄色的喙，翡翠绿的背羽，朱红色的腹羽，雪白的尾下覆羽。在不同的光线下，从不同的角度看，羽色从金属绿到青、蓝、紫，不断幻化闪烁，璀璨夺目。飞则飘飘欲仙，大有中国凤凰之姿；停则安稳优雅，眼睛一动不动地与你对视，让你直觉得会被那双似朝露能诉说黑漆般的明眸所融化。偶尔鸣叫一声，高亮清脆，衬在风中摩天橡树深沉绵厚的低吟里，俨然天籁。这方山水便由此拉开一整天都精彩着的晨幕，让人真切体会到另类生命纯粹天趣的况味。

特殊的环境为特有鸟种营造了乐园，绿头红腹白项圈的白领美洲咬鹃，只闻其声难见其影的美洲乌夜莺都是这里的主人。要找到哥斯达黎加鸺鹠得到山上森林里去。

走进无边无界、遮天蔽日的大森林，抬头望，广阔的碧空被大树枝丫切割得支离破碎、星星点点；低头看，人站在铜墙铁壁似的摩天大树下，渺小得像只蝼蚁。斑驳的枝干书写着它们漫长的历史，沧桑的嗓音述说着它们生命的历程。“没有人能活过一棵树。”是啊，想想开天辟地之初，地球尚未造就人类，却先造就了森林，它们才是生物界的先驱，更是强大坚韧的象征。

等候鸟儿的空隙里，和凯文还有当地的向导聊天，说起了这个国家至今还有九座闻名于世的活火山，他们的国徽上就有三个火山图形，火山景观、温泉洗浴是这里很火的旅游项目。距此不远处便是两千九百米高的波阿斯火山。在路上，我们已看到它山顶缕缕升腾的烟雾。听说山顶上有世界上最大最高的喷泉，深蓝色的火山湖三百多米深，然而它和首都北边间歇喷发，常常火焰冲天、火球滚滚的阿雷纳尔火山还是不能相提并论的。地导话锋一转，说：这里很久以前也曾是一座火山，寸草皆无。我的思绪戛然而止。眼前浩瀚的林海怎么和毁灭一切生命的火山叠加在一起呢？然而事实不容置疑，当年这座火山爆发，同样是山崩地裂，轰鸣震耳，火光冲天，岩浆奔涌。顷刻间，大树在风中咔咔折断，小草在沸浆中化为灰烬。火山制造了壮观，却横扫了生命，此后焦黑的沙石取代了森林的绿色，更没有了花的娇容、鸟的婉鸣，万籁归于寂静，人惊心动魄，恐怕连太阳也要敬畏几分。

多少年过去了，是风一点一点把岩石表层和沙砾化作了泥土，是鸟一颗一颗衔来树和草的种子，天降雨水，地渗泉水，一滴一滴把籽粒唤醒，太阳洒下光辉，幼苗终于萌发了，生了死，死了生……又是多少年过去了，终于，坚韧的生命从死亡的噩梦中醒来，这里重新站起了森林。原来，植物界的生命历程里也有这般生生死死的大磨难、大波澜，自然界的力量多么强大，它使生命无时无处不在，从没有绝唱，反倒是人类的生命因娇贵而显得脆弱。一些鸟儿回来了，停落枝头低吟高唱，清越婉转，是那种不加掩饰的自然流淌，像无忌的童言。它们是在歌颂生命，还是在品味自己辛劳成果的甘美？小小鸟儿在生物链上的作用可不容忽略，难怪有的科学家预言：假如鸟儿灭绝，只要四十年，人类就会灭绝。哥斯达黎加人似乎明白这一点，他们以对大自然的归属感，对伴生生命的尊重心，对环境自觉地保护，与万物和平友好地相处着，使这片原本是荒野的土地成为鸟儿们乐园的同时，也成为自己美好的家园，留住天然珍稀的资源，为世人提供了一块记忆、科研、休闲、养生的理想之地。

此后几站，既有东部加勒比海低地的热带雨林生物站，也有东南部山区雨林的纳洛那斯坦牧场，再回到首都附近具有热带雨林和低地干林过渡性的卡瑞拉国家公园，直线北进，经过蒙特维多山区的干燥森林，最后来到西北部临近太平洋港口的索利马尔大草原。站与站之间，车行三到五小时，地域不算大，地形类别可不少，鸟类的丰富也就可想而知了。所到之处，几乎天天都有惊喜，不断上演视觉盛宴，让我们这些初次造访者时时忍不住发出感叹。

蜂鸟，就是那种拇指大小、飞行迅速、色彩艳丽多变的小小鸟儿，它可是人类仿造直升机的范本。文献记载：目前，世界上蜂鸟有三百二十九种，均在美洲。这个国家有五十二种，我们所到之处都能见到它。

同团来的马来西亚的鸟导杨先生说：这里鸟多得有点恐怖，出门鸟能碰头呢。这大概与当地人精心喂养有关，一种手提马灯式的塑料喂养器在这里能批量生产。于是，哪个鸟点都挂着几个，哪个喂养器下都会有汹涌的鸟浪。而喂养器周围的一草一木皆不可随意变动，主人怕惊扰了小鸟们。因此，蜂鸟来去恣意自如，在我们的照片里留下生动的靓影。

至于大型鸟类，同样多不胜数，王鹫等无数雕鹰鸢隼在空中盘旋，颇具美洲鸟标志的巨嘴鸟、大凤冠雉栖息于树冠，树下湿地则是大共鸟的地盘。太平洋沿岸浅处，牛轭河水面上则是无以计数的鹳鹤鹭鸭。正逢裸喉虎皮鹭求偶的季节，雄鸟昂首挺胸，踱着方步，颇似风度翩翩的绅士，在偌大的海滩上来回寻觅，呼唤不停。一旁的雌鸟无动于衷，一下午没有一只靠近雄鸟。虎皮横纹的威武掩饰不住雄鸟求爱的殷殷之情，镇静的外表遮不住它求之不得的沮丧之心。

体型最大的要数金刚鹦鹉，地处中部西海岸低地的潘塔里欧纳度假村是它最后的家园。它有红、黄、蓝艳丽的羽毛，尾羽特别长，飞似流霞溢彩；喙大而壮，人用锤子砸不开的坚果它能轻易啄开，我们看见它常常把偌大的枝干咔咔啄断，被称作大力士。这么大的鸟一旦面对人类的行为仍然无能为力。听说，由于它是人们喜欢笼养的鸟类，世界性的买卖曾使它一度濒危，现在禁止买卖已写进这个国家的法律。针对它不会树上筑巢，往往几只为争一个树洞做巢而激烈打仗、伤残严重的情形，保护人员做了不少巢挂在大树上。目前金刚鹦鹉已发展到三百多只。哥斯达黎加民间流传，金刚鹦鹉代空军，食叶蚁代陆军，鲸鱼代舰艇。这说的是自一九四八年内战之后国家取消了军队的事情。虽系茶余饭后的笑谈，却表露了民众对这样自然自主的平静生活满意的心态，也看出金刚鹦鹉在民众心中仍然是力量的象征。

奇形怪状的鸟儿真不少，肉垂钟伞鸟给我们留下了深刻印象。它在北部高海拔低气温的云雾森林深处大树的树梢上，雄鸟嘴角两边和额头正中各长出一条肉垂，高兴时恣意甩动，同时发出"咕——咕咕——咕

102

——当"的奇特叫声。雄鸟小的时候没有肉垂，也不会这么叫，学会这种叫声至少需要一年半的时间。我们有幸拍到了一只大鸟教一只小鸟学叫的场面，凯文说，那只长长肉垂的大鸟该是老爷爷了，这种稀罕的鸟，他见到两只在一起的也是头一回。

最后一站，西北部的索利马尔牧场庄园。说是庄园，其实仅仅是高坡上孤零零的一栋木制二层小楼。房屋主人一家照料我们的饮食起居，男主人兼做地导，女主人自然是厨师，二人纯朴得不染尘埃。这里不产水果蔬菜粮食，菠萝、香蕉、木瓜、大米、红豆都要从中部火山岩地区买来。我们坐在楼檐下主人自制的原木躺椅上，吃着条编小筐里放着的原生态水果蔬菜，望着辽阔静谧的草原，找回了那份回归自然、放松心情的惬意。

草原广袤而干燥，少有人工动过的痕迹，如果上面没有牛群（不见放牧人），史前的荒原就该是这个样子吧。越是这样，飞禽走兽以及爬行动物越是喜欢。我们刚来到庄园时，白面卷尾猴蹲在栅栏横杆上高喊，大榕树上一群吼猴叫声震耳。房屋周围稀稀疏疏的几棵大树上，满是数不清的鸟雀，热带角鸮、棕鹇鹀一动不动，长尾鹊鸦张冠振羽在枝间跳跃，细纹黑和金橄榄啄木鸟同树而餐，各种鸫、鸲、鹃、鹂、雀、莺各忙各的。远处，裸颈鹳、粉红琵鹭，还有不认识的猛禽横空而过。此后的两天里，几乎每一步都能见到鸟儿、兽儿，真不知道这片草地上究竟藏了多少鸟儿、多少兽儿、多少活化石般的古老动物。凯文告诉我们，这里鸟类众多，除了留鸟在此生活，还是南北美洲迁徙鸟儿的停留地。其实，鸟和人都是以世界为家的长途跋涉者，鸟不断地迁徙，人不停地行走，都是为了在这个世界上找到属于自己的家。如若有一天，不同物种之间能相互尊重，以自己的文明行为共同营造一个相默契相伴生的环境，那么就是，最好的家园。

傍晚时分，日落霞起，弯月初上，一派莫奈风景画里朦胧神秘的景象。不见了鸟儿们的身影，依稀可闻啾啾唧唧的梦语。我不由得想起了在这个国家拍摄的影片《侏罗纪公园》和《失落的世界》里的那些片段。这里不愧是中美洲最佳生态园，完好地保持生态平衡，使这里成为世界上理想的珍稀物种观察地、实验室，也无愧于哥伦布第一次抵达时的惊艳赞誉："丰庶的海岸。"世界无时无刻不在运动变化，无法改变的只有大自然顽强的生命力、不竭的创造力。凯文坦然说道：大自然才是这方土地上无可超越的艺术之师，财富的赋予之神。

第三辑

非 洲 行

# 今天　被大石黄沙掩埋

考古学家抬起审视化石的目光，朝非洲一望，灵长动物第一个直立行走的这片地方，就是人类最早生活的故土。

史学家们向埃及古朴时期的象形文字一指，这就是人类文明的源头。

于是，世界的目光再一次聚焦这里，世人的脚步再一次迈向这里。

我是在今年三月踏上埃及这片古老土地的。并非随俗，而是出自对远古文明久久的敬仰，对人类文明史兴衰循环的深深叩问。遗憾的是，在访问的第一天里，我没能够触及春的气息，也没能够从厚厚的大石黄沙里估量出文明的价值及其循环往复的含义。

接待我们的汉语导游小阿（简称），是个自由职业者。小伙子长得蛮精神，就是言行有些放浪，常放在嘴边的话有三句："全心全意为人民服务。""我想到国外去，需要很多很多的钱。"面对接待中遇到的问题双手一摊："我也没办法。"显然接待单位有些不放心，负责者全程陪同，并一再向我们解释，目前埃及汉语导游总共不过三十个，今年五月份，埃及成为中国确定的公民国外旅游目的地之一，因此来的中国客人很多，实在没办法。

按原定日程，第一项是与埃及的工商总会会谈，接着参观开罗新区市容。当我们赶走连夜乘机的疲惫，西装革履地赶到办公大楼时，并无一人接待。团里的组织者忙去联系，大家在空荡荡的会议室里坐下来等。环视四周，门窗、室内摆设的长方形黑漆会议桌、麦克风，都像我们六七十年代的，墙壁有些斑驳，会旗倒是新的。主人不来，我们坐到会旗下给自己留影。过了一会儿，还不见来人，大家又走到窗前远眺金字塔的背影。三个小时过去了，等来的是我们的联系人，说会里的主要领导者没接到双方最后敲定的日程，所以没做安排。三个小时，对于飞越重洋、离家万里的我们来说，是何等的珍贵！大家不约而同地瞪大了眼睛。导游也算明白，双手一摊说："这在埃及是常见的事，在这里一开口就是几千年，两三个小时算什么。"原来，时光已在这里凝固，岁月早在脚下窒息。没办法，只好把第二天的日程提上来，到萨拉丁古城堡和吉萨大金字塔去，翻动人类历史泛黄的页码，在梦里那么熟悉眼前又那么陌生的文明遗址上，做一次苍老的心智苦旅。

萨拉丁城堡屹立在开罗城边沿的穆盖塔姆高地上，这座为抵御十字军而建造于——一七六至一二〇七年的古堡，在风格上恰恰受了十字军在叙利亚建造城堡的影响，由方解石砌成，一身土黄色，在一左一右苍茫的裸露片岩丘陵和死人城的映衬下，更显英姿卓立、古朴雄浑。走进古堡，边观览边听小阿讲述一八一一年一月三日夜晚发生在这里的流血事件。不一会儿就到了与之相邻的穆罕默德·阿里清真寺，同样是方解石建筑，同样壮观，却体现出多种建筑风格相融合而形成的那种明快、梦幻的格调，与古堡的简单、肃穆形成反差。我们先去看铁钟，它是法国国王送给穆罕默德·阿里国王的礼物，以此作为巴黎协和广场上矗立的方尖碑的回报。众人说，这座钟从来都没走过，那又何妨，会有谁到这里来看钟点？

教堂自然是寺里的主体建筑。我们按当地的风俗，脱下鞋子，底对底地侧放摆好，赤足蹑步蹚入。只见里边容积很大，大红地毯上一伙一伙的人席地而坐，没有声响。小阿压低声音给我们讲埃及做礼拜的习俗：每天做五次礼拜，分别是八点、十二点、十五点、二十点、二十二点，时间一到，不管是走在路上，还是做着什么，都要停下来。星期五放假到教堂里去做，礼拜之前要做小净，即洗手、脚、脸三次。总统也有自己固定的教堂，也要按时去做礼拜。他边讲边做表演。看着他双手前伸，手心向上，向着麦加的方向跪下去，五体投地，以头抵手心的样子，我不由得想：一天做五次礼拜，还有多少时间来做事呢？祈求真主赐福，祈祷明天幸福，今天的现实由谁来改善，又怎么去改变呢？由此我想到与埃及文明脐连的宗教发展历程。这片土地三面环绕沙漠，一面临海，唯由一河贯通，特定的地理环境保护了古埃及种族的稳定延续，也给埃及文明注入了与生俱来的稳定和封闭的特征。从这里形成的宗教信仰就复杂得多了，先是对大自然的崇拜和敬畏，继而是多神崇拜，此后又有人神合一的崇拜，伊斯兰教传入后，归于对真主的崇拜。在宗教从古到今的漫漫历程中，拜神的目的渐渐集中在求助于神和寄希望于来世这两点上。教徒们深信在物质之外，存在着一个与实在相对应的精神世界，生死是个首尾相接的旅程，死并不是人生最后的结局，而是来生的开始，关心死亡成为他们宗教信仰的重要特征。于是，做木乃伊，建巨大的陵墓，搞世上绝无仅有的死人城和众多的殉葬品，都是精心为来世生活做物质准备，想用今生今世的苦行善德，去换取美好而永恒的来生。

钟声响了一下，到了做礼拜的时间，教堂里所有的埃及人都匍匐在地，默默地祈祷。整个教堂，乃至整个埃及都处于一种和平宁静的状态之中，这个时候似乎暴力、恐怖、婚变、灾难什么要紧的事都不会发生，只有心灵与神灵的对话，只有整个民族集体进入的冥思幻想，让人感受肃穆的同时感到一种巨大的神秘和压抑。看他们脸上那么安静慈善的神情，仿佛昨夜的苦痛和罪恶在祈祷中化作了一缕神话，遥远得像悠久的历史一样。他们渴望在冥思中使灵魂获得巨大力量，让心智达到新的境界。可惜，他们此时只听见了真主的呼吸，却没听到不远处住进死人城里的贫苦移民的叹息；他们在对奇迹的等待中，没去思索命运的走向，而命运却不容置疑地审视着他们的生存现状；他们在延续了祖先的拜神形式之时，灵性正被时光磨损。

时间已不多，还得去金字塔。我们穿越整座开罗城向西南行进，一个个桅杆似的清真寺宣礼塔和一片片钢筋插天永远盖不完的居民房都被抛在身后，跨过那条已成垃圾场的护城河，就到了吉萨。车马行人比城里少了许多，街两旁房屋低矮了许多，时不时有几个表情木讷的闲汉站在门前，看着承载观光客的过往车辆，加上不可少的做礼拜，这便是他们每天最大的事情，在干旱而龟裂的沙地上，他们打发着无聊的今生。

出了吉萨，视野一下子开阔了。广阔的视角里只有褐黄的荒漠，褐黄的骆驼，西斜的阳光下愈显褐黄的大金字塔。大漠孤坟，记忆着五千多年前在这里崛起的世界先进文明的孤寂。眼前这一切，太简单，太单调，太原始了，完全出乎想象，然而，正是这种单调原始让人感受到那种不易撼动的伟大与永恒。应该庆幸的是，法老的苦心没有白费，他们煞费苦心地把人类行进中最辉煌的刹那用大石建筑固定下来，用统治者和建筑者的匠心，赋予冰冷的石头以不朽的生命，也为历史留下了不容磨灭的见证。留下了遗迹，也就留住了记忆，因此，古埃及再也没有像西亚赫梯古王国那样，因缺乏历史证据而在人类的记忆中消隐。如今，五千年过去了，策划者和建造者都已化作灰烬，唯这三大堆石头带着他们灌注进去的灵魂和期待，在日出日落中屹立着，永存着。人类畏惧时间，但时间畏惧金字塔，只是后来人很难读懂。

小阿毕竟对埃及文明史是了解的，对带给他们骄傲的金字塔是有感情的，他讲起埃及的昨天，神采飞扬。他讲述三座大金字塔，指着最大的胡夫金字塔说出由二百三十万块巨石建成、高达一百四十六米、占地五公顷等一系列准确的数字，讲大金字塔东部那三座属于王室的小金字塔，讲发现于二十世纪五十年代的太阳船，讲金字塔建筑反映的历史背景和体现的建筑师的人文追求等等，好像金字塔是他学过的历史教科书上的全部内容，讲得那么自如、自得。

不远处，沙漠里刮起一股旋风，恣狂地卷着黄沙，黄沙在荒野上潦草地书写着什么，由远而近地扑过来。这样卷了又卷，扑了又扑，使本来昏黄的景物又多了昏黄的背景。黄沙曾掩埋过多少绿地，掩埋过多少岁月，也掩埋了埃及人多少美好的梦想，但它掩盖不了这屹立千古的金字塔。沙在风的诱惑下积聚力量向塔身冲击，只能在伟岸的身躯上画下无数的问号、删节号，终归被撞成尘埃落定。风沙过后，天地还是原有的本色，古塔还是原来的模样。

我们在这千古苍原、一片土色的沙漠里奔走，我们踏着沙石去抚摸金字塔上被风沙磨残了的巨石，我们猫下腰走进开放的墓穴里去探寻远古的秘密，再拖着疲惫的腿脚，走出数里远，到一块高地上去找最佳位置拍照。早就聚集在高地上的小商贩和牵骆驼的农人一齐围上来揽生意，瘦削的身体，笔直的黑发，深陷的眼窝，微带钩状的鼻子，与古墓神庙里雕刻的人物极为相似，只是嘈乱的嚷嚷声，超出了法老传人的常规，粗俗地去撕扯这片高地上最后的庄严。当瘦骨嶙峋的骆驼驮起破衣烂衫的农人向我们走来时，那只为讨价还价而伸出的干柴似的手，再也无法负载起人们对历史对宗教的情牵与不舍。紧拽着缰绳，就像拽住了春天的胳膊，似在追问生存的意义，追问文明的归处，大漠无垠，春天不语。

辉煌璀璨的大剧被大石黄沙封存在了昨天。

一千个瑰丽的昨天，也不会等于一个崭新的今天。

人类历史，正是一部一旦翻过去就无法翻回来的巨著。当今天被轻贱了的时候，昨天和明天的意义该向哪里归属，又从哪里起始？

"我们所理解的，只是我们所知道的。"（歌德语）风吹过了，尘落定了，金字塔依旧，这片土地上的人们祈祷的明日春光是明媚的吗？我一个外来人无法参透另一个民族的心理历程和宗教向往。

# 心灵　需要这样一座桥

亚历山大成为古埃及的首都，是在公元前三百三十年，从那时候起，它就是一座混合了埃及、希腊和罗马文明的国际化城市，因为它同时建起了当时世界上最大的海港和图书馆。海港历千年犹在，已成为世人眼中的一景；图书馆呢，在屡遭劫难后早已荡然无存，变成了堵塞世人心臆的块垒，凝成了埃及这片古老土地上最深处的一道疤痕。

今天，我们来了，沿四十公里海滨大道奔波，面对处处名胜满眼风景，竟不知该立足何处。一个来回下来，大家不约而同地要在沿海大道中间的一个点上停下，是被面前这座高大建筑墙体上刻着的"中华"两个汉字牵住了脚步。这里就是亚历山大大帝建立古代最大都市雏形的起始点，这就是历经焚毁今天又一次被修复的亚历山大图书馆。

新修复的图书馆地处市中心，正对地中海，占地四十五万平方米，耗资一点七二亿美元，是由埃及学者提出计划，得到埃及政府支持，联合国教科文组织提供赞助，并组织多个国家参与的庞大工程。它自一九九五年破土，如今已经竣工，只待四月二十三日开馆。新图书馆将再一次成为世界上最大的图书馆之一，足以与莫斯科、华盛顿、伦敦、哈佛、巴黎和东京图书馆相提并论。它拥有天文馆、科学馆、书法馆、修复书籍工作室、会议厅。当然少不了明亮宽敞的阅览室，就是眼前这座突出地表面的圆形大厅，它顶部采用玻璃材料，斜面向着太阳，给室内足够的采光。粉色石墙使观瞻者倍感敬重与亲近，大墙上清晰地刻下五十种文字，借此表达出这一跨国计划的意义，也成为它的显著特征。

站在这里，眺望弯月形长达四十公里的海滨大道，西端是法罗斯岛上当年号称世界七大奇景的大灯塔遗址，那是与海港同时期的指引航船行进的海上信号；东端则是伸进海里的美丽夏宫，正对着的地中海风光一览无余。今天的海面风平浪静，像熟睡的婴儿那样恬静可爱，而湛蓝的海水里包藏的是千百年来的惊涛骇浪，也是这座城市古往今来兴衰存亡的见证。

　　当年，亚历山大从马其顿乘船踏海而来，决心在这片与世阻隔的荒凉土地上建立强大王国的同时，决定先建造当时世界上最大的海港。海港建成了，与地中海沿岸各国的通途打开了，亚历山大市很快发展成希腊文明最辉煌灿烂的发源地之一。接下来是他的继承人托勒密一世，委派希腊人德米特里和欧多克索斯收集书籍。在教会方面负责收藏与存放书籍的人是亚里士多德。他们组织人马在埃及各地寻找纸莎草皮，到世界各地去搜寻译成希腊文的书籍。当时，凡航行到这个港口的船只都必须交出船上的书籍，所有流传到这个城市的外国作品都被翻译收存。到了托勒密二世，收藏的书籍已达四十九万册，编写的图书馆藏书目录被写在一百二十卷纸莎草皮上，文学、科技、历史、天文、地理、医学、修辞学等，各种门类齐全，其中有荷马的手稿、早期旧约圣经的手稿、亚里士多德和柏拉图著作的残缺部分等极其珍贵的文稿。托勒密王朝历代国王们使藏书越来越多，终于建成了当时世界上最大的图书馆。

　　这是架设在岁月大海上的一座壮丽桥梁，这是为人类心灵筑起的一座高贵之港。

　　图书馆就是亚历山大文化繁荣发展的导航灯塔，它吸引着那个时代最伟大的诗人、思想家、科学家聚集这里，吸引着人类各种声音飞越高山大海抵达这里，从而融汇成人类发展史上最壮阔的文明交响曲。不难想象在当时生产力低下，交通与信息阻塞的情况下，囿于物质世界的人们走进这座精神华殿时的喜悦。他们面对一本书，就像面对一个不相识又相逢、不言语又可交心的朋友。每当打开一本书，就是在面前开辟出一条既通向外界又通向人生深处的道路，由此，被封闭淤塞的心智通达了，被阻隔的目光放远了，理想插上翅膀可自由地飞翔了，人类的性灵之光在这里尽情释放，生命的疆域和质量在这里得以拓展和提升。就这样，亚历山大市在成为文化科学中心之时成为埃及的政治经济中心，它在文化包罗万象中走向一个人才荟萃、四通八达的国际都市，从而把古埃及辉煌的文明推向一个新的巅峰。

到了公元前四十七年，地中海的浪涛又载来一拨入侵者，这就是尤利乌斯·恺撒和他的军队。他在攻占了亚历山大城时做下一件不可饶恕的坏事：他下令火烧停泊在港口里的托勒密王朝船队，火势蔓延到城里，使图书馆里的七十万卷图书付之一炬。人们在三百多年间千辛万苦植下的一方精神绿洲，在野蛮的践踏下转眼化作荒漠。大火烧掉了一个图书馆，实际上是结束了一个时代的灿烂文明。又过了四百多年，罗马皇帝狄奥多西二世下令，再一次焚烧图书馆，使恺撒进攻时期的当地统治者、托勒密王朝十二世的继承人——埃及艳后以智慧和着泪水抢救回来的二十万卷图书荡然无存，从此，埃及古代文明中断，难以为继。他还下令关闭所有的异教教堂和寺庙，驱散了唯一能解读古代文字的埃及祭司阶层，从此，所有的古籍、古碑再没人能够解读了。再后来，亚历山大城在六世纪和七世纪又遭受两次大火灾，图书馆在尤以复加的深重灾难中消失得无影无踪。侵略者和独裁者总是在掠夺了人们赖以栖身的家园之后，再摧毁人们用以安顿苦心惊魂的精神殿堂，这双重的剥夺，把民众抛进了贫穷和愚昧的深海，社会历史的车轮也由此被推出了前进的常轨。至此，亚历山大作为世界文化中心的辉煌不再；至此，埃及又一次回到黑暗中蹒跚而行；至此，人类发展史曲折起伏循环往复的规律再次被验证。

亚历山大人到底是经过书香涵养的，两千年后仍没有泯灭自有的文化传承。在他们不断的努力下，修复图书馆的计划得到世人的认可并付诸实施。这里边有历史学家穆斯塔法·阿卫迪著述《亚历山大古代图书馆：经历与命运》一书所付出的心血，有亚历山大大学校长奔波的汗水，也有当今埃及政府的明智，最终成为一项跨国计划。埃方接待人员讲到这里，深怀感激地告诉我们：德国提供了图书高科技调阅系统，挪威提供了阅览室书柜桌椅，意大利提供修复书籍的工作室，日本提供视听设备，法国提供两千种科学刊物、数万册书籍和信息系统，挪威的整体设计在评选中获胜而被采用……

我已经不好意思正视那正在翕动的嘴唇，盯着墙上仪态万方的"中华"二字，心里直发虚。我们提供了什么？一个同样具有五千年文明的泱泱大国，难道要在这样一项世人瞩目的崇高功业面前显露穷窘吗？我们知道，亚历山大的文明是在外侵者手里遭受灭顶之灾的，我们的文明却在自己亲手制造的各式"焚书"中千疮百孔。今天，噩梦醒来了，大家呼唤文明，重振文明。然而，仍有多少摩天大楼林立的城市里，至今还没有一座像样的图书馆；在林林总总的书店、书摊上，充斥了多少帝王名流、传闻逸事、消闲揭秘，甚至暴力色情之类的垃圾文学，高雅文学被挤成一再削价的地摊货；在经受精神空虚的人们饥不择食地大嚼埃及艳后的美貌、袒胸、放荡逸事之时，却对她的教养、抱负、智慧的正史一无所知；乍富起来的人们把文化当作一张昨天已经扯掉的旧皇历，在一掷千金地置房产、买洋装、化妆美容、保健养生，把自己装修到牙齿的时候，再也没有多少时间进出图书馆，静坐书桌前，为充实自己的头脑，提升自己的灵魂去费神。医好一道伤及心灵的伤痕竟如此不易，由此，我更加佩服亚历山大人的勇气与眼光。

"中国的上海已经赠送了五千册书籍，都是中华民族文化中的经典著作。"

哦，毕竟是从古到今一路走来的中华文化，自有生生不息的坚韧，自有以本身为媒介融入世界文明交响的品位。

在物质文明高度发达的今天，各国的国门正向世界敞开，人们要在世界文化大交汇中诗意地栖居，封闭心灵是不可想象的，这就需要更多像亚历山大图书馆似的心灵之桥。

# 绿色的利比亚

撒哈拉大沙漠北临地中海的非洲国家利比亚，对于我一个中国公民来说，十分遥远、陌生和神秘。这次随国家友协的"政治对话和经贸交流"民间团前往访问，依我个人的习惯，临行前总要翻阅一些出访国家的资料。跑过几家书店和图书馆，能找到的资料寥寥无几。实在想象不出，这个历史上屡遭外侵、在现代又受到国际制裁长达十几年的国家，该是一副什么模样。短短四天的访问之后，留给我们的却是几分意外、几多惊喜，还有绵长的思索和不容抹去的记忆。

## 渴望绿色

二〇〇二年四月十一日中午，我们从埃及的开罗直飞利比亚首都的黎波里，三个小时后抵达。一出机舱，热浪扑面而来，脚下是发烫的黄沙地，虽然我们早换了夏装，还是挡不住燥热。一问，气温三十九摄氏度。刚刚踏上这片土地，就给了我们一个下马威。而前来迎接的当地人却都身穿西服套装，有的还穿着皮衣。问他们热不热，他们说："不热，今天天气很好呀。"怪不得，他们要时常面对酷夏沙漠里五十摄氏度的高温呢。

走进候机大厅的贵宾室，有了空调顿觉清凉。迎候我们的利方外事部门的官员热情地帮我们取行李，办手续。我趁机环视这里的一切。大厅最显眼处竖着一个绿色大标语，上面用阿、英两种文字书写着卡扎菲的语录，也是他的重要思想：没有人民代表大会就没有民主。厅外，机场规模不算大，也不豪华，只是白色的墙、绿色的图案，给人以清丽、素净、灵巧的印象。里里外外都干净整齐，井然有序。停落的飞机有欧洲的和非洲其他国家的。看得出，利比亚在中止国际制裁禁飞后不到两年的时间里，对恢复经济建设和正常的航运抓得很紧。

我们乘坐的车子来了，两辆日本产的考司特面包，只是车顶上装了个载行李的铁架子，使车子和我们这些坐在里面的"国宾"都有点不伦不类。机场离城市中心大约二十几里的路程，轻度的沙尘暴使天地一片昏黄，飞扬的细沙和车轮溅起的沙砾一齐击打着车身，索索作响。路两旁斜坡上，草地多数干黄枯死，稀稀疏疏的草木都蒙上了一层沙尘。一小片一小片的麦田里，高不过三十厘米的麦子，干枯得黄里泛白，被风一吹，紧贴着地皮，像一层干茅草。偶然闪过被长袍头巾裹得严严实实的妇女身影，除了宗教和习俗的因素外，我们不得不想到这种袍巾的实用价值。

车子在行进，从眼前不时闪过的是无处不在的卡扎菲的画像：有的在大笑，有的随意坐着，有的高举起两只紧攥的拳头。最多见的，是他头缠驼色长巾，身穿驼色长袍，双臂抱在胸前，棱角分明的脸庞高高扬起，凝视着前上方。不知这位出生在羊毛帐篷里的沙漠之子是在藐视什么，还是在沉思默想些什么。

城市就要到了，一面面绿色的旗帜高高飘扬，一尘不染，这就是"大阿拉伯利比亚人民社会主义民众国"的国旗，世界上独一无二的清一色不要任何图案装饰的绿色旗帜。我们下榻的大饭店和"海之门"宾馆门前都有高扬的绿色国旗。在热浪飞尘的催促下，我们顾不得观赏景色，快速入住。只是心存疑惑：利比亚的首都就是这个样子吗？

入夜，海上来风更大更猛，门窗被摇撼得一片声响。意外的是，一夜春雨不住。

清晨，风歇了，雨住了，明丽的朝霞映在床前，起身推窗一看，城池竟是另一番景象。满眼葱绿，一排排高大的椰枣树，一道道不知名的灌木绿篱，一片片橄榄树，还有街头海边的绿地，都被清洗得青翠欲滴，映衬得红白花朵格外娇艳。稍远些，绵延上千里的海岸线外，湛蓝湛蓝的大海里涌起一波一波的细碎白浪，数不清的油轮停靠码头，有的已升起起航的白帆。整个的黎波里，犹如一颗璀璨的明珠镶嵌在地中海南岸，这才是地中海新娘的真面目。更可贵的是，利比亚人民把酷爱绿色的心愿付诸实践，在植树造林的同时，用人工营造绿色来美化自己生存的环境。在这里，不光国旗是绿的，建筑物上任何装饰都是绿的，包括门、窗、围栏、清真寺上的穹顶。市中心的广场就叫绿色广场，那里更是绿色的海洋。连大街上张贴的标语和广告、出版的报纸和刊物的套色全是绿的。

众所周知，卡扎菲爱住的帐篷是绿的；他的语录本也是绿的，被称作绿皮书。卡扎菲有他独特的思想，也有他独特的管理国家的方式。一九七七年，他宣布利比亚改国名为"阿拉伯利比亚人民社会主义民众国"，一九八六年又改为"大阿拉伯利比亚人民社会主义合众国"。取消了议会和内阁，用"总人民代表大会总秘书处"和"总人民委员会"取而代之，领导人改称秘书，互称兄弟。他本人自一九七九年就宣布不再担任一切行政职务，只称自己为"革命领导人"。"民众国"还废除了临时法典，改以《古兰经》为主的社会法典，并停止一切政党。在这里我们且不研究他理论和方式的科学性，但在他领导下的国家，在恶劣的自然环境和并不良好的国际政治背景下，靠石油和天然气的开发和出口，发展了经济，安定了社会。利比亚朋友告诉我们，绿色代表生命，尤其在他们这样一个沙漠占国土百分之九十五的国度里，看到绿色就犹如看到了生存的希望。

接我们的利方官员来了，一进门就拉着我们团长的手大笑不止，叽里哇啦地讲了好一通。经翻译我们略知大意："在这里水比油贵，春季的雨水比黄金还稀罕，我们南部的大沙漠里有时几年都不下雨呀，你们来访给我们带来了好雨，真是吉人天相。"大家相视而笑，上苍为之洒扫庭堂、接风洗尘，这是两国人民友好发展的吉祥之兆。

118

真有意思，来到一个以《古兰经》为社会法典的宗教氛围浓重的国家里，我们也感染了几分宗教的笃信与虔诚。

## 去看古城

莱普提斯罗马古城，是利比亚代表性的文物。

尽管在参观国家博物馆时，馆长已经把这座建于公元前、历经几百年、于公元二〇三年才竣工的古城做了重点介绍，我愈发急于想见到它，然而，一旦面对，它又一次超出了我的意料，又一次带给我震撼。

站在马勒哥布省博物馆复原的古城图形面前，我们完全被两千多年前建造的规模如此恢宏、结构如此严谨的城池惊呆了，无人怀疑它是利比亚古罗马时代完整的缩影。出博物馆，背面不远处就是凯旋门。越过这座与巴黎凯旋门大致相仿而细节各异的建筑，沿着大石块铺就的长长甬道，来到了城池的边沿。登上残墙的制高点极目眺望，整座古城的轮廓和残存的座座单体建筑清晰可见，全部用大石块铺地砌墙，遍地是直插云天的巨大圆形石柱，像石林，像石海，更是一座名副其实的石头城，一本厚重的谁也翻不动、看不透的石头书。古代的利比亚沿海有大山吗？要不，这么多这么大块的石材从哪里来？用什么工具运来？当初搬运它们动用了多少苦力？又磨去了多少光阴？城中的建筑一组一组的，既自成体统又相互连接，每一组都冠一个"大"字，诸如大浴室、大赛马场、大广场、大布道厅、大市场、大剧场……观其规模之宏伟，布局之精到，一个"大"字确系当之无愧。各组建筑虽用途各异，整体造型几乎都是圆形或半圆形的，一个圆接着一个圆，有次序地铺展开去，直到连天接海，天海人间浑然一体，那雄浑的气势，那仙境般的感觉，实在是太壮阔、太精美了。利方介绍者说，它是世界上众多罗马古城中保存最完整的一座。我才疏学浅，忙请教同行的我国专家，他们说大概是这样。那么，利比亚人为了什么，又是用什么办法，在战乱迭起的千年之中，在将绿洲变成沙漠的无可抗拒的自然灾害之下，把外来者建造的一座古城保存到这种程度？问谁，谁也无以作答。

偌大的一片，每块石头都是文物，大到耸立的列柱，小到散落在野草中的碎石、残损的雕像，好像有意考验我们这些外来人的想象力，一处一处地去欣赏，去探寻，去思索。浴室容量很大，设施齐全，颇有几分现代的味道；庞大的广场里竖立了一圈凶恶女神的雕像，是为了营造威慑防卫的氛围；跨上大主教曾经宣教布道的高高石椅，体验一下手持权杖、威仪天下的感觉。这些宏大的建筑背后曾经有过多少惊天动地的大事件，而为这些建筑奠基的却是恃强凌弱、争夺霸权、两军对垒残杀的血光剑影。一座城池落成了，而战乱杀戮的历史也成为人类发展巨著中无法删节的一页。微风吹动杂草黄沙，响声似有若无，仿佛是当年惨败后丧国失家的本土人嵌入石缝里的绝望呜咽。是啊，那段历史给这片土地留下的太少了，而失去的太多，以至连这座曾经辉煌现已废弛的城郭，与之相伴的也只剩下了让人类难以为继的荒漠。如果不是面对，谁会相信，文明与野蛮竟形影相随，汪洋与沙漠直接相接。当年，迦太基人、古罗马人、沃达尔和拜占庭人、奥斯曼人，还有意大利、英国轮番前来争当这片土地的主子。时至今日，大主教哪里去了？以农奴斗兽取乐然后站上高台颁奖的裁判官哪里去了？他们得到的那些东西，现在都存放在哪里呢？时空早已把挥鞭呵斥的主子和拉纤背石的奴隶一同化作这片废墟里的黑土黄沙。古城在冠以罗马称谓之时，就已经成为利比亚人兴奋点和伤心处同在的极致。

陪同的利方官员在一尊完好的凶恶女神雕像前驻足，他略去了雕像狰狞的面目，指点雕刻的精美之处给我们看。于是交谈起来，他竟然平平静静地道出了一句箴言：外来者终究难以异域生根，强加的永远变不成原生的，而文明应属于全人类！不错，入侵的列强能在这里建造一个逼真的异化复制品，而这片土地，从古到今只能属于非洲的利比亚。古城的存在封存住了往事，使后来者在欣赏建筑精美的同时，不能不去思索人类自身，去认知人类进程中的曲折和必然。

我想起了联合国广场上矗立的那挽住了枪管的手枪雕塑。

120

谁强，谁弱？谁是胜者，谁是败者？只能任时光评说。

古城建筑的高潮应属大剧院。它和撒丁岛上的古代露天剧场大体相似。除了没有现代的灯光和音响设备之外，许多现代化的剧院也难以比得上它的巍峨壮观。依海而建的广阔舞台上剩下一片欲刺青天的石柱，半圆形的乐池完好，只是少了音乐，偌大的看台一圈又一圈，默默无语地与大海对视厮守。想当年，这座容纳几千人的大剧院该是何等的热闹。如今戏散了，人去了，场空了，只留下残缺滋生出落寞，在草砾中仰天长卧，等待着经久不变的风雨。

当地的民间艺人吹奏着牛头牛角制作的"祖可莱"，敲打着非洲特有的腰鼓来到乐池中央，欢快的节奏，酣畅的乐声，黑面艺人滑稽的舞蹈动作，引发了大家的童心。于是纷纷走下乐池，不管认识的不认识的，还是什么肤色的，一起唱，面对面地舞，非洲的乐声和亚洲、欧洲、美洲的歌声谱成一篇和谐的乐章，在古城上空回荡。歌声一片，舞成一团。想不到，在这里度过了平生另一段最欢快、最放松、最自由自在的美好时光，留住了别样的难忘记忆。岁月嬗变，外来者的刀剑换成了外来游客开怀的笑声、歌声，再一次给大剧院注入应有的生气。

利比亚人保存这座古城是有眼光、有价值的。

# 清凉乌干达　避暑又赏鸟

七月，酷热难当，鸟兽皆藏，人却无可躲避。

朋友邀我去乌干达观鸟，这时候去赤道？非得被烤熟了不可！

连忙找资料查看：原来，这个地处东非高原上的赤道小国，由于东非大裂谷西支纵贯其西部，谷底河湖众多，尼罗河发源于此，世界上第二大淡水湖——维多利亚湖百分之四十三的水面在其境内，水域面积占国土面积的百分之十八，素有"东非高原水乡"之称。高原加水乡的独特地理，在赤道上造就出一片清凉世界。而在二十四万平方公里的国土上，竟有一千零七十多种野生鸟类，分布密度如此之大。狂野且温润，可见一斑。行动方式，则是以相机摄影取代十九世纪中后期的真枪狩猎的"狩猎旅行"，现代而轻松。于是，欣然前往。

七月十五日从北京乘机，经埃塞俄比亚的亚的斯亚贝巴博莱机场转机，飞行十三个小时，跨越亚欧非大陆，抵达维多利亚湖边上的恩培德市。在机场简便的落地签证之后，开始了我们为期半个月的"猎游"活动，"主战场"就在让野生动物免受现代人类生活侵扰的国家公园。（目前这样的国家公园乌干达已建立起八个，我们去了六个。）

## 维多利亚湖畔

我们到达恩培德的时候是当地时间下午一点多，这里比北京时间晚五个小时。放下行李即刻赶到维多利亚湖边的林地中去拍摄。同行的鸟

122

友去过肯尼亚，据他说，两国虽然临近，鸟种分布却有很大不同。这个国家相对游客较少，鸟兽栖息的地方都很安静。目前，偌大的湖边林地只有我们四人，求偶的黑白噪犀鸟高叫着嬉戏，并不太在乎我们的存在。还有多种鹳或鹩，蕉鹃，翡翠。不错的收获使我们忘却了长旅的疲惫。

第二天，乘小船进入维多利亚湖区寻觅鸟类活化石——鲸头鹳。水草葱茏，小道狭窄，船小摇晃，拍摄难度很大。鲸头鹳没找到，拍了些鹭、鸻、雉、鸭等。接着进行下边的行程，在离开湖区不远的小镇上午餐时，经历了一场必然的体验，途中，收获了一个意外的惊喜。

小镇道路两旁，各有一个圆形建筑物，那就是赤道纪念碑，圆圈下就是赤道穿过的地方。各色皮肤的游客一伙一伙站上去留影。我们也去拍照，并在路旁小店里买了跨越赤道的自签名证书。店主很热情，带我们到赤道纪念碑旁的三个装满水的大漏斗做实验。先在赤道北边漏斗的水里放上一朵花，把水放下去，花朵随着水做逆时针旋转；换到赤道线南边的，旋转方向正相反；而在赤道线上的那个，花朵随着没有旋涡的水直接掉下去。原来在地球引力的作用下，北半球的气流、水流按逆时针方向旋转，在南半球则相反。据说，这个现象是当年确定赤道位置的一个直接例证。店主人还让我们称体重，原来人在这里比在别处体重都要轻一公斤左右，因为，赤道离地球中心最远，是地球受力最小的地方。在乌干达跨越赤道是必然的，这样一来我们有了亲身体验。

午饭后南行，连日的疲倦齐上身心，大家昏昏欲睡。不知走了多远，鸟导突然掉转车头，驶向路旁低洼处一片荷花丛生的湿地。原来，上百只灰冠鹤在那里觅食嬉戏、求偶对舞，它们头顶那簇金色的冠羽格外耀眼，身上极富质感的浅灰、洁白、粉红色羽毛，配合着特有的长颈、长腿，别具优雅和华贵，撩得观鸟人心神随之舞动。这可是我的目标鸟啊，竟在这里不期而遇，我屏息靠近，步步为营。太阳渐渐西沉，鸟一部分在阳光里，一部分在阴影里，荷花荷叶有衬托的作用，也有使背景杂乱的干扰。景色竟如人生，阳光总与阴影随行，只是看你会不会择时择机合理地趋避取舍而已。我端着沉沉的机器小心又匆忙地取舍选择，忙了一身汗，只可惜日近西山，行程紧迫，难以满足自己的期许。总算与乌干达的国鸟面对面了，了却一桩心愿。

## 姆布罗国家公园

旱季的姆布罗国家公园，应属于较典型的东非稀树草原，树叶上蒙着浅浅的尘土，草原被夹杂着枯枝败叶的草木覆盖着。我们到达时已近傍晚，薄暮下，站在高高的圆草顶大木框的餐厅里，俯瞰广阔的草原，只见落日余晖把无边的密草稀树慢慢染成一片金黄，像一曲没有节拍的古老音乐。万籁无声，没有感觉到生命存在的迹象。然而，我知道，这片广袤的原野里，珍藏着足以让我们融入自然，从而获得内心平静的一切。

第二天清晨，我们乘车擦着树枝走进林间小路。这时，蜷伏在枝头半睡半醒的灰蕉鹃、红嘴斑鸠懒洋洋地和我们四目相对，好像有意让我们感知，它们才是这里的主子。再往里走，长颈鹿、各种羚羊、疣猪相继出现，鹭、雕、鸟、雀也不少。这里虽然没有狮子一类的猛兽，但对于难得看到在真正野生环境下野生动物悠然自在的我们来说，足够提升兴致的了。那些来自原野的生动趣味刷新了原有的情绪，白云下一跃冲天的矫健身影紧紧抓住我的目光，自此，快门声响多停少。公园中间有个很大的湖，我们乘船拍摄白背夜鹭等水鸟，稀罕的非洲鲼趾鹬也是在湖里拍到的。把姆布罗国家公园作为向南穿越赤道之行的开幕式，来点燃东非狂野猎游的兴奋，应该是个不错的选择。

## 布温迪国家公园

这座与刚果民主共和国为邻的国家公园以"布温迪"命名，乌干达人把"布温迪"解释为"不可超越"。大概是因为这个国家公园面积广大，树高林密，特别是明星"大猩猩"在此活动，引得世界各地游客云集。

我们出姆布罗国家公园，在本尼奥尼湖景区停留过夜。第二天清晨沿崎岖的公路继续南下，一路上尘土飞扬，颠簸得看不清沿途风景，只觉得喉鼻干燥难忍，只顾紧紧抱着相机。百多公里走了四五个小时，到达布温迪时，迎来了一场细雨，地势更高了，气温降下来，夜间只有十五度，顿觉清爽湿凉。

这座别墅式的度假村，依山面河而建，客厅里炉火熊熊，一面墙陈列书籍，一面墙点燃的蜡烛下木雕艺术品排列，别有情致。客房坐落在花草丛中，空中弥漫着尘土的气味，林鸟众多，花鸟图唾手可得。各国游客基本上都是"追猩族"，我们的目标鸟则是非洲绿阔嘴鸟。第二天一大早向山林进发，四个搬运工、两个向导、一个军人护卫，加上我们四位摄影人共十一人，浩浩荡荡犹如一支专业探险队，翻山越岭，往返五个多小时。茂密的森林里，看上去鸟不多，兽也少见。我们在树林深处的高坡上，找到了挂在大树上的鸟巢，静候半个多小时，小小的阔嘴鸟如期而获。高兴是当然的，然而体力不支，等回到住处，已无弩末穿缟之力，只好依窗望鸟兴叹了。

第二天在森林公园门口的树林里找鸟，树高林密，阴雨昏暗，昨天的疲惫未消，今天因靠近蚁穴屡遭蚂蚁侵袭，奇痒难忍，拍摄起来可不轻松。拍好片说不上了，有新鸟种记录也算如愿，和其他公园相比，迥异的情形和体验留下了难忘的记忆。

## 伊丽莎白女王国家公园

从布温迪向北到伊丽莎白女王国家公园，需要五个小时的车程。穿越茂盛的茶园，油漆路平坦了许多，沿途多有种植的玉米、木薯等庄稼。尽管民房还是树枝编成篱笆糊层泥，顶缮茅草的那一类，穿着却比东北部村民好了许多，加上随处可见绿草茵茵的足球场，欢呼着踢球的大人和孩子，令人觉得西部气候湿润，人民生活富庶。其实，他们的衣食都很简单，生存成本极为低廉。途经几所中小学，教师和学生分别统一着装，见到我们热情有礼貌。

Ishasha 自然保护区在两座公园之间，位于乌干达和刚果两国交界处。边境上没有守军、界碑、铁丝网，只有一条缓缓流淌的小河和成群的河马。保护区也是稀树草原地貌，常见动物是大象、羚鹿之类，导游说狮子上树在这里常见，于是去找了两圈。狮子喜欢爬上去的是相隔很远的一棵棵巨大的金合欢树，每个伞盖似的树冠下都有球场大小的一片茂密灌木丛，煞是大草原上的一景。狮子爬树为的是纳凉，这两天雨后凉爽，自然无缘相见了。又经过一个不大的盐湖，周围有草房，有出售的工艺品，人不少，鸟少见。稍事停留，继续我们的行程。

Mweya Safart 宾馆坐落在爱德华湖边的山丘上，三面环水，草木青翠，环境优雅，庭院里就有许多小鸟。宾馆算不上奢华，但雅致、敞亮，富有当地特色的建筑里有几分洋气。院子中间有个大象雕塑，大厅两旁竖着的黑木人形雕刻，细不盈尺，却高及房顶，厅内摆设一对镶金的硕大象牙。这一切，让我们这些从干旱的东部、自然的南部过来的人，踏在大厅的木地板上，觉得好像进入了另一个世界。这里是小有名气的度假区，还是当地有钱人的周末度假地，几十张餐桌游客全满，是我们此行见到最多游客的地方。等待办理入住手续的时间里，我们便陷进原木粗布做的大沙发里，一边享用白衣黑人侍者端来的非洲咖啡，一边倾听经过现代装饰的非洲轻音乐。鸟雀在厅内飞来飞去，一两只过来觅食，歪着头看着你，好像问：你从哪里来？不等回答便悠然飞走了，带走了一路的辛劳和寻找心中的目标鸟不得见的懊恼。

下午乘船游湖区，大概这是专为观鸟和动物的游人安排的旅游项目，能看到成群的大象、水牛和常见的海鸟等，这些已不大适合我们拍摄了。回到住处，院子里鸟多且有新鸟种，猎游拍不到的热带黑鸥和栗喉娇莺，在这里近距离拍到了，收获喜人。夜晚来临，坐在餐桌前，守着跳跃的烛光，要一支非洲红酒，细细品尝现场制作的烤肉或牛排，远眺暮色中朦胧的湖面，停立游艇上朦胧的鸥鹭剪影，清风徐来，乐曲在耳，真有一种羽化登仙的幻觉。匆忙而辛劳的猎游，稍事休息，找回一些浪漫、惬意、不虚此行的感觉，也找回了人类在用自身的优势去拯救伴生生命的同时，也是在拯救自身的愉悦和轻松。

## 基巴莱国家公园

今天前往基巴莱国家公园。天已晴好，并不炎热，空气通透。走在路上，不一会儿就收获数只猛禽，鹭、猛雕、长冠鹰雕。美好的感觉在延续。下午，我们拐上沙石小路，两旁的树木草丛越来越浓密，似乎到了浓荫的尽头，眼前豁然一片整齐的草坪，今天的目的地——黑猩猩森林度假村。

此行，我们住过的宾馆都是和周围的自然环境融为一体的，这个度假村也不例外，但别具一格。周围的大环境是葱绿的茶园，黄花盛开的高大合欢树。院内，客房是一座一座圆形小草房，没什么装饰，无拘无束地散落在草坪上。每座房前一个朝天炉，顶上横放装水的铁桶，烧木柴加热，就是我们的洗浴用水。一切都那么自然，相互间那么契合，就像波提切利的代表作《维纳斯的诞生》中，那个刚刚从蚌壳里站起来的维纳斯，与生俱来的纯净、天然、一尘不染。"天人合一"自然而然地摆在那里。原来世界上并非只有贵重的奢华的才配"美"的称谓，自然的原料，简朴的造型，同样可以创造出富有诗意的景致，主要在于建造者的眼光和心灵深处对现实世界的发现、选择、配置和突出其独有的特色。自然界的每个单体本来就充满能量，它们通过这些发现进而创造的"力"，改变着外界，同时也升华着自身。

大概人类喜爱的环境鸟儿也喜欢，院子里似乎有拍不完的小鸟，可爱的褐喉饰眼鹟就是在房前路边矮树上拍到的。尤其是那棵苍老的神奇大树，鸟雀不断。同样的鸟在这里也能拍出不同的味道。是夜，睡得踏实、香甜。第二天一大早起床，进入树高林密的黑猩猩森林寻觅非洲八色鹀。无果，似乎在预料之中，而不断寻觅尖端鸟种也是我们拍鸟行程的重要部分。回程中拍到当地最大的蕉鹃——大蓝蕉鹃，它们展翅飞翔的时候，每一片羽毛都闪烁着莹莹的光泽，飞越旷野的优雅身影永久地留在我们的卡片上。

## 默奇森瀑布国家公园

默奇森瀑布国家公园位于乌干达西北部，它是我们此行的经典地标，非洲的"母亲河"——尼罗河的源头白尼罗河就在此地发源。公园占地两千八百多平方公里，草原茫茫，地阔草深，鸟兽众多。

沿西部边境的公路北上，途中穿越一片原始森林，三百多公里的行程，行车八个多小时，到达时又是黄昏。下榻的小小度假村坐落在白尼罗河河畔，我们一下车就去看河。眼前的河水平静地流淌着，没有磅礴的气势，没有滔天的大浪，只是像一条轻盈宽大的银色绸带，弯曲着迂回在这块高地上，对出生地充满眷恋。它还没有积蓄起开山劈岭的力量，也没有令人或敬畏或惊叹的绝技奇观，只是无忧无虑地自由流淌。高地正是有了这条"曲线"，多了柔美、滋润和生机。它就这样不紧不慢地一路北去，汇集起一个又一个国家的细流，不经意中形成了世界上第一条国际河流。我掬一捧河水，倾听细细的水声。人类历史不同时期的发展，都在不同的大河流域留下璀璨的痕迹，白尼罗河至今还是原本的模样，它可知道，它的下游已经演绎出无数惊天动地的大剧，可它从来不觉得自己就是世界上最精彩的那个篇章的缔造者。我深深感受到了非洲"母亲河"的温和而神秘，平凡而伟大。

第二天早六点三十分出发到白尼罗河渡口，过摆渡进入默奇森国家公园。歌鹰、灰隼、非洲鸢接连出现，惊喜不断。身着红色羽衣的红巧织雀和枝头弄姿的维达雀着实耗费了我们的相机快门。在白尼罗河边湿地里拍摄鞍嘴鹳和黑冠鸨之后，终于发现了目标鸟——鲸头鹳。鸟导冒险开车进入禁区，我们站到车顶，近距离地拍摄，又一次让快门响声不断，把此次东非猎游之曲推向了高潮。正当余兴未尽之时，黄昏逼近，不得不落下猎游之行的帷幕。

回程中偶遇大群的长颈鹿求偶，它们用长长的脖颈去接触、厮磨、缠绕对方，来表达自己的柔情蜜意。原来，世界上每一个个体都有自己独特的长项，把自己的长项充分发挥，便会把美好的理想变为成功的现实。东非赤道小国乌干达，用自己独特的地势、丰富的水资源，绘出一道令人悦目赏心的风景线，让无数的鸟兽在这片广袤的草原上以完全野生的状态生存、繁衍。乌干达人在这里坚持着原始的农牧和狩猎，他们和野生世界和谐相处，给世人留下了最后一块伊甸园。难怪我国前外交部长李肇星以"乌干达，一幅画"为题赋诗赞誉它，英国原首相丘吉尔曾惊羡地称它为"东非明珠"。

# 彩虹之国——南非

愿这片美丽的土地上永远、永远不会再有人压迫人的现象出现。愿我们的国家永远不再成为世界大家庭里人人喊打的败类。

——南非第一任民选总统曼德拉就职演说
一九九四年五月十日

听到南非国父曼德拉逝世的讣告，脑海里反复地涌现出一九九四年他当选总统就职演说时讲过的这句话。还有二〇〇八年我们为双方的教育合作，前往访问时所见所闻的情形。

南非很遥远，它在非洲最南端，印度洋和大西洋的夹角上，无论从任何一个国家过去，都能感觉出它的遥远。我们从北京起飞，到开普敦需要十八个小时。南非很古老，它是人类的发源地，至少是发源地之一。南非确实多彩多姿，Wukuibei Chengwei 是"彩虹之国"，非常美丽。它美得无法形容，是那种不掺一点杂质不带一点人为痕迹的原生态美。东来的印度洋之风和西来的大西洋之风，把这方天地吹得一尘不染，空明一片，美得纯粹；绿草，蓝天，白云，无处无时不在，美得奢侈。它的多彩，一方面来自大自然丰富多样的地理环境、差异极大的气候；另一方面来自不同肤色的人，平等自由地生活在这块土地上，共同创造多姿多彩文化的人文景观。加上悠长、独特而曲折的历史，使它获得了"世界展览馆"的称号。建立"彩虹之国"，是纳尔逊·曼德拉一生的梦想，为了实现这个梦想，他在监狱中度过了二十七年漫长的黑暗岁月，生死不渝地为之奋斗了一生。当一九九四年南非的道德化身、"首席牧师"德斯蒙德·图图大主教提出"彩虹国"的称谓时，当时的总统曼德拉立刻使它变成了家喻户晓的名言，成为全国人民喜闻乐见的口头语。想想看，长期遭受种族隔离苦难的南非人，一旦获得自由平等，怎么会对当今自由快乐的生活没有特殊的感情？怎么会忘记曼德拉为了他们得到这样的生活，经历的太多太久的折磨和苦痛？怎么会不敬仰他们的国父在信念和精神的高原上坚韧攀登一生的高贵？这一称谓，也恰好表达了南非人要展现自己的信念、族裔、生活背景，以及多彩文化的渴望。

我们到访的第一站就是我们省的友好城市开普敦，它是南非最大的现代化城市和立法首都，现代南非的发祥地，被称作"母亲之城"。这里最早居住的是科伊桑人，后来祖鲁人来了，再后来荷兰人和英国人来了，渐渐会集了世界上所有肤色的人，达到两百多万。眼前的开普敦出奇地美丽，它依海港而建，繁忙的海港和现代的城市，背后衬托的是世界闻名的桌山以及延绵数千里的桌山国家公园，漫长的海岸线，大片的白沙滩，空明一片的天气。我们到访时已是夜间，这时的开普敦依然光彩明亮，清晰可见整个城市的面目和不远处深蓝色的桌山。通透的光彩使街灯都失去了光芒，让人感到广阔而透彻的舒畅。

第二天清晨，起身一看，满天红霞通透明丽，彻天彻地，映红了整个海港和城市。千帆靠岸，海鸟翻飞，城边上的人像雕塑同九层楼齐高，身披霞光，微笑着向大海挥手，使人们辨不清自己在人间还是在天上。早饭后我们去爬桌山，桌山是开普敦的标志，形同桌子。南非人看到桌山就等于看到开普敦了。我们乘索道上山，山高城小，大海无际，山峰万古如斯。山的面积看上去不大，十几平方公里的样子，实际上是两千五百平方公里，那是空气愈加通透的缘故。四周的城池，近山远海，一览无余。原先，这里的人们多在左边暖和的印度洋海湾居住，近几年右边大西洋较寒冷的一边也布满了住宅，白墙红顶像花朵一样围在黛青色的山下。绿树、海浪、艳阳、云彩，极有层次地铺展开来，相互映照，相互浸透，让人弄不清是山上美、海里美，还是地上美、天上美，各种美荟萃在这里，和来者愉悦的心情一起进入最佳状态，让人感受那种羽化登仙的神奇。

站在山崖西北的边沿上眺望，离岸不远的苍茫海水里有一座小岛，陪同者告诉我们，这就是罗本岛，又叫海豹岛，离岸边十三公里呢，上边就有当年关押曼德拉的监狱。曼德拉在监狱一关就是二十七年啊，人生有多少个二十七年？他受到了怎样的折磨和虐待？然而这一切都没能改变他不可征服的高贵灵魂；没能改变他为了建立一个不分种族肤色、人人平等的自由民主的"彩虹国"，甘愿把牢底坐穿，不惜随时牺牲生命的勇气。过去一提起非洲，人们总以为非洲全是黑人，来到这里后才知道其实不然。非洲有五大人种，地中海人、尼格罗人、科伊桑人、俾格迈人、蒙古人，还有一些近代的移民和混血人种，全世界的肤色在这里都能找得到，基本的有黑、白、黄三种。种族隔离制度是指上个世纪代表白人利益的国家党执政者，把民众分成四个种族集团：白种人、混血的有色人种、亚洲人和黑人。黑人的地位最低下，百分之六十七的人口只拥有百分之十三点八的土地，行动和生活受到许多限制，既没有公平又被剥夺自由，动辄被打被罚被拘留。曼德拉以宽容放弃复仇的博大胸怀，超越了种族、肤色、宗教和仇恨，带领南非人民通过非暴力方式实现了南非种族和解，而不是因历史情仇造成族群割裂，最终建立起了梦想的"彩虹国"。巴尔扎克曾经说过："拿破仑用剑建立的功勋，我也同样用笔去获得。"一个人为整个非洲大陆乃至全球创造出一种祈求平等和平的新途径，一个人带动他的族群崛起屹立于世界之林。这是怎样的一个人？伟人！无可争议、无可比拟的世界级伟人！他以极不平凡的人生和震撼世人灵魂的人格魅力，使自己成为"正义的化身""上个世纪最伟大的人物之一"、南非历史上"伟大的救星"。他荣膺诺贝尔和平奖当之无愧。联合国为表彰他对"和平、文化与自由"的贡献，自二〇一〇年起，首次把一个国家领导人的生日定为"曼德拉国际日"。人们没有忘记，在他走出监狱之后就任总统时，邀请了三名曾虐待过他的看守到场。当曼德拉起身恭敬地向看守致敬时，在场的所有人乃至整个世界都静了下来。他说："当我走出囚室，迈过通往自由的监狱大门时，我已经清楚，自己若不能把悲痛与怨恨留在身后，那么我仍在狱中。"宽容，伟大。宽容的胸怀如同天地，伟大的人格使世界变小。

看看罗本岛吧，这个可以帮你了解和感受南非历史和当今的地方，它现在是南非的国家博物馆，于一九九九年被联合国教科文组织列为世界文化遗产。上个世纪，岛上动物植物到了灭绝的边缘。今天的罗本岛再次放射出物产丰富的光芒，成为南非西海岸最蔚为壮观的风景。大树林立，灌木丛生，草丛遍地，鲜花盛开。岛上栖息着众多鸟类，不怕人的企鹅到处游走，无拘无束的海豹嬉戏打闹，一片天道亲和、浑然天成的自然景象。身边这些西服革履的黑人弟兄面带微笑，他们为今天自由的生活感到幸福，更为有曼德拉这样一位黑人领袖而骄傲。

这次是为着他们要我们选派中小学数理化教师而来的，我们要去考察学校。走过十几所中学、小学和幼儿园，能感觉到他们的教育正在蓬勃发展之中。新建的校舍多，有楼房也有平房，教室宽敞，桌凳教具整齐，操场很大。学生绝大部分是黑人孩子，他们听课专注，回答问题主动、踊跃。中学教师多是白人，小学教师有黑人。小学的教学方式明显受西方的影响，学生围在老师周围，自由式互动，气氛亲切活泼。我们见到有的学生文具上印有"曼德拉儿童基金会"的字样，聊起来得知，黑人学生和儿童里不少曾受到这个机构的资助。这个机构是曼德拉拿出自己一半的工资于一九九五年创立的，旨在改变社会对待儿童和青少年的方式，改善他们的环境和生活，之后募集了大量资金，建立了不少项目，对处在困境中的南非儿童和青少年进行人道主义帮助。目前，南非的贫富差距仍很大，处于贫困线上的绝大多数是黑人，开普敦城边沿上就有二十万人居住的贫民区"太阳城"。他们受教育程度很低，往往只满足于食可果腹、衣可遮体，很少再想别的，这和敢于冒险的白种人、富有智慧的黄种人、大无畏的蒙古棕色人都不一样。黑人中的优秀分子像曼德拉都是受过高等教育的。这就表明：不同种族的这些不同观念和习性既有与生俱来的，更是后天接受教育的结果，不是一朝一夕的事，从孩子抓起，提高教育水平是根本。曼德拉看到了这一点，今天的政府正在抓这一点。

访问临近尾声，不能不去看看好望角，一个萌发于我们从青少年时期对非洲腹地知之甚少之时的向往，岂能失之交臂。好望角在非洲的最西南端，离开普敦五十二公里。公元十四五世纪，正在进行原始积累的欧洲想得到亚洲的资源，要绕过被强大的奥斯曼帝国控制着的地中海，寻找新航线。一四八六年七月，葡萄牙的航海家迪亚士奉命远航，他带三只小船沿非洲西岸向南，走到最南端，忽然狂风大作，船随风漂走，漂了三天三夜，转到了西南端，他侥幸保住了性命。风稍静，他回航，可是船到了西南尖角，又是狂风巨浪袭来，几乎丧命。但过了这个尖角，立刻风平浪静。迪亚士心中感慨，称它为"风暴角"。回去复命，把"风暴角"的情形描绘一番，葡萄牙国王听了高兴得跳了起来，说："不，它不叫风暴角，而叫好望角。"到印度的道路终于打通了。从此，海上的东西之脉开通，一种新的秩序开始了，欧洲的船队源源不断地东西来往，东方的资源源源不断地自东西运，人们称其为"美丽之角"。几百年来，好望角的风暴巨浪不知打沉了多少船只。

沿着一条被草木掩隐的蜿蜒公路行进，路两边的风貌古老、苍茫，如同史前的原野一般洪荒。渐近好望角是一片原生的自然保护区，大约十多万亩，现在由政府管理。区域内的植物有八千多个品种，远远超出了美国等几个大国植物数量的总和，全世界有六个植物王国，它竟赫然名列其中。我们停下车走在上面，感觉它辽阔无边，仙境一般。放眼一望，灌木浩荡，百花盛开，典型的非洲原野气象。再仔细看，全是从没见过的奇花异草，肥厚的苔藓类居多，南非的国花帝王花开得灿烂奔放。更有一种举世无双的白花，被称为"不凋谢花"，亦称"七年花"，据说把它摘下来，可放七年不枯。它的样子形同小白菊花，用手一摸，盛开的它却如同干燥的棉花一般，有一种不受世上风雨干湿影响的超然气质。若想摘朵花，那是不可能的，这里对自然的保护有严格的法律，一草一木，一粒沙一块石，都有法律规定不让动的，摘一朵七年花要罚一万多元，还要被监禁。这时，我们想起来路上狒狒们横行马路，站在汽车前不动，和人们玩捉迷藏；鸵鸟们零距离看人，不躲不闪，傲然自鸣得意；兔子在草丛里坦然跳跃，那都是因为它们同样受到法律保护的原因。因此，虽然每年有一千多万人来此游览，但看上去好像从没有人来过似的，和五百年前的自然环境一模一样，人置身其中，觉得好像回到了人迹罕至的古代，整个生命都有一种融入自然一起飞升的飘逸感。

走近好望角，一个被后面的山石赶到海边的尖角状山崖，在非洲大陆上所有山的最前面对着海，尖角上全是千百年来与大海搏击的大石头。它的北面不远处有一个能俯瞰它的山峰，峰上是好望角的灯塔，这灯塔曾为多少在黑暗中激流里摸索前行的航海人指引道路。攀登天梯般的台阶，站在灯塔旁边远望，天海一色，山高水阔，极目天舒，左印度洋，右大西洋，中间是好望角的尖角，角上空无一物，只有碧空蓝天下的漫漫海水，两洋交汇，了无痕迹。走下灯塔，路旁有栋白墙绿顶的房子，里边有管理者工作的地方，有一些图片展览。图片上方有一行醒目的文字，翻译朗声读道："我懂得了，勇气不是没有恐惧，而是战胜恐惧。勇者不是感觉不到害怕的人，而是克服自身恐惧的人。——曼德拉。"在这片美丽纷呈的土地上，曼德拉像影子一样无时不在，他被南非人深藏在心里。

选块巨石坐下，任凭狂风卷起惊天大浪扑来，静静凝视好望角。你不就是几块普通的岩石堆成的海角吗？如若没有这般的惊涛骇浪，没有这夺命的惊险，没有千万年不惊不动的坚毅和执着，哪有你这让世人瞩目的奇迹？待到没有风浪的时候，你又是那样安静，安静得让人感觉不到你的存在。你是自然界的曼德拉，曼德拉是人文中的好望角，你们不同寻常的精神、气度哺育着南非的儿女，为这片土地增添了传奇和非凡。

如今，他走了，走得义无反顾，走得无影无踪，走回了他儿时生活过多年的故里泥土。他说："我已经演完了我的角色，只求默默无闻地生活。我想回到故乡的村寨，在童年时嬉戏玩耍的山坡上漫步。"人们洒泪为他送行：

> 在黑夜没有太阳的时候
> 他点亮了月亮
> 在暴风雨猛烈的时候
> 他送来了彩虹……
>
> 直到每棵树上
> 结满了果实
> 七个颜色聚在一起
> 成了美丽的彩虹
> 在一切祥和安宁的时候
> 他悄悄地离开了我们。

　　是啊，迄今为止，世界上哪位总统像他这样纯粹地回归故土。然而，整个南非都是他的陵园；南非各种肤色的人都是他心悦诚服的守陵人，将世代相传地守护这份历经时光消磨而不缺损、不变质的荣耀。

　　曼德拉就是指引人们越过激流的明亮灯塔，他就是一道温暖世界、照彻人心的美丽彩虹！

# 第四辑
## 澳 洲 行

# 寂静的堪培拉

驱车前往堪培拉，悉尼的多彩与热闹在身后渐渐消隐。眼前是辽阔的原野，宁静的山水，苍翠的草木。长途行进大半天，西斜的明媚阳光下，道路宽阔起来。连绵不尽的草地经过了修剪，有的还加了花木绿篱，更加整齐有致。绿海之中稀疏可见红的绿的建筑物。陪同的王先生说："已经到了。"

这就是被澳大利亚尊为第一城市的首都？这就是世界闻名的最年轻最美丽的"花园城市"？没有高层建筑，没有拥挤的房屋，没有密如蛛网的街道，没有车水马龙的交通，没有灯红酒绿、昼夜不息的商业区、娱乐区，没有什么名胜古迹或者战乱遗迹，也不能让人感觉到那种威严逼视的帝王气势。展现在面前的是一首现代都市少有的田园交响曲：整座城市环绕着丘陵和丛林，紧紧地依偎在大自然的怀抱里，到处是葱茏的生命，到处弥漫着植物气息，到处是幽静，静得肃穆，静得寂寞，静得凝固成一幅意境悠长的油画。偶尔一两只小鸟飞过，让人倍觉天地间的空旷、辽远。

车子在市区内一家宾馆门前停下来。王先生看着我们出神的样子发笑，说："咱们打赌吧，今天晚饭后，大家在宾馆门口数过路的行人。一个小时能数到一百人，就算我输了；数不到，你们可就输了。"

从国内人堆里挤过来的我们，只是怅然若失地摇摇头。真不知道世界上还有这样的国家首都，也不知道澳洲人该怎样享用这些广阔而静美的空间。

第二天，我们直抵国会大厦参观。远处看并不高大的国会大厦，走近却感觉到那种雄壮威严。它在一座小山斜坡上，坐南面北，依势而建，成为全市的制高点。门前长廊里竖着高大的石柱，透出古罗马建筑雄浑的风韵。门外是深红色大理石铺设的广场。斜面的房顶上有高大的支架，上面飘扬着国旗，往下是与地面相接的草坪。我们把车停在大厦底层巨大而空荡的停车场，走向门口。门卫说还不到参观的时间。我这才注意到，大厦内外除了我们和值班人员，并没有其他人，到处静悄悄的。于是，我们到房顶上去瞭望。

整个城市布局井然有序，各式建筑错落在保护完好的自然环境中，莫伦格鲁河穿城而过，宛如一幅和谐舒展、精致严谨的巨型图案画。市区街道呈同心圆式放射性伸展。中心街北端，有一段深红色的路面。王先生说，那是为纪念烈士而用红土铺成的，隐约可见路顶端的战争纪念馆。在这块从没有过外侵历史和战争的国土上，纪念馆该陈列些什么？鲜红的街道又在纪念什么？红色的路面摆在万绿丛中，格外悦目。近处是著名的人工湖，它以这座城市的设计师格里芬命名，八公里长，湖面宽阔清澈，不时有黑天鹅、白海鸥悠闲起落。湖中心是库克船长纪念喷泉，喷发时，水柱高达一百三十七米，站在全城任何地方都可以看到它。湖的左右各造一座大桥，左边的叫"联邦桥"，右边的叫"国王桥"。对面湖畔有个硕大的铁制空心地球仪，既是城市的装饰品，也是纪念物。湖把城市划分为南北两个区，脚下是国会大厦、联邦科学院、国立图书馆坐落的政治活动区，远处那个是市民生活区、商业区。有车从远处驶来，在广场下面停住，两个高大且肥胖的澳洲人走下来，慢慢悠悠地朝里边踱，绝没有几千年传统观念的压力，也没有时空逼迫的匆忙，像这幅风景画早就注定要摆上去的写意人物。这人，这城，这环境，简直和谐到无可挑剔。

王先生与我们谈起了这座城市的历史。澳大利亚本来就没有多长的历史，没有人口的压力，人均占地零点五平方公里，是中国人的五百五十倍。这里的土著人历史悠久，而文化却仍处在单纯的童年时期。堪培拉更加年轻，一百多年前，这里还是澳洲阿尔卑斯山麓的一片不毛之地，一八二〇年被人发现，此后有移民来建牧场，到一八四〇年发展成一个小镇。一九〇一年，澳大利亚联邦政府成立以后，为定都问题，悉尼和墨尔本两大城市争执不下，一直争了八九年。直到一九一一年，联邦政府通过决议，在两个城市之间，选一个风调雨顺、有山有水的地方建立新首都，于是选了这块距悉尼二百三十八公里、距墨尔本五百零七公里的空地。为此，联邦政府在一九一二年主持了一次世界范围的城市设计比赛，一年之后，国会从送来的一百三十七个版本中，选中了美国著名风景设计师——三十六岁的芝加哥人沃尔特·伯特·格里芬的方案。建设过程中，曾因第一次世界大战而停滞，共用了十四年，于一九二七年建成，迁都于此。后来，又为确定新首都的名字商讨了好长时间，最终选择了当地居民的传统名称——堪培拉，意思是"汇合之地"，民众又叫作"开会的地方"。

怪不得我们只见城不见市，只见风景不见人，这座城市从诞生第一天起就与众不同。可以想见，只有在召开全国性或世界性大会的有限时间里，人们才会集而来；会散人去，澳洲的第一城市又空了。高处不胜寒，宁静中免不了淡淡的寂寞。作为著名的旅游城市，就是在旺季里，全世界倾慕而来的游客也都是冲着它独特的风采，为了住一住丛林中树掩花映的小洋楼，看一看纯净的白云碧波，听一回土著人千年不变的梦想以及被西洋人发现的故事。开了眼界，饱了眼福，掉头而去，短暂的热闹之后留下长长的静寂。深壑空谷听回音，其实，留住本色的宁静，耐得住寂寞，正是这座首都自立于世界之林的独特形象。

从国会出来，来到湖对面的一组白色建筑群前面，它是原来的国会大厦，与新国会大厦遥遥相对。大厦背面宽阔的草坪上，有两个木板搭起来的长方形简易小房，上面插着一面彩色旗子，墙体上涂满各种颜色，写了不少文字。房前竖着的木板上用英文写道：澳大利亚两百年来都是一座黑暗的监狱！愕然，回头看王先生。他笑了，说："这是土著人驻英联邦的大使馆，里边没人的。政府拿它没办法，就这么摆着。"

土著人想为寂静的城市添点热闹，但小了点，如同一缕落入大海的雨丝，成为偌大空间里一个小小的景致。

到国立大学去，没有遇到一个人，车子慢慢地兜了一圈出来，驶向使馆区。这里已有五六十个国家建起了各具本国风格的大使馆，为堪培拉增添了国际都市的气派。中国大使馆占地很大，民族风格的建筑，庄严雄伟，大家纷纷在国旗下留影。

澳洲之行，今天最轻松。明天就要离开这里了，天色尚早，大家又一次来到格里芬湖边。傍晚的湖畔更加宁静，水是那么清澈，低头望去，可以照见自己心底的河床。轻轻地在松软的草地上坐下，似觉得有一种境界在冥冥中等待着自己。土地是永恒的，自然是永恒的，而任何生命都是短暂的，当短暂的生命总要承受过客般匆忙的时候，唯有田园式的自然风光是人一生中最宝贵的行李。现代化城市是文明，给人类生活以便利，田园则是城市的根基，是人们心灵走向宁静的皈依。面对这一片现代化与田园式辉映而融合的美丽，哪一个人能不展露出欣慰的笑容？

# 到黄金海岸去看海

澳大利亚,在希腊语里含有"足迹所不及"的意思。据传说,它是公元前五世纪希腊哲学家想象的一块无人居住的南方古陆。如今,在它的东北部城市布里斯班南边,有一条长达三十里的太平洋海岸线,被世人称为"冲浪者的天堂""旅游者的乐园",每年被吸引前来的游客有四百多万,它就是黄金海岸。这里,明媚的阳光,蔚蓝色的大海,金黄色的沙滩,和岸边一幢幢风格各异的高楼大厦,一个个欢乐而刺激的游乐场园,构成一幅现代美与自然美和谐统一的巨型写实画卷。人说到澳洲不到黄金海岸,到黄金海岸不到大海,不到"冲浪者的天堂",就等于没到过澳洲。我顶着当地初秋的艳阳,来到这个梦幻般的地方,放下行囊便急匆匆地到岸边去看海。

海真大,真远,真有气势。面对它,只觉得世界上任何陆地都仅仅是依偎在它怀抱里的一块礁石,身后这座三十万人口的年轻城市,更是大海岸边礁石丛中的一小块。奇怪的是,对这个不知读过多少遍看过多少回而明明摆着的现实,今天一面对,竟产生了如此强烈的感受。

踏着细白松软的沙滩朝海里走去,壮阔磅礴的气势步步逼来,沁人心脾的淡淡海腥味里,大海鲜活而粗重的呼吸近了,海鸥振翅拍击浪花和冲浪板随波浪起伏的画面就在眼前。水清澈得一尘不染,蓝得像块凝玉。上潮了,一排排涌浪铺天而来,挟着浪涛撞击的鸣响,带着万朵银花飞溅的清凉,脚下在颤动,浑身在颤动,觉得整个地球都在颤动。有几个澳洲人,像专爱戏水的鸭子,迎着涌浪往水里钻,海浪以它神奇的力量，把他们送回到沙滩岸上。我边看边掉头向岸边跑，没跑几步，一只脚深陷进沙滩里，怎么也拔不出来。浪潮不舍地追过来，漫过了腿脚，打湿了裙裳，冲动了发丝，霎时，全身像是披上了一袭从天而降的冰凉的薄纱。转瞬间潮水开始退去，从未站稳的脚跟下被掏走了无数沙砾，待到双脚踏平了，全身顿时矮下去一截。惊魂未定中看退去的海浪是那么坦然，那么平静，海水荡漾处一丛一丛洁白的浪花在跃动，在舞蹈，像有意为我上演一幕喜剧。我有生以来第一次如此真切地感受大海的动感、力度、威严和雄奇，进而感受到常人在大海面前无法掩饰的渺小和脆弱。吸一口大海那充溢天地间万古不变的浩然大气，肃然面对自然界中生命的不竭活力，不由得萌生出灵魂需要接受锻打、洗涤、净化和提升的欲望。

站立滩头，瞩望海天一色苍茫无际的汪洋，无来由地想到佛家超度众生的那句话：苦海无边，回头是岸。

真的只有回头才能找到归宿之岸吗？这湛蓝浩大的海，不正是通向外边世界最古老的航道，不正是打开的探测未来的一扇神奇天窗吗？历史上早有英杰人物，以常人难以企及的勇气和毅力，横渡自然界的大海大洋，抵达成功的彼岸，创造出发现新大陆的奇迹。生活中，古今中外都有因不屈于厄运的苦海而被锻造出来的圣贤哲人。脚下的这块美丽而富饶的土地，也正是被横渡大海的另一个洲的人发现，由囚犯开拓建设而成的。

自一七七〇年四月的一天，英国人库克登上"南方大陆"的悉尼植物湾；到一七八七年，这块孤悬于南太平洋的属地成了他们理想的"流刑殖民地"；再到一八四二年，英国向这里流放囚犯的制度废止之时，被流放在悉尼一带的囚犯已人满为患，向这一带疏散。于是，疏散过来的囚犯和英伦岛远渡重洋而来的"自由人"，成为这里最早的居民，由此，使这里成为澳洲开发最早的地区。当"自由人"们站在远洋巨轮上遥望东方时，大多数人做的是"黄金遍地，任意淘掠"的欢乐之梦。不料一上岸，就发现摆在面前的是气候炎热，空气干燥，雨量少得惊人，土地龟裂而不毛的恶劣环境。优越的生存条件没有了，绅士的派头失去了展示的空间，连上帝都不曾为他们准备回头寻找彼岸的路。于是，他们以非凡的适应力，坚忍不拔的毅力，为生存而咬紧牙关，胼手胝足，艰苦创业，取得了与澳洲大陆自然界搏斗的第一个胜利。此后，引进欧洲良种绵羊，向英国纺织业输送原料，开始原始积累。继而垦荒耕农，开发得天独厚的旅游业，建起了一个个游乐场园，落成了一座座结构奇特的高楼大厦，终于赢得了"天堂""乐园"的美誉，成为当今世人向往的最后一块人间乐土。

现代澳洲的朋友并不忌讳这段因犯创业的历史，他们没有忘记自己的祖先。从回忆里的荒寂海岛上披荆斩棘的金石撞击声中回到眼前游人如云的欢乐海洋，好像一下子穿越了二百多年的历史风雨。当年因犯的呻吟、开拓者的叹息，早已被当代澳洲人爽朗的笑声所淹没，而先辈们渡过苦难之海，在陌生的彼岸，以绝路求生的自强不息，把自己推向新的顶峰的精神，启迪着一代又一代的后人。

苦难之海正是一个凡俗生命走向崇高、达到辉煌的必经之路。

有史以来，艰难困苦无时无刻不在困扰着人类。回望来路，有多少畏惧苦难，或始未举步，或中途回头而被永远地阻隔在此岸的凡俗之辈；只有那些不甘沉沦、不甘平庸、勇于承受起常人难以忍受的生命磨难、搏击风浪蹚过苦海的人，才会成为辉映史册的人物。

隐约传来的欢笑声、惊呼声，把我从冥想中拉回来，位于海滩北部的滑浪乐园里仍有游客在冲浪，红的、黄的、紫的，各色各样、此起彼落的风帆把碧海点缀成婀娜多姿的大花园。我抖落双腿上的沙砾，向前走去。

浪潮更大了，墙一样高的水浪从大海远处浩浩荡荡奔腾而来，如烈马嘶鸣。冲浪的弄潮儿全无惧色，脚踏舢板，挺胸昂立，牵动风帆，驾驭着滔滔浪潮在碧波白浪中沉浮出没，腾跃自若，忽而跃向数十米高的浪尖峰端，忽而急转直下，跌入不见底的水谷深涧。从来人说"欺生莫欺水"，水火无情，赴汤蹈火，那种与魔鬼同行的艰险，在这里不见了。

大海使柔弱者勇敢，惊涛使怯懦者坚强，观看冲浪者乘风破浪的英姿，欣赏他们力顶千钧的竞技，是在感受一种力，一种美，一种向往，一种向生存极限挑战的自信和骄傲。

他们在欢呼，在大笑；海浪在奔涌，也在大笑。海、天、人融为一体的笑声里，我理解了，在这里人们连做梦都离不开海，海里冲浪更是深受欢迎长久保留的节目的内涵。

朋友为我拿来一具冲浪板，接过来，蹒跚地迎着海涛走去。终于又一名看客将成为尝试者，选在黄金海岸潮最急、浪最大的傍晚。

# 与二〇〇〇年的悉尼相遇

　　年轻的悉尼，因为承办奥运会，建成奥运村，又增添了一分国际都市的风采，一分历史的底蕴。

　　我第一次到悉尼来，正是在二〇〇〇年的三月下旬。无须掩饰，与各国大多数来宾一样，我心怀那个奥运情结，来看看这个仅有两百年历史、不足两千万人口的国家，是怎样承当一个人类共同研究了两千五百年的重大课题的。然而，当澳方陪同拿出以参观奥运村为首要项目的议程表时，我眼前闪过的是七年前的仲秋之夜，中国人仅以两票之差与世纪之交的奥运盛会失之交臂的扼腕叹息。由此，引发了我一个体育门外汉对奥运会的格外关注和珍惜，按照我国"好戏在后头"的传统逻辑，望着主人盈盈的笑脸，我建议把首项调为最后一项，先去感受一下悉尼的整体。

　　穿行于街道观看市容，刚走过一条美容和按摩服务居多的威廉街，又来到多处插着七彩旗或骷髅头旗的街道。陪同说：这就是牛津街，是同性恋国际组织的所在地，来自全世界的六十万同性恋者刚在这里举行了联欢大会，所以留下了他们的旗帜和痕迹。我们面面相觑，一笑了之。向前走到了杰克逊港南岸的达令港地区，这个总督大厦所在的繁华闹市中心，也是在世界上颇有名气的金融中心，在这里，到处可见颇具历史沧桑感的欧美风格的宏大建筑。陪同告诉我们：澳洲政府有规定，凡六十年以上的建筑物都列入文物保护之列，里面可改装，而外形是不许动的。大家为这个国家有如此恢宏的建筑群体，又如此珍惜自己的成

147

就和历史而感叹。林立的高楼大厦之间，点缀了形形色色、装潢雅致的风味餐馆、快餐店、精品屋，从配制出以色块和造型组合成富有韵律的食物，来满足食客们既体验美感又节省时间的渴望，到唱主角的雍容精致的羊毛系列制品，再到标着各国名牌标签的各式裙衫、鞋袜、饰物，还有经营者和消费者中不同肤色的人们，从而形成这个城市消费空间里特有的时代风格，向来客叙说这里以年轻的活力、巨大的开放性和包容性加快走向现代化、国际化的发展进程。看看身旁，蔚蓝的大海、白色的豪华游艇、碧绿的花园，远处一片片木窗、铁阳台、绅士味十足的富人住宅区，悉尼在我心中由概念变成具象。

进商店逛逛，很快发现许多地方和商品都打上了奥运会的印记，有距离奥运会开幕的倒计时牌、宣传张贴画，有本届奥运吉祥物的多种工艺品、文化衫。以本届奥运会为图案的新版一澳元面值的流通硬币，配上一个有奥运宣传图文的精美纸卡，就变成了两澳元价值的纪念品。而且，如果到造币厂去，可以按动造币机，亲手制造，很有意思。港湾对岸有一片房屋正在大兴土木，是原来的海军码头仓库在改建酒店，将专用于迎接奥运期间的各国来宾。在远离奥运村和主运动场的港口旁边，还要建造这样规模的酒店，可见澳洲人对办好本届世纪盛会有足够的准备和信心。

下午，我们去看悉尼歌剧院，刚走到海德公园，天就下起雨来，于是我们拐进了国家博物馆。穿行于一个个气势轩昂的展厅，参观了包括大量土著人绘画在内的艺术品和这个国家的历史，陪同者专门向我们介绍了这里收藏的一张最早的澳洲地图。那是一五一二年，中国采撷海参的船队发现了澳大利亚而画下的，和现在澳洲的版图基本一样。这比史料记载的一六〇六年荷兰东印度公司船队发现约克角半岛，一七七〇年英国库克船长发现澳洲东海岸都早得多。英国人一直说澳洲是他们发现的，就该由他们殖民，并把他们大量流刑移民的一七八八年一月二十六日作为澳大利亚建国纪念日，纯粹是殖民主义者的心态。被发现不被发现，被谁发现，澳洲在地球上存在是不容改变的客观事实。中国早发现了近一百年，并没有说什么，澳大利亚把中国最早画下的地图收藏在国家博物馆里，也没有说什么，只是觉得是客观事实就应该尊重。

雨停了，矗立在贝尼朗岬角上的歌剧院更加色彩鲜明，形象生动，俨如港湾里起锚待航的巨轮上高扬的片片风帆，造型本身就极富有艺术吸引力，不愧为世界第八大奇迹。踏着大理石的广场走上高大宽阔的台阶，耳边仿佛飘来贝多芬的交响乐和普契尼的轻歌剧。这座艺术殿堂的建成，使多少长期流浪演出的澳大利亚歌舞剧有了固定而精美的演出舞台，又使多少世界级的艺术精粹在这里轮番上演。这些艺术的精粹，陶冶了澳洲人怎样的气度，怎样的情怀。如今，它是澳洲人向往的精神殿堂，引以为豪的荣耀，成为澳大利亚现代文明的第一象征。全世界只要有介绍澳洲的图片，仅一幅，一定是它；有一本，封面也一定是它。再看看与之相伴的港口大桥，耸立于南半球的悉尼塔，我明白了，澳洲人在半个世纪前就创造出了这些惊世骇俗的杰作，他们富于创新的精神、才智，和发展到今天的高度文明，使这个年轻的国家具有了办好这届国际盛会的底气。

第三天，是我们在悉尼停留的最后一天，该去看奥运村了。由于有我们的友好城市麦克阿瑟地区的朋友陪同，使我和大家分开单独前往。我们先到了与主运动场一水相隔的奥运村，这就是一万五千名运动员和官员将要驻足的地方。整个村以浅黄色为基调，配以黑、灰、棕红的颜色，协调中有变化。正在栽种的草坪和树木修剪得整整齐齐，绿色丛中，一幢幢二至三层的楼房简洁而现代化，其中，凡永久性的建筑物都以太阳能为能源，体现出本届奥运会绿色环保的主题。在交谈中得知，奥运会所有的设施都进行了独到的环保设计，连火炬采用的也是特制的环保型钢管，届时，要在大堡礁进行水下传递，给奥运会再写下新的一页。对此，世界绿色和平组织发言人米拉斯称赞说："一个绿色奥运的成功示范。"聪明而富有责任心的澳洲人，当他们接过从两千五百年前点燃并燃烧至今的奥运圣火时，似乎就已领悟了希腊先哲们在奥林匹克点燃这支圣火的心愿：在人类达到智力健康的同时要实现肢体健康，把双重健康的概念纳入文明范畴，使全人类接受并共同为之努力。今天澳洲人瞄准了新时代人类肢体健康最基本、最关键的环节，他们高举起那支火炬，创造性地传承了奥运精神。

沿着横贯奥运村的奥林匹克大道往回走，来到主运动场那个巨大的圆形建筑前。因为修建没有结束，不允许一般游客进去参观，少数获准的要购票进入。友城的朋友找到运动场的管理人员说，有位中国的外交官员想参观运动场，那位管理者欣然应允，不但免票，而且要亲自陪同做介绍。我轻轻地责怪朋友联系方法欠妥当，他却认真起来："我并没说假话呀。况且我们是多么愿意让中国朋友看到这里的一切，了解这里的一切。"我无言，迎着一张张笑脸走进场内，漂亮的彩色场地，一大片浅蓝色观众座椅。那位管理者介绍说："观众席可容纳十一万人，这是自奥运会举办以来最大的体育场，大会将在这里举行开幕式，来自二百多个国家和地区的运动员都在这里入场。我们就是要把本届奥运会办成迄今为止最完美的世界体育盛会。"说完，看看我，有点儿不好意思，又说，"开幕式上有个澳大利亚服装表演的节目，请来的四名著名服装设计师里有两名是中国血统。让不同国家不同文化背景的人和睦相处，积极参与，本来就属于奥林匹克精神，中国人的聪明智慧处处得以体现也是必然的。"他停了停，看着我郑重地说，"北京正在申办二〇〇八年奥运会，我觉得，历史终究会选择北京的，仅是个时间问题而已……"

一齐来到出口处，澳洲朋友提议，以鲜艳而醒目的奥运标志为背景合影留念。五环相连，象征着五大洲的参与和挑战，没有占世界人口五分之一的中国参与，它算得上一个完整意义上的五连环吗？

要分别了，在五环标志下，双方握手致意。

我说："祝悉尼成功！"

澳洲朋友说："祝北京好梦成真！"

150

# 初识风城惠灵顿

美丽的新西兰翡翠般镶嵌在南太平洋上。

就在刚刚进入艳阳之秋时分，我们来到这个风情独具的国度。当飞机降落在惠灵顿，我们装满脑子的仍是两次飞越太平洋之后留下来的荡漾碧波。透过机窗，蓦然见机场坐落在山坡之上，举目再望，沉沉夜色里依稀可见连绵起伏的山峦。原来，美丽岛国的首都是座山城。

夜色渐深，街上极静，出机场到下榻的尼科尔逊港旁边的宾馆，四十分钟的路途中，只见停靠的车辆而未见行人，唯有山上山下、海里海外辉煌一片的灯光。那条著名的滨海大道上，绵延几十里的明亮路灯，勾勒出海岸线的轮廓，格外显眼。这里又是个地处海峡的港湾。

第二天清晨，新中友好协会的副会长大卫·布兰夏德先生，陪同我们直奔市区西南部的最高点——维多利亚山。一开车门，扑面而来的是风，是山风又是海风，是那种不紧不慢却毫无停歇之意的风，又是那种不凉不热、纤尘不染、清澈得可以浴心的风。艳阳下，依山面海风满袖，凭风吹动衣衫，吹动满目的草木，吹动天上的白云、海里的征帆，给景色平添了一份飘逸和灵动。听大卫先生说才知道，惠灵顿历来以风城著称。

脚下的山正处在两个岛之间的海道风口上。迎风登上山顶眺望，整个城市的轮廓好像古罗马圆形剧场的大花园，三面峻峰错落紧衔着碧波无边的库克海峡，繁华的天然良港连接着鳞次栉比的现代建筑，排排木结构的别致住宅被青草绿树掩隐，互相映衬，和谐地统一成格调独特的

151

艺术。俯瞰眼下山腰，为纪念和平友好使者，也是第一个驾机飞越南极和北极的探险家——美国人理查德·伯德的立体三角形石砌之碑，一角正对着南极；有门百年古炮；还竖着一根包含毛利人故事的大红色图腾柱，为小山增添了文化意蕴。

今天的主题是参观国会大厦。不再贪恋美丽景色，下山来，一路浏览市容。看过百年前华人居住区的老房子，经过恢宏庄严的国立博物馆，就到了拉姆顿大街。当置身于林立的高楼大厦之中感受出一国之都的不凡气度的时候，国会大厦就在眼前了。蜂巢式的国会大厦，全部由大块岩石建成，雄伟壮观。据说，这座建筑是由建筑设计家巴斯脱·斯班雪和当时的总理凯脱·豪斯越克，于一九六四年共进午餐时受到火柴盒上的蜂巢启示，在一块餐巾上画下的，于一九八一年建成，所有内阁总理、部长均在楼内办公。大厦是对外开放的，有专门的接待人员。我们走进宽敞而轩昂的大厅，有一位官员在迎候。他首先介绍了大厦前树立的赛登总理（一八九三至一九〇六年在位）的雕像。这位总理是在一八九三年使新西兰妇女获得选举权的创始人，比美国芝加哥女士获得八小时工作制和选举权的一九〇九年还早十六年，他也是在一八九八年通过政府实施养老金计划的创始人。从瞻仰的人群和郑重的介绍，可以看出后人对他的尊敬。接待官员带我们先到地下室参观，这里是防务部的总部，发生紧急情况时，总理、大法官、部长都可在这里藏身。有一块夹道式的地方是专门留出来的，用来展示大厦的防震设施：墙体上下之间放置了几个大圆盘状的器械，左右之间留出夹缝，以此保障了这座处在地震断裂带上的大厦，在八级地震中绝对安全。新西兰是个多地震国家，防震技术世界领先。据说，日本在一次大地震中，留下来的唯一完整的铁路，是采用新西兰防震技术修建的。再想想新西兰人坦然地享用火山湖与温泉，利用众多的冰川湖和火山湖大搞水力发电的情形，深深感知如此温和的新西兰人潜在的与死抗争的生命力。随后上楼参观办公场所，工作着的公务员着西装坐立有致；行走的，或捧文卷，或提公文包，步履端庄而匆忙，女性多数比较苗条，迥异于新西兰胖婆多的社会现象。二层正中是豪华的大餐厅，里边正在宴请前来访问的韩国议长。见匆匆行走的人不断增多，陪同告诉我们，国会马上要开会，允许游客进去列席，问我们想不想去。我们当然不想放弃了解这个国家最高会议实情的难得机会，于是乘电梯上楼去排队等候。

排队的人并不多，在我们前面有二三十个中学生，进展却很慢，因为进去需要安全检查，程序和出入海关差不多。安检后随便取一张会场平面图，过一条张贴议长议员彩照的走廊，便进入椭圆形议会大厅。我们在二楼旁听席上随便找地方坐下，下面的情形看得清清楚楚。大厅正中高台上，设一把高靠背大交椅为议长席，前面横放一张不大的长条桌，再下来的两张皮椅是这次会议执行者的座席，紧挨着是竖摆的大长方桌，上面摆着文件。大桌子另一头又有两把与执行者座席相对的椅子，是记录员的位置，四周一排排座椅。这个三百八十万人口的国家共一百一十八名议员，今天直到会议开始，仍有不少座椅空着，不知是有缺席的还是本来座位就多于议员人数。旁听的人不少，有本地的市民、中学生，也有外国宾客，像韩国议会代表团，像我们，还有一位欧洲人模样的漂亮的年轻女子，抱一个不满周岁的婴孩站在后排。如此严肃的国家级会议，竟允许带小孩子入场，由此可见这个国家民主风气之一斑。会议开始了，议长走上高台，全场自觉地站起来。随后两人抬着一根灯笼头饰的金属大杖，正步走到议长面前的小型长条桌旁边，在支架上放下，大概用来代表权力或正义。

韩国议长也来列席，在新西兰议长左手台下设座。人们全部就位后，肃立奏国歌，然后开会。讨论的议题是"新西兰农牧业发展中的问题及改进策略"。内阁大臣先发言，接着，议员席上发言者一个接着一个，个个滔滔不绝，慷慨激昂，显然政见各有不同。听了一个多小时，我们便悄悄退出会场，按日程去参观艺术中心。

大卫先生带我们来到一条有造型风景树、小花坛、喷泉、雕塑，艺术氛围很浓的街上，看临街大橱窗里的展览。原来展览的是一些活生生的人，有作画的、唱歌的、吹小号的，橱窗里有床、有炊具等等，被展览者要在里面待三个月。见人们围上来，有的照相，有的摄影，他们向看客扮鬼脸、做怪相，引人发笑。橱窗外边角落里有一个弹吉他的乞讨者，在卖力地弹唱。

我们不想多看，离开了这里，时间尚早，我们随大卫先生进了街头啤酒屋小憩。屋子不大，很简陋，柜台、货橱、简易长桌和高脚凳。人不多，有站着的，有坐着的，端着啤酒干喝。电视里播放澳大利亚赛马场正在赛马的实况，一面墙上贴满赛马的编号和押宝的彩色纸条。十一号马叫"王军霞"，陪我们活动的另一位先生选中了它，笑着对我们说："我知道这匹马得不了第一，但它叫王军霞，很有意思，中国的王军霞跑得快，我就选它了。"我们还没辨出是什么味道，门口进来两个高大的皮肤黑黄、衣衫不整的人，在最边上的小桌前坐下，闷闷地喝啤酒。大卫见我们好奇地打量，便告诉我们他们是毛利人，趁今天国会开会，为他们的民族问题来抗议，经常有这种事，不要管他。

走出酒吧，夕阳已经西下，明亮而不再刺眼，扑面而来的依然是风。山风，海风，从古吹到今的民情社风，八面来风，在这块艳阳白云下的土地上自由自在地吹，翻卷了衣衫，也翻卷着来不及梳理的纷繁思绪。

# 欢迎宴会　在草原深处

如果不亲身到南岛大草原上走一趟，你永远不会真正体会到新西兰被称为"最后一块净土""世外桃源"的意蕴所在。

我们应新西兰友城协会邀请，到南岛中部的蒂玛鲁市参加友好城市年会。开幕式在下午，其实很简单：来自各国的与会者，在市政厅只有主席台没有座位的会议室里相聚，站着，边吃茶边听会议主持者讲明天正式会议的议程，然后宣布到离市区最近的一个牧场去参加欢迎晚宴，便结束了。

最近的牧场离市区也不近，行程需要一个多小时。车子驶出市区不久，辽阔宁静的大草原和碧蓝无波的大海一齐展现在眼前。没有市井的喧嚣，没有人流的拥挤，没有"改天换地"的痕迹，只有一切自然自在所呈现的永恒与和谐。云无心地叠着、展着，草无心地立着、动着，牛羊悠悠地嚼食着，与草絮语。微风吹过，草低浪起，一波一波涌向湛蓝无尘的海天之际，交汇出一曲宇宙间最纯净最壮美的绿色交响曲。任什么人浸入这苍翠的原浆，尘封的心扉都会訇然而开，不由得生出几分醉意，再也分不清哪儿是白云、哪儿是羊群、哪儿是蓝天、哪儿是绿草，仿佛自己就是其中的一株草，自在地吸收属于自己的那一份阳光雨露，坦然地展示出自己拥有的那一份葱茏繁茂，以原始的也是最佳的生存状态，一任春去秋来，兴衰荣枯。

车子驶下公路，在草原小道上又走了好长一段，才到了牧场。牧场也很简单，只有一排长长的牛羊木栏，尽处立着一幢木结构的二层房子，外墙是原木本色，门口有新置的不锈钢烤炉。室内有一个木板搭起的台子，平常用来剪羊毛，今天是主席台兼作乐队演出台。一排长桌后有些炊具和肉、菜、水果等食品，靠边几张长椅，角落里堆放着成袋的羊毛。空间不大，别无长物，我们被笼罩在牧场特有的浓郁气味里。

等人聚齐了，协会的主席上台致简短而热情的欢迎词，除常规的内容之外，他特别介绍了我们中国地方政府代表团，引来许多人的注目。其间，饭菜、水果、饮料陆续摆好，台上的小乐队也安排就绪，就餐开始了。仍是自助餐，众多的人自觉排成长队，不乱不挤。饭菜是纯粹的新西兰风味，很新鲜，很卫生，取食后随便找地方一站或一坐，边吃边聊边听音乐。

前来与我们交谈的人不少，有新西兰的，也有澳大利亚的、日本的，大都表达了对中国历史文化的赞叹和目前经济发展的兴趣，经济界的人士则流露出了与中国合作的愿望。一位到过中国的新西兰教师自豪地说他到过北京，登上了长城，称赞"中国了不起，伟大"。我由此也把刚刚感受到的写了出来：

大块的绿是草原
大块的蓝是海洋
大块的白是牛羊
人类原本有的纯朴真诚在新西兰
只有用大块的情与爱
才能抒写这块独特而秀美的国土

没带纸张，只好写在餐巾纸上，没有桌子，字迹很潦草，本来是应急酬答，等翻译一讲完，那位先生便要了去，小心地叠起来放进上衣口袋，说要把这段文字连同今天的故事讲给他的学生。

围上来的新西兰朋友中，有一位先生问我泰山日出的情形。原来他是吉斯本市的市长。吉斯本是新西兰东北部的一个岛屿，距离国际日期变更线最近，是地球上有人居住区中最先见到第一缕曙光的美丽城市。在世界百国新闻媒体联合报道迎接二○○○年第一缕曙光的活动中，吉斯本当之无愧，市长就是组织者。我告诉他，我在电视里看到了吉斯本迎新世纪曙光的欢乐场面，海天一色中的那缕艳红分外美丽。他很激动，说他听说过泰山日出的壮丽，可惜没见过，很向往。

台上，一位年轻的男士在独唱，声音圆润而浑厚；台下欢声笑语不断，有致而不嘈杂。

又过了一会儿，拍卖会开始了，一箱子拍卖品，来自各国的与会者，五花八门。拍卖人是会议主持人，他先介绍物品，然后朗声叫价，人们还价、竞价，会场空前活跃。我们团潍坊市的代表放进去的长龙风筝，一叫价很快就出手了。又拿出一件，是吉斯本日出图片，镜框非常精致，我连忙拉着翻译前去竞价。二十五元、三十元……六十元，我还没来得及开口，就被一个欧洲人买了去。正感到遗憾，吉斯本市的市长拿着图片过来了，原来他以更高的价格买下，要赠送给我。主持人向全场讲述了这件事情，接着鼓起掌来，顿时全场一片掌声，把晚会推向了高潮，大家都沉浸在兴奋之中，我们更是被深深地感动了。市长要与我一同拿着日出图片照相留念，结果迎来了无数相机的闪光灯。

夜深沉，我们踏上回宾馆的归程。车子驶上大道，木屋落在视线之外。夜色下，草原如海，海静无声，恍惚间，依然感觉到浩瀚的苍翠，感觉到浩瀚之中纯朴的友情，苍翠丛里那不竭的生机。

# 绿地白羊牧羊犬

访问新西兰归来已久，繁杂的事务猛烈地冲刷着曾经的记忆，使之愈显遥远。然而，每当忙碌了一天坐在电视机前放松的时候，新闻刚过，广告大战上演，"羊羊羊""羊羊羊"，清亮反复的广告词，使新西兰那绿草白羊、牧羊犬跑前跑后忙个不停的景象，从脑海深处跳了出来。我不觉哑然失笑，原来，凡有特点、曾叩动神经和思维的东西，并不是那么容易磨灭的。

在人类社会的大千世界里，各个国家、各个民族都以其独特的生活和文化显示着气象万千的个性特征，而这些个性的形成正与各自所处的地理环境和历史发展密切相关，在适应历史发展必然性和自然环境客观性的过程中，创造出了各自的生存方式和区域文化，反过来，又以此体现出这一方人与自然和历史的关系。

新西兰岛是古老的，公元前一千年就有人类活动的迹象，而国家很年轻，总共有一百多年的历史。在现代人的印象里，首先想到的，这是一个骑在羊背上的国家，其次才是占全国总人口百分之十四的土著毛利人和他们的文化。一百六十年前，英国人看好了这个世界上最后的"伊甸园"，同时为他们的"美利奴"羊选中了更理想的牧场。从此，以羊为主的畜牧业发展成为这个国家现代经济中最有代表性的支柱产业，畜牧产品出口占到国家出口总值的半数以上，畜牧文化也成为新西兰人生活中的一个重要组成部分。外国观光者来到这里，剪羊毛表演和牧羊犬放牧羊群，是个富有特色的必看节目。这次，主人为我们安排在南岛南

158

端的皇后城里著名的瓦卡蒂普湖南岸的高山牧场。

从蒂玛鲁西南到皇后城，乘汽车有七八个小时的路程，一出城便是望不到边的草原牧场，成群的羊牛悠然自在地徜徉于草丛之中，哪像人工放养的，简直是与大自然同生俱在的一样。只有大道旁娇憨可人、闲适雍容的绵羊雕塑，才无可否认地属于人类的杰作。不多时，车子驶进了南阿尔卑斯山区域之中，远处是白雪皑皑的山峰，近处是起伏连绵的丘陵，一簇簇圆圆的褐黄色高山生丛草铺满山坡，再高处便是一个个呈苔原状的圆山包，浑然而苍茫，牛羊稀稀拉拉地漫散开去，走很远都不见人的踪影。陪同的大卫先生望着我们微笑说："不用担心牛羊没草吃，新西兰有的是天然牧场，吃完这一片，挪到那一片，等吃完那一片，这边草已长好了，用不着人去种植、去管理，这就是新西兰得天独厚的自然条件。"

宁静里多了空旷、寂寥，大自然纯净不变的美景成了乘车人昏昏欲睡的催眠剂。正在睡意蒙眬的时候，突然，一只狗的雕塑挺立路边，直立着耳朵，警觉地逼视远方，那副机灵的模样令人精神为之一振。这时，陪同的大卫告诉我们，那就是牧羊犬。在这辽阔的牧场上，它可是主人的好帮手，不论刮风下雨，它都会忠于职守地看管着散漫的羊群，按时把羊带回栏圈。若遭遇暴风雨，绵羊惊慌得迷失方向，一旦遇到悬崖就更麻烦了，往往会成群机械地跳下去，这时只有牧羊犬才能指挥绵羊安静下来，带领它们找到回家的路。怪不得，新西兰野外的雕塑，羊与狗成了主角，原来人与羊与狗之间存在这么密切的关系。

来到皇后城，见到的是另一番景象，这是个旅游水准很高、美丽得像童话一般的旅游胜地，新西兰人把它比作中国的杭州或桂林。南阿尔卑斯山的几座著名山峰雄踞在它的西边，下方是冰川凿成的深邃湖泊，自然而茂密的林，幽深而清澈的水，纤尘不染，整个儿就像个天性纯真烂漫的娃娃。而一幢幢民居小楼精致漂亮，全套的电化设备，旅舍式旅游汽车，无污染的燃料，还有飞机场、滑雪场、旅店餐馆，以及各式各样的娱乐设施，现代化与大自然在这里和谐地融为一体了。

这里最著名的还是瓦卡蒂普湖，全长八十四公里，是新西兰最长的湖泊，海拔三百一十米，湖水深达四百零三米，水清得使倒映进去的树木纤毫毕现，令人深感神秘。瓦卡蒂普在毛利语中，意思是"沉睡巨人之床"，其中包含着一个神奇的传说。作为湖泊，它确实有许多独特之处，不光有四面环山、曲折多边的外形和深不可测的容积，而且还会有潮涨潮落，湖水五分钟起伏一次，有韵律地涌动。不论是用传说故事还是从大气压力和风力的科学角度来解释，都不能完全令人信服，愈是增加了它的神奇色彩。湖边码头上停靠着古老而豪华的蒸汽机轮船，它是英国人带到这里的第一艘机动轮船，从一九一二年就一直悠游在这片湖里，人们称它为雍容华贵的"老妇人"，是这里的珍贵文物了。不过，在万年亿年的人类历史长河里，它仍然是个乳臭未干的孩童。轮船启动，慢速向对岸行进，我们站在甲板上，尽情地拍摄下这人世间最真最美的景色。

游轮抵岸，把我们送上塞尔斯高山牧羊场，这里是除了搭乘游轮以外无法到达的地方，可以想象当年原始拓荒者的艰辛。如今别墅、旅馆、商店一应俱全，还有欧式皇家大马车、驯鹿场等娱乐项目。趁我们要看的节目未开始之际，走进商场，只见很多生活用品和艺术品都与畜牧业相关，如羊毛制品、绵羊油系列化妆品、绒毛与皮革制作的工艺品等等。还有以岛国风光为背景，以畜牧业生产为主题的绘画、雕刻，质朴的构图，简洁的线条，表现出新西兰人独有的审美价值和生活追求，不再重复欧美，明显区别于亚洲，也不同于土著。栩栩如生、做工精细的绵羊和猎狗，形象地反映出他们对人与动物与大自然相互关系的深刻感悟，表现出崇尚现代与自然的统一、人类与环境的和谐是这片土地上永恒的主题。

指挥牧羊犬赶羊的表演就要开始了，我们登上栏杆外的层层座位。面前广阔的牧场上一片静寂，对面一个个小山包上，丛林里时隐时现三五成群的羊。主人一声哨响，两只精干的牧羊犬迅猛地奔上山去，两边包抄，不一会儿，从山包丛林中赶出一大群羊。高高大大的羊在瘦小的牧羊犬面前，简直软弱得不堪一击，顺着犬左奔右跑的驱赶，乖乖地朝观众迎面跑来，一只不剩地进了围栏，叫人真切地感受到人们常说的"小绵羊"和"一物降一物"的含义。主人哨音在变换，忽长忽短，忽高忽低，牧羊犬随不同的声响，前后左右，进退行止，卧伏跳跃着。主人给我们介绍，牧羊犬是世界上最聪明、最听指挥的，也是人类最忠诚的朋友。接下来开始剪羊毛表演，看似绵软的羊挣扎的劲头并不小，抓住它剪毛要费好大劲。剪毛人熟练地抓住它某个关键部位，很快把它制服，三分钟便顺利地剪完一只，剪下的毛像张厚厚的软软的皮，是完整的，白里泛黄，抓一把滑腻腻的，弹性很大，就是不懂羊毛的外行人，也会感觉出它质量的优良。按三分钟剪一只的速度，一天可剪一百只，剪一只的劳动报酬是一新元，一天就可挣到一百新元，因此，剪羊毛常常是初到新西兰来的移民打工的好差事，然而并不是每天都有一百只羊的毛需要剪。表演者还介绍说，三分钟剪一只并不是最快的速度，今天只为表演给大家看，在剪羊毛比赛中，最快的仅用一分半钟，而且获胜的多是女士。

夕阳西斜，霞光依然灿烂，照着剪毛人红红的脸膛，照着归圈的羊群，还有大堆的羊毛，温柔而祥和的景象让人萌发出回归如初的感动。各个国家、各个民族的生活和文化都存在着传承和变异，但无论如何都离不开赖以生存的那片土地上大自然的养分。一方土地养一方人，孕育一方特质文化，如同牧场—绵羊—牧羊犬那条必然形成的生态链一样。在人类进入全球化、时代生活共性增多的今天，人们对保留区域文化的多样化表现出了前所未有的向往和希冀。所以，对为人类文化和生活提供养分的生态环境，我们不能不给予越来越热切的关注。

# 遥远并不遥远

这届新西兰国际友好城市年会，规模虽然不大，但开得比较郑重而名副其实。会议专门在市政广场上搞了纪念性的雕塑，还特别竖起了两根高杆，以庄重的仪式，升起了与会主要国家的国旗，共四面：一根旗杆上是新西兰和英国的，一根旗杆上是美国和中国的。

在一块距离祖国万里之外的陌生土地上，看到不同肤色的人都对着冉冉上升的五星红旗行注目礼，心中有说不出的激动和自豪。仰望着五星红旗在白云故乡的湛蓝上空高高飘扬，红旗下并肩肃立的我们清楚地知道，这是在展示一个国家的尊严和地位。

仪式结束了，人群渐渐散尽。我们不舍离去，在国旗下拍照。旗杆下还有四位黑头发黑眼睛的人也在合影留念。相互对视片刻，那几位快步走过来，紧握着我们的手说："不会错的，就是你们。一听说中国代表团来参加会议，我们就去找，到宾馆，到会场，果然不出所料，还是在这里见面了。""哦，我们是这里的华人华侨。"

国旗下握住同胞的手，听着再熟悉不过的普通话，临行前，地图上标示出的万里长途所留下的概念，和刚踏上这南太平洋一隅时的那种陌生感、遥远感，开始慢慢地淡化、消融了。

四位同胞中，有两位已年过花甲，另两位大约三十来岁。交谈中得知，在新西兰，华人占总人口的百分之二，加上华侨，大约十万人左右。华人来这里的移民史与这个国家建立的历史一样长，大多数集中在奥克兰、惠灵顿、基督城等较大的城市，其余的遍布全国，几乎每一个城镇都有华人华侨。在这个一万多人的小城里，有华人一百多名。面前年长的刘先生是本地的侨领，他是广东增城人，一九四二年从广东经香港、韩国，几经辗转，历时两个月，才躲过太平洋上的狂涛恶浪，漂泊到这个孤悬于地球南端的岛屿上。经过五十多年的苦心经营，才有了今天的资产，才有了今天不光受到华人华侨，还受到本地政府和民众尊重的地位。少小离家，到现在他除英语外还会说粤语，已说不好普通话了。刚才说话的是何先生，和刘先生是同乡，广东佛山市人。他一九四八年来到与此邻近的另一个城市，两人经常联系，今天，刘先生为与我们会面，请他来当翻译。

我们问何先生："来了这么多年，为什么普通话还那么好？"

他说："离开祖国的时候，正在北京广播学院读书。"

"正读着大学怎么就出来了？"

"还不都是战乱，我们那一代都是被枪炮赶到这里来的呀。国内生灵涂炭，朝不保夕，来到异国他乡，没承想生计更难，关键是被人看不起，哪像今天人家给咱升国旗。一九四九年新中国刚成立的时候，五星红旗在这里是不合法的。我听朋友说，有几位老船员按新华社电讯里描绘的样式，让女儿用红黄绸子缝制了一面，晚上出海挂在船头，大家围着红旗面北而泣。"何先生惨淡一笑，又说，"还好，我们是比上不足，比下有余吧。上世纪来的华人，大多是卖身到这里淘金的，被当地称作'猪仔客'。听会议上说，给你们安排了去南部箭城参观中国劳工淘金旧居，看看那些猪圈似的破烂草棚，看看扔下的那些被榨干了血汗的白骨，就能想象出他们一辈子做牛马，到头来仍做他乡孤魂野鬼的情形。我们总算幸运，活过来了，有了子女读书成才的希望，有了这几年的好光景，可是比起他们年青一代来可就差远了。"

大家把目光转向两位一直微笑不语的年轻人。白白净净的余先生是湖南长沙人，大学生，一九九五年考中了国家招收赴新的技术人员，来这里一家最大的乳制品厂当技术员，很聪明，很勤奋，工作做得好，很受器重。业余时间搞点经贸、房地产什么的，手头已有了可观的积蓄。

另一位是田野先生，刚受聘从国内来这里不久，是安达集团公司亚洲区销售经理。

久别故土，天涯相逢，满腹说不完的话，道不尽的情。刘先生邀我们到他家里小坐吃茶，我们欣然前往。

来到城边新居民区内大街一旁，在刘先生的住宅前停下，正碰到街对面又一对华侨夫妇，快五十岁的样子，瘦削而显得有些苍老。一经介绍，热情地与我们打招呼，刘先生和我们一起邀他们进来，他们说有急事要去做，客气地推辞了。等他们走远了，刘先生告诉我们，他们是七十年代偷渡过来的，在国内因出身不好老挨批。刚来时，白天不敢露面，晚上抓鱼打兔子充饥。又因语言不通，信息不灵，错过了新西兰移民局大赦非法移民的机会，为移民签证费尽了周折，工作不稳定，收入没保障，至今生活仍很拮据。大家望着渐渐消逝的背影不胜感慨。

刘先生的住宅是栋二层小楼，大约三四百平方米，很漂亮。何先生指着右边的另一栋二层楼告诉我们，这也是刘先生的，租给了别人。我们出于真诚，也为了驱散刚才的不快，纷纷赞美刘先生的房产，祝贺他的成功，刘先生一再摆头。是啊，用一生离乡背井、自囚于孤寂的生命代价，换来的有限收获，怎好用来显耀呢？

刘先生招呼我们进家，走进门来一看，简直像是回到了自己家里。除羊毛地毯之外，中国式的橱子、柜子，上面摆着中国花鸟图案的大花瓶、景德镇的陶瓷摆件，墙上挂着"仁者风范"《清明上河图》（仿制品）等中国字画。正中是刘先生夫妇和戴博士帽的子女合影的大彩照。何先生介绍："每逢春节、端午节，刘先生都要请侨胞到他家来吃饺子、吃粽子，今天为了欢迎各位，刘先生请余太太专门做了煎饺。"大家朝餐桌上一看，摆放的各式糕点中间，最大的一盘是包成麦穗形状的饺子。余太太立在桌旁笑着说做得不好。何先生又介绍说："刘先生虽然讲不好普通话，却要求子女学习普通话，在家里至少要讲粤语。"刘先生接过去说："人越老，思乡之情越重，无以表达。他们本来是中国人的后代，出生在外国，对中国知道得太少了，如果再不会说中国话，还

164

算中国人吗?"余先生也说:"在国内上学的时候,讲到祖国老觉得是离自己很远的事,出国了,才感到祖国对自己是那么实在,那么重要。不错,这里很美丽,很自由,生活很舒服,可再好是人家的。孩子快出生了,在这里无法受到良好的中国文化教育,如果那样,孩子长大了,就成了徒有一张中国面孔的外国人。现在,我最大的心愿是回到祖国去。"

毕竟是炎黄子孙,总忘不了根在故乡,心系母亲。由此,我想起了诺贝尔奖获得者杨振宁先生的一件事。杨先生一九四六年加入美国籍之后,一直耿耿于怀,怕他的父亲到死都不会原谅他"抛乡弃国之罪"。他在《杨振宁论文选集》完成时,回顾自己大半生的经历,念及自己对物理学的兴趣是在昆明求学时期养成的,于是,在厚重的大书扉页上,工工整整地写了四个中国字:"献给母亲。"眼前的几位同胞经历不同,表达方式不同,反映出来的是一代又一代海外赤子共同的忧思,共同的心路历程。

同时被刘先生邀请来家的,还有一对新西兰的夫妇,在当地很有些身份,曾经访问过中国,和刘先生是邻居也是好朋友。我们都客气地请他讲话。他说,他通过与当地华人的交往,了解了中国人的优秀品格,到中国去,又看到了实实在在的发展和充满希望的前景。他的朋友有的想去中国留学,有的想到中国去搞合作,求他帮忙。他耸耸肩膀无奈地说:"我也不知道该怎么办,今天遇到中国政府官员了,还请你们给予帮助。"我们郑重地应允,做了些了解和联络的工作。

在刘先生一家人的热情招待下,大家边吃点心喝茶,边聊家常,他们对祖国发生的每一件事都想知道,都感兴趣,不知不觉中一个下午过去了。大家看到刘先生后院里,草坪、小菜园和海棠花树都镀上了一层晚霞的金辉,便提议到那里去照相。

夕阳西下,我们在绚丽的霞光里按动了相机快门。脑海里印下的,仍是百年来祖国荣辱强弱的历史与华人移民荣辱强弱的历史重合在一起的组组镜头。海外游子不论在什么情况下，与祖国的亲人一样，心中都有一面永远不落的国旗。有这些赤诚的儿女，改革开放中的祖国，富强不会远了；富强起来的中国人，与世界各国平等而自由地交往还会远吗？

# 天堂鸟　土著人

## ——揭开巴布亚新几内亚神秘的面纱

　　提起巴布亚新几内亚独立国（以下简称"巴新"），总是绕不开"天堂""土著""原生态"的话题。这个位于南太平洋西部的赤道热带雨林岛国，西与印度尼西亚接壤，南隔托雷斯海峡与澳大利亚相望，有六百余个大小岛屿，从空中俯瞰，星罗棋布，如繁星点点。据说，上帝就是按照巴新的地理布局来建造天堂的。"天堂"里住着不停地飞翔追逐自由和幸福的"极乐鸟"，一生只落地一次，那便是生命的终点，就落在它的故乡巴布亚新几内亚这片岛屿上。巴新人深信这些传说，把那种色彩鲜艳、带有长长尾羽的珍奇小鸟称作"天堂鸟"。"天堂鸟"被巴新人视为神鸟、国鸟，被作为独立、自由的象征，绘在国旗上。巴新人还把南部天空上的一簇星云，命名为"天堂鸟星座"。

　　这里共有六百七十五万人口，竟有八百多个部落，八百二十余种地方语言。据说远离都市的部落，至今男女都赤身裸体，男人仅用一片叶子或一把草遮羞。还有树屋族、泥人族呢！在国际化、地球村的当今，还真的存在与世隔绝的原始土著王国？神仙般的天堂鸟在这样未开垦的处女地上怎样生存着、美丽着？那么多传说更加助长了我的向往和好奇。于是，经过一个多月的联络、准备，我跟随世界野鸟摄影俱乐部组织的巴新访问团，于八月初开始了为期二十一天的拍鸟探险之旅。前来送行的亲友们，谁都不知道这个国家是个什么样子，在什么位置，却都不约而同地问：又去非洲啊？难怪，它对中国内地的大多数人来说，的确犹如天堂般遥远、陌生、神秘。

深夜从香港登机，经过六小时四十分钟的飞行，次日早晨抵达巴新首都莫尔斯比港，从澳大利亚飞过来的鸟导尼克已经等在那里。迎接我们的当地鸟导听说我们专门前来拍摄天堂鸟，异常兴奋，看着我们的"长枪短炮"一个劲儿地乐，说："接了不少来自各国的观鸟团、拍鸟团，从没见过这样的大家伙！"司机紧跟着说："我开车二十五年，这是我接的第一个来自中国大陆的拍鸟团。"

## 天堂鸟在天堂

新几内亚岛特殊的地理位置，使这里的物种极具独特性、多样性，光鸟类就有八百七十多种，其中，三十八种极乐天堂鸟（又名"风鸟"）是别的国家没有的（全世界共有四十三种），因此，这里是著名的"天堂鸟之乡"。八月是巴新的干季，正是天堂鸟求偶的季节，吸引着世界鸟类爱好者雀跃前来，我们到达当天就遇见了澳大利亚和欧洲的观鸟团。

我们急不可待地想要见到神话般的天堂鸟。第二天，乘坐巴新国内航班，飞了三个小时，下午来到距离首都千里之外地处西北的基永加。鸟导说，鸟舞蹈求偶，仅在每天的清晨和傍晚，每次大约一个半小时。于是，第三天我们早晨五点钟出发，乘车一个小时，来到小镇的野外，穿上长筒水靴，向着原始森林深处的求偶树跋涉。

走入一公里左右，听见此起彼落的叫声，声音高亢清脆，却难见鸟的身影。到了求偶树下，安好机器，朝百米外鸣叫声处仰望，仍不见身影。原来，天堂鸟生性孤高，不愿和别的种群共栖一处，平时很少看到它停栖，只有求偶时期，它在这深山老林里，停落在桉树的百丈枝头上，食花蜜，饮天露。我们屏住呼吸，一动不动地盯着那棵树，在周围一片雄鸟的叫声中，一只雌鸟登上枝头，几只雄鸟同时飞来，鸣叫、舞蹈，一改颀长曼妙的体态，全身五彩斑斓的羽毛爹起抖动，金黄色偏红的硕大尾翼飞腾翻卷，犹如一把伞、一片云，满天飞霞，流光溢彩，真不敢相信世界上会有这么漂亮的鸟、这么绚烂华彩的羽毛、这么热烈浪漫的舞蹈，可谓此景只应天上有，让观看者眼花缭乱，如睹仙境，如坠梦幻。可惜，树枝挡，密叶盖，距离远，拍摄难。后来又有如此三番造访，佳能 IDX 装八百毫米镜头的"大炮"，也仅仅拍到了天堂鸟偶尔停落枯枝的记录版。只能一饱眼福，望鸟兴叹：天堂鸟在天堂，拍好难于上青天，只可远观而不可亵玩也！

十二线风鸟、王风鸟、辉亭鸟，它们多在巴新西北部的零海拔低地、荒野的侉特一带。我们乘小舟顺飞河转伊洛维拉河北去寻踪。一路上河水静静地流过丛林，独木小舟静静地停泊水边，两岸树木葱茏，风景如画，空气清爽，让人惬意。行进三个小时，经历了大小不等的五场雨，依然免不了艳阳的曝晒。现在是干季已然如此，雨季会怎样，可想而知——典型的赤道热带雨林气候。可喜的是沿途发现了不少特色珍禽，有蓝喉皱盔大犀鸟、棕树凤头鹦鹉、葵花鹦鹉、多种雨林鸽。特别是紫胸凤冠皇鸠，深紫色的胸，银光闪闪的硕大冠羽下，灰色头羽中，黑色长眼纹红眼珠的丹凤眼，实在撩人。回眸一瞥百媚生，怀想当年的杨玉环也不过如此吧。同行的先生们直说：太美了，美得妖冶，让人惊艳。

第二天去找十二线风鸟，还是早晨五点出发。要穿越的森林根本没有路，我们亮起手灯，当地人刀斩藤蔓，在泥泞中试探挪动，几百米走了近一个小时。来到河边，小鸟已经停落在河对面的枯树顶端，正舞动着尾巴上的十二条细线高鸣，呼唤雌鸟呢，雌鸟一到，两鸟绕树旋舞高歌。最近距离五十九米，还好，没有遮挡。

要想拍好王风鸟，用难于上青天形容一点都不过分。它在极乐鸟中身体最小，颜色最鲜艳，体长仅十六厘米，爱在高树密叶中停落。雄鸟美得出奇：背羽绯红，腹羽雪白，眼纹上一簇黑羽，脚为亮蓝色，肩部有绿色点缀的扇状羽毛，尾部两条细长的线，末尾装饰着祖母绿色的盘状羽毛。它常常用蓬松白色腹羽，变幻莫测地摇动尾巴上的盘状羽毛，进行一系列非凡的表演。王风鸟被称为"活宝石"，早已列入国际濒危物种名录之中。雌鸟较为朴素，身体为棕色，下方有条纹。我们在林深处合抱百丈高的大树下，冒雨等待一下午，只听叫声不见身影，黄昏时仅以八十度的仰角记录下一个影子。此后，在哈根山跋山涉水去拍蓝极乐鸟、华美极乐鸟和镰冠极乐鸟时，都遇到了遥远、遮挡、不得靠近的情形。极乐鸟都生活在崇山峻岭中，别说拍好，就是能欣赏到，能拍着，也算幸中之幸了。想想在塔里的野鸟保护区里，面对六十八米远的枯枝，安然欣赏最为宝贵的顶羽极乐鸟萨克森把头上不同颜色的两条长辫子舞得如同武术师甩七节鞭一样，同时还进行无遮挡的拍摄，那就是一种享受了。

辉亭鸟上了巴新二〇一〇年的邮票，可见它的美丽和珍贵。在沿河回程的三分之一处，大片橡胶林深处，当地人见到了它的巢穴。这是一种很怕见人的鸟，为此，半个月前，我们的组织者就安排当地鸟导搭起伪装棚，留一段时间让鸟熟悉变化了的环境。我们乘小舟回程一小时上岸，走过一个村庄，穿过大片橡胶林，涉过峡谷里的河流，踏着老树根构成的台阶爬上陡坡，悄无声息地躲进伪装棚，等了整整一个上午，并不见其踪影。看看棚子上的棕榈叶子水灵灵的，才知道巴新土著人没有践约，棚子是临时搭建的，受惊的鸟不来了。不甘心，第二天重返。有一位同行鸟友幸运地看到了刚刚停落的辉亭鸟，惊喜得嘴巴还没合上，更没来得及按动快门，鸟便悠然而去。俗话说，但凡想得千般好，最美莫过于想得而得不到的。这位朋友无数次地惊叹：太漂亮了。只后悔自己手迟，错失良机，活脱脱的又一个祥林嫂。好歹离境时在机场商店，每人买了枚辉亭鸟的邮票收藏，聊以自慰。

拍摄国鸟——新几内亚极乐鸟，无疑是本次行程的重头戏。在海拔八百米的法瑞瑞塔国家公园里有它们的求偶树，这里距首都一个半小时的车程，我们把剩下的六个清晨都留给了心中向往的这个生灵。行进在法瑞瑞塔国家公园里，目之所及，一片葱绿，无边无尽。看来，这片土地上的人们，几乎没有在这片绿海里留下任何人为的痕迹，不愧是地球上最后一块未开垦的处女地。这片不着人迹的纯粹，无尽的空灵，恍若一个久违的超现实梦境，使自己隐隐意识到，所谓"永恒的虚无"之中蕴含了无数可能性的含义。

我们来到了鸟的前头，得到了当地鸟导丹尼尔的应允后，进入密林深处，小心地扯起伪装网。周围的枝枝叶叶是不能动的，因为极乐鸟对身边环境极为敏感，一旦有变，它就会高飞云天，两个月之内不会再回到原处。我们屏息守候。凌晨的清空，碧蓝幽深，稀疏的星星忽明忽暗，让人觉得不远处仿佛真的有个天堂。在那里，除了上帝，还有美轮美奂的极乐鸟是这茫茫寰宇的主宰。它们在那里安然地停栖，自在地歌舞，气定神闲地谈情说爱，成为自由王国里的又一道亮丽风景。正沉思，一阵清亮的啼鸣打破了宁静，极乐鸟似乎从天而降，高唱着停落在三十米外的枯枝上。近距离观看，眼前的小鸟比想象中的还要艳丽、迷人。它身材小巧玲珑，典雅俏丽；头、颈金黄色，额、颊、喉墨绿色，上体暗赤栗色；粉红色的饰羽形成硕大的长尾，比身体长出两三倍，垂如流瀑，舞若飞霞；有脚，短了些，飞行时藏在长长的羽毛里，造成人们以为它无脚的错觉。它们静立安闲，若谦谦才俊；求偶不打不闹，悠然起舞，一比胜负，似翩翩君子。雄鸟高歌呼唤雌鸟，雌鸟千呼万唤始出来，它好像学会了人类取宠的技巧一样，刚一露面掉头就走，引得雄鸟更加起劲地抖动锦缎般的羽毛，不停地旋舞，嘴里或轻诉甜言蜜语，或高唱山盟海誓，似风似雾，似云似霞，似燃烧的火焰，似怒放的鲜花，似敦煌飞天，像出水洛神，表达出了对爱情的渴望。

丹尼尔告诉我们，新几内亚极乐鸟对爱情忠贞不贰，一朝相恋，终生相伴，一旦失去伴侣，另一只鸟不改嫁或另娶，而是绝食而亡。真是一种令人类仰止的高贵生灵。难怪它的形象镌刻在巴新人的艺术品以及日常生活物品上，融进了国人的心里。这个国家正是以独特的鸟图腾、鸟文化，跻身于世界文明的丛林。记得英国著名的诗人、美学家赫伯特·里德说过："我深信，美学上的价值，也正是道德上的价值。"天堂鸟美化并赐福于这方土地，提升着这个民族的精神，也吸引着世界各地的人们前来探寻、观赏。

世间万物往往具有相生相克的矛盾性、复杂性，天堂鸟以漂亮的羽毛让人尊崇珍爱，也因为漂亮的羽毛引发了一场又一场被追捕拔毛的杀戮，给自己带来毁灭性的灾难。早在十八世纪，它的羽毛就成为西方殖民者皇室的重要饰品，一些人为了获得高利，不惜将它们赶尽杀绝。就是在今天，哪个部族都有几顶用天堂鸟羽毛装饰的头冠。无法想象一个硕大沉重的羽毛头冠需要多少只鸟的牺牲，而土著男人的项链，不是萨克森的大辫子就是大犀鸟的喙。鸟儿深居简出，亦无法消除对人类的恐惧。面前，鸟儿的尽情舞蹈，是包含了对自己红颜薄命、生不逢时的哀叹，对生命和土地的眷恋，还是唱出了对人们愚昧绝情的哀号？一种美丽被撕碎的凄绝撞击着我的心扉，人不如生灵的羞愧感顿时升腾。呆呆地望着对舞的双鸟，实在不愿按下快门，生怕照片上的美丽一旦面世，再引发新的追逐、莫测的灾难。听说这个国家已经颁布了保护鸟类的法律，我祈祷鸟儿们在生效的法律下得以安生。我深深地爱怜眼前的小生灵，为它惊世骇俗的美艳，更为它面临的无奈和苦难。

## 土著人有文化节

二〇一二年八月十一日，我们正在西高地省的省会哈根山，恰逢各部族一年一度的文化节。巴新的二十个省（区）均有各自的文化节，名目甚多。生活在沿海平原和周边岛屿上的部落多是举办馈赠节，哈根山的歌舞文化节则最著名、规模最大。它开始于巴新仍处于澳大利亚殖民统治下的一九六四年，起初的目的是通过各部落的歌舞比赛代替为争夺生活资源引起的武力争斗，平息相互间的敌意和仇恨。一九七五年巴新独立后，文化节朝娱乐方面发展，以此来展示各部落纷繁的文化特色和差异性，分享不同的文化和经历。新几内亚从一九三三年才开始接触现代文明，众多土著部落至今沿袭着原始的生活方式，小心翼翼地传承着本土文化，保存着自己部落的图腾。传统的土著文化和天堂鸟一样珍

172

稀、宝贵，今年的文化节也有几十个部族的文化团体参与表演，不少外国人漂洋过海专门过来观看，我们怎能坐失良机。通过和当地陪同交涉，我们得到应允。没想到一张门票竟要四百美金，我们不能讲价，无法犹豫，于是掏钱，买票，前往。

当天下午，我们托宾馆老板娘帮忙（当然要另付费用），到准备演出的一个村子采访。这个村子在公路边的山坡上，相对现代、开化，已有明显的商业气息。竹木编制的寨门外，有几个卖槟榔或木薯的小小地摊，坡上散散落落或站或蹲着一些看热闹的人。我们一下车，男女老少都围上来，有的看西洋景似的瞧我们的相机，更多的抢着让我们拍照。于是，我们的记录卡上留下了皱纹纵横的笑容、嚼槟榔染红的大嘴、在路边裸露乳房给孩子喂奶的少妇、手持大刀或弓箭颇显剽悍的武士，还有佩戴一大堆动物牙齿和骨头项链的、穿草裙的、挂树叶的人等等，各种形体，各色面孔。孩子尤其多，一堆一堆的，衣服穿得少，鼻涕拖得长，有的脸上画着奇奇怪怪的花纹。当然，眼睛都是清澈的、明亮的。孩子们天性活泼，跑来跑去，扮鬼脸，抢拍照，活跃了整个场地。这里不搞计划生育，医疗条件差，婴儿死亡率高达百分之五十三点一五。农村一个家庭平均有十个孩子。虽有婚姻法规定一夫一妻制，但是边远部落酋长往往一夫多妻，那孩子就更多了。每当我们走过一个村寨，总是先看到一群孩子站在那里也就不奇怪了。

等了半天，表演者只来了三位女性。原来村里刚刚有人去世，按习俗，男性不得穿戴鲜艳的服装和首饰，不能歌舞。他们说村子后边有个部族，亲人去世，家中的女主人要剁掉一根手指头，那里的女性很少有手指头齐全的。原始不讲究生命的尊严，落后谈不上人权人性。表演者少，围观者多，三个人戴上兽皮羽毛做成的大帽子，挂上一大堆项链，脸上勾画了黑白红色的简单图文，走了走过场，天就黄昏了。回程，老板娘亲自驾车。她是这里的首富，名望人物，身上去掉了一般人都有的狐臭气，有时还飘散出脂粉香气。她本来穿着运动装运动鞋来陪我们，现在一看，不知什么时候早就脱掉了鞋子，到了宾馆，光脚把石子路踩得咯咯响，跑进门去了。原来，这里的男女老少都不穿鞋。

一夜无话，铆足了劲儿等明天。

起个大早，我们先去两个部族看他们做化妆准备。瓦惹瓦利族演员全是男性，赤身裸体；苏利木利族要去的全是女性，下穿草裙，赤裸的上身戴个现代的乳罩。他们都很看重这个盛会表演，很珍视自己部落演出的效果和评价，因此准备认真，化妆仔细，反复排练。看似简单的原始装束，打扮起来并不简单：他们用白色或黄色的泥巴涂抹全身，接着用动物油合成的黑油彩涂抹脸庞，使本来黝黑的皮肤光亮美观，再由专人来勾画花纹，面部上下都贴上用羽毛或者贝壳或者树叶做的饰物。鼻子上挖洞插上兽牙或木棍儿的，那是信仰和力量的代表、权威的象征，扮演的角色是酋长。戴什么样的羽毛头冠，也是根据所扮演的角色和等级确定的，级别越高，头饰越大，插的羽毛越多，也越漂亮。总之，哪里涂什么颜色，画什么花纹，哪片树叶哪样饰物放在什么地方，手里拿刀拿枪拿弓箭还是拿木棒，用什么东西伴奏，都有点讲究。

午饭后各个文化团体向演出场会集，我们一同进发。沿路看到当地人穿着五颜六色的服装，戴着好看的头饰脚饰。不少年轻人脸上画了彩图，文了身，他们也是很爱美的。穿着现代时尚的多是混血儿，那是这个地球上最后的原始岛国自十六世纪被发现以来，轮番遭受西（班牙）、德、英、荷以及日本、澳大利亚侵占统治的见证。脚下的道路坑坑注注，车颠得我们摇摇晃晃，弯弯曲曲的道路两旁摆满林林总总的杂货摊，有点像我们乡村的集市，规模小了些，品种单一了点，主角都是土特产。

演出场是石棉瓦墙围住的一块大草坪，墙内还有一道铁丝网，巴新的观众在石棉瓦墙内铁丝网外。铁丝网里边沿上一排草棚搭就的商业摊点，其中有绘画、雕刻、织锦等民间技艺作品展示和销售。二十几个摊点，几乎包括了当地人生活用品的全部。各进出口都有警察把守，我们是外宾，待遇特殊，主人专门为我们搭建了个跨越铁丝网的弧形藤桥，我们可以到场地中间活动。表演的团队入场了，一亮相就带来了浓浓的南太平洋岛国风情，原始的装扮、漂亮的头饰格外引人注目。有趣的是，各部落的表演比赛并不是按顺序一个团一个团地出场，节目一个一个地演出，而是大家一起蜂拥入场，任意确定个地方，各自表演。几十个团体，几百号人排成各种各样的队列，同时跳起风格各异的舞蹈，敲打不同的乐器。顿时，无数个头饰在晃动，无数个裸体在跳跃，兽牙、骨头、贝壳串成的饰物在碰撞，歌声、笑声、乐器声、拍手声、跺脚声，交相混杂，汇成一片喧嚣而欢腾的海洋。让我们这些外来拍摄者看得眼花缭乱，忙得手脚不停，生怕落下一个部落、一种表演、一个情节。

各部族表演的具体形式和风格不同，展现出了这里文化的多元化多样性，但是总体上都具有原始朴拙、动作简单、节奏明快、对现实生活模拟性强的特点。那塔黑瓦族以黄土涂身，黑漆抹脸，肌肉健硕，骨骼棱角分明，身佩弓箭，手执梭镖和盾牌，狂奔，对峙，颇有几分强悍英武的男子气，再现了他们狩猎或武力争斗的场景。塔波可族的表演团成员全是女性，她们头冠华丽，面部彩绘鲜艳，身着传统草裙，悠然歌唱，旋转前行，显示了女性的温雅自信。在现实生活中，这个部族就是由女性当家做主的。那个全是十一二岁男孩出场的部族，拿废弃的塑料瓶塑料箱当乐器，脸涂成一半黑一半白，还写上文字，孩子们个个顽皮地扮着怪相，童趣展现无遗。很快两个小时过去了，演出接近尾声，我们向外围移动。在绘画棚里，艺人正在画一个头戴泥土做成的面具，浑身白泥巴，两个黑洞眼睛，手持弓箭，骷髅似的怪异人物。陪同的当地人告诉我们，这是居住在东高地省的泥人族，他们这种形象是在讲述祖先的一段传奇故事：在未开化之前，部落间为抢地盘、偷牲畜、争女人而战斗不断。相传泥人族的祖先，在一次冲突中遭到邻近部落的攻击，男人在冲突中落荒而逃，跌落进泥沼中，浑身沾满了泥浆，泥浆风干后泛白，后面追杀而来的敌人见状以为是鬼魅现身，外星人降临，吓得退去。此后泥人族部落就以这种形象作为传统装扮。故事并不复杂，承载的却是一篇原始生命在生与死之间腾挪躲闪的大文章。各个部族就是这样，以原本的体态姿势、单一的造型、简洁的韵律，给人以特征鲜明的直观感受，表现出一个部族不同于另一个部族的心理特征、审美情趣以及相关的自然和社会生态，他们以自己走过的生命历程，形象地讲述着人类和自然万物的关系。那一张张真切切、坦荡荡、乐天知命的脸庞上，洋溢着的满足感、幸福感，解说出他们的认知心路：宝贵的生命是自然赐予的，这片富饶的土地，给予了他们足以果腹的食物，建房的草木遍地可取，他们对自然的赐予只有感恩，向社会的索取没有奢望，生存本身就是幸福。原来，生活就是这么直白，幸福就这么简单，让我们这些来自现代社会的文明人，深感自己烦恼的累赘、复杂的多余。

## 机场不大有点忙

中国大陆到巴新没有直航，最近便的是从香港乘机直达，要么转机新加坡或者澳大利亚。这次我们抵达首都莫尔斯比港后，再去其他三个城市，都是乘机前往的。

行前查阅资料得知，莫尔斯比港机场是该国最大的对外开放的国际空港。国际航班全部由巴新航空一家垄断独营，不许任何外国商业航空公司的飞机进入其领空，虽然还有一家"竞争对手"AIR PNG，但只有每星期两三班往返澳大利亚的小飞机。此外，还有六七家私营的国内航空公司经营小型直升机。目前巴新航空总家当有：一架残破的二手波音767，一架残破的二手波音757，五架加拿大福克100型小飞机，其他十来架小螺旋桨飞机。巴新航空除经营国内航班之外，国际航班每周有一班飞机往返中国香港，两班往返新加坡，一班往来马来西亚吉隆坡，两班往来菲律宾马尼拉，一班往返日本东京。候机大厅通道门口有日语提示词"国际到着"，我们当成了繁体汉字，空欢喜了一回。往返澳大利亚的每天都有多次航班，显示了该国与澳大利亚的密切关系。飞机的使用率很高，白天来回飞澳大利亚布里斯班、凯恩斯或者悉尼，晚上飞其他国家，凌晨回来再飞澳大利亚。此后，我在飞机上遇到了在国家开发项目部工作的太原籍年轻工程师小高，我问他："你来这里一年多了，最突出的感觉是什么?"他脱口而出："闭塞，网络不畅通，走遍全球的中国移动在这里移不动。再待下去，我忘记了世界，世界也就忘记我了。"

凌晨抵达，踏上露天旋梯一看，整个机场就是个稍大点的马车店。这是我到过的几十个国家里机场最小最简陋的一个，北非利比亚的首都机场都比它现代气派许多。行李上了人工推拉的铁架子车，我们下飞机走进入关大厅。大厅里有三个通道：巴新国籍旅客通道、持签证旅客通道、落地签证旅客通道。我们排在持签证旅客通道。手续办得很慢，多是人工填写。对华人检查严格，行李要开箱检验，这里不允许走，那里不允许看，规矩挺多的。

同机过来的基本上都是华人，有国家在这里合作项目的工作人员，多数是在这里做生意的福建人。真佩服他们善于向外寻找生路的智慧和勇气。狭小的空间里排满了一大堆华人，要不是墙上土著的壁画，根本感觉不到是在南太平洋的岛国上。

来巴新拍鸟就得跟着鸟的踪迹走，第二天乘机去大极乐鸟所在的基永加。起飞时间是中午十一点半，我们早上八点到达，手续办了两个小时，倒是准时登机，很高兴。三十六座的小飞机加上驾驶员空姐总共二十来个人，相机有了座位。驾驶员是澳大利亚人（据说巴新的所有飞机驾驶员全部是澳大利亚人），空姐是当地人，黑黢黢的脸很温和。扎好安全带又过了半个小时，空姐告知：下去等候，飞机轮子坏了要修理。我们的心提到了嗓子眼，没办法，只好等。不觉又过去两小时，午餐给了两块硬饼干，一杯橘子水。最后还是换了架更小的飞机，二十八个座，下午两点终于起飞了。

基永加的机场比足球场大不了多少，一圈铁丝网，竖两根木棍是出口。一间石棉瓦的板房利用率很高，一切手续全包了。露天候机。架子板车把行李拉到铁丝网外，由客人自己拿。铁丝网外围了不少人，送客人的，看热闹的，有的手里拿着卡片相机拍照。晚点了三个小时，接我们的车子并没有到。我们站在骄阳底下等，汗流浃背地看风景。一会儿又来了一架小飞机，走下来的大部分是欧罗巴人。机场的一角还停着一架红色的直升机，听说是外国合作公司老板的包机。机场不大还挺忙。这个空间是巴新国际化、多元化、上层人士生活状态集中反映的窗口。在这片四十六万平方公里的土地上，山多林密，河流纵横，陆路总长两万五千公里，交通不便利，因此，小型飞机成为长途旅行的主要交通工具。此后，我们乘车从哈根山去塔里，三百公里的路程走了十一个小时，道路坏掉了三分之二。出远门只好乘飞机，而机票由于垄断，贵得出奇。

巴布亚新几内亚，这个世界上最后的伊甸园，以其纯净的原生态留住了天堂鸟靓丽的倩影；巴新人这帮最后走进世界文明大家庭的弟兄，他们既拥有独特丰厚的资源，也不乏和天堂鸟一样的无所畏惧、追求自由和幸福的精神。今天，在世界发展的潮流下，市场经济和文化开放的因素在这片风景如画的土地上萌动，相信他们以固有的淳朴、坚韧和追逐时代步伐的热情，会在明天为自己的生活营造一个人间天堂。

因为，明天永远是新的，明天后头还有明天。

# 人间天堂在帕劳

## ——南太平洋上的一颗璀璨珍珠

　　帕劳群岛，南太平洋上的一颗珍珠，海洋学家公认的世界七大海景奇观之首，人间最后的原生态伊甸园。这个一九九四年刚刚建立的蕞尔小国，小到世界地图上找不到位置，新到大多数人尚不曾听说，奇到凡造访之人皆过目不忘。它就像被上帝珍藏在箱底的至宝，更是待字闺中的佳人丽嫒。随着旅游业的深度开发，蓦然推门而出，撩开面纱，羞怯地站在世人面前：清澈、美丽。清澈得一尘不染，美丽得惊世骇俗，让人看得心醉神迷，物我两忘。

　　其实，四千年前这里就有人居住，中国人几百年前就通过与爪哇的贸易知道了它，称它"帛琉"。那时它不是一个国家，仅是一串大大小小三百多个火山岛、珊瑚岛、礁石岛。相传远古时代，"帕劳"是个完整的大岛屿。由于一个饭量奇大的婴儿乌艾勃的诞生，使村民们的口粮消耗殆尽，迫不得已要处死他。而这个饭量奇大的小家伙，力气也大得出奇，挣扎之中，他的身体连同捆绑他的树干竟然四分五裂。于是大岛帕劳消失了，变成三百多个小岛，这就是后来珍珠般美丽迷人的帕劳群岛。群岛分布在南北长六百四十公里的海面上，它靠近赤道，年均气温却只有二十八点九摄氏度；这里是台风生成地，却从来都是风平浪静。海岸线长达一千五百一十九公里，陆地面积四百九十三平方公里，人口不过两万人，分布在七八个岛上。直至十八世纪末，欧洲人才开始涉足这一地区，自一七一〇年被西班牙探险家"发现"，一八八五年被占领后，这串珍珠就在西班牙人、德国人、日本人、美国人的掌股上玩来倒去。直到一九九四年，醒来的帕劳人通过《自由联合协定》，建立了自己的国家，成为联合国的第一百八十五个成员国。

事有机缘，我偶然被刚从帕劳归来的朋友说动而促成此行。行程安排的全是潜水看水下生物。作为一个野生鸟类爱好者，自然关心那里的鸟类。经查阅资料得知，群岛上有四百三十多种鸟类，十六种是帕劳特有品种，最南端有座海鸟聚集的鸟岛；帕劳自一九八〇年以来多次出版以鸟为题材的邮票和明信片，政府还指定洛克群岛中七十个无人岛，作为保护海鸟与海龟的生态保护区。欣欣然向中方和帕国的组织者打听鸟点，回答却出乎意料：鸟在天上飞，谁知道它在哪里！茫然，于是两手准备，带上水下相机和四百五十六毫米"小炮"前往。

从北京绕道仁川抵达帕劳，下榻百悦大酒店。因为岛上的任何建筑材料（包括沙子）都需要进口，酒店建设了十三年，刚刚启用两年。新酒店紧挨大海，大门外即是码头。清晨，往码头上一站，格外的清亮，格外的纯净。晨光海色，天上人间，低纬度高紫外线的阳光，细白无痕的沙滩，辽阔无垠的水面，帕劳像浮在大洋上的一片绿叶，一个个郁郁葱葱的礁石小岛就是隐匿在绿叶之下的一滴滴露水，绘就一幅安宁清新、神奇瑰丽的美景，让我获得从未体验过的感觉。特别是纯粹而宁静的海水，交织而变幻出绸缎般的七彩色，使人深感诡异，不敢触摸，只怕一伸手打破了眼前的梦境。无垠的大海并没有给人以远不可及、深不可测的恐惧，而以它的清澈、明媚和温婉，让我们有一种回归自然家园的亲切和安宁。

行程开始了，只得按照安排的景点进行。第一站是市区观光，街道、商店等设施不豪华也不时尚，却给我们以朴素、舒适、自然和安全的感觉。原来帕劳以限制移民、不建工厂为国策，把原始、纯净和无污染作为它最高资源价值的体现。帕劳人均国内生产总值（二〇〇一年）六千一百五十七美元，人年均收入为三千三百八十多美元，失业率（二〇〇〇年）百分之二点三。岛上居民脸上大都洋溢着安逸满足的笑容，与你对视的目光中充满善意。他们抬头仰望纯净的蓝天，俯首注视宁静中孕育希望的大海，还有什么可急可躁、可烦可恼的？宽阔的大海、美丽的风光赋予了他们如此安宁的心境和美丽的心灵，怎不营构成这种令人羡慕的生存状态呢？

此后去海上潜水，看珊瑚花园里的百年黄玫瑰盛开在海底，花瓣错落有致。相距不远就是色泽鲜艳、摇曳婀娜的软珊瑚。万象珊瑚区的硬珊瑚和海葵更是千姿百态，各色各样的脑纹珊瑚最是惹人注目。特别是浅海和外海交界的大断层，无愧"上帝水族箱"的美誉，这里从水面两米的浅水礁石斜插海底两千米，斜面上是完整的珊瑚浅礁区，聚集了各种色彩鲜艳的热带鱼。身旁常常有一大群黄金蝴蝶鱼游弋，仿佛时光把自己带回到儿时看窗前蝴蝶弄花的梦幻岁月。大海原来这么奇怪，从海面上边往下看，只见一片蓝色，水里的情形什么也看不到；一旦面部隐下水面，水里五彩缤纷的世界清晰在目，而外界一切喧嚣嘈杂之声顿然隔绝，心绪渐归宁静，身体随之放松，与无言的珊瑚相看两不厌，跟冲你摇头摆尾的鱼儿心神交融……此时此刻，再也分不清我是鱼儿还是鱼儿是我，那种与海洋同呼吸，与鱼儿共嬉戏，不知不觉中羽化而登仙的感觉，让你真切体会"天人合一"的极致境界。至于水母湖，它拥有世界上独一无二的无毒金茂水母族群。生命脆弱的水母，大的如圆盆，小的似水珠，肢体柔软，肤色橘黄，宛若天际的云朵，随意地漂荡水中，让人爱怜，不忍触碰。

我放不下鸟儿，出了水面便盯着空中，眺望树林，期望有鸟儿飞过。总觉得这么美丽的山水倘若少了鸟儿，就像一座豪宅里主人缺位，空荡荡的，也就了无情趣了。还好，第二天去野生红树林水道——那条海水与淡水交汇，一头连着外海的小河。遇到的第一只鸟竟是帕劳国鸟BIIB——一种体态优雅，紫冠白颈黄尾梢，背羽翠绿，胸羽从前至后紫色白色橙色紫色依次排列的漂亮果鸽。我大喜过望，顺河前行，一只，两只，拖着长长针形尾的白色鸟儿飞过，这是国内在南海也少见的白尾鹲啊，赶紧拍下。再向前走，到河与海的交接处，白斑和白腹军舰鸟，褐鲣鸟和红脚鲣鸟，曳尾鹱等分不清种类的鹱，在林间水上来回翻飞，戏水捕食。我忙不迭地拍照，虽然离得远，"小炮"又没有架子，拍的片子小，虚的居多，但两小时收获了七八种珍贵的海鸟。回程巧遇咸水鳄鱼和大大的绿蜥蜴，还是喜不自禁的，后悔没带"大炮"的同时庆幸做了管用的两手准备。

第三天去鲨鱼城和蓝色珊瑚礁潜水。

途中经过长滩——洛克群岛中两个相邻的无人岛之间，那道迤逦近一公里长的宽阔白沙走廊。长滩的美丽就是因为它若隐若现、时隐时现，沿着它前行，会让人萌生一种走到天尽头的奇妙感觉。涨潮时，它隐身于海底，呈现为一条淡绿色的宽带海域；落潮时分，它摇身变成一条两座小岛之间的白色陆上走廊。渐行渐近，长滩那绝美的气势扑面而来，蔚蓝色的洋面上，两个孤独的绿色小岛间，一条优美的彩虹状月白色弧线划过，轻细的涛声则是唯一的天籁，恍若神话。午后赤道上强烈的阳光，使沙白得耀眼，令人不敢正视。而大海吞噬了骄阳的锐利，用自己细密有致的水纹给它化妆、文身，默默站在它身后，敞开自己宽广的胸怀，用蓝得彻底、蓝得干净、蓝得大气、蓝得没有一丝一毫的怯懦的浓墨重彩，衬托得长滩宛若水中游龙。

前边就是无人岛了，午餐的地点。这可是导游郑重推荐的两个鸟点之一，另一个则是群岛南端的鸟岛，不在日程安排之内。于是匆忙用餐，借短暂的午休，走向小山深处。沿路就有一对黑色小鸟在石块和灌木丛之间跳来跳去，刚想拍，导游说这种鸟到处都有，先去里边看看。果然，绕过一丛树林，一片与大海若断若连的浅水坑四周各种鸟声不断。树林间栗腹文鸟、红色吸蜜鸟、凤头翡翠和 Palsu Flycatcher Charmelachull，还有鹦鹉和两种新的鸠鸽等。一抬头，一对雪白小鸟在空中优雅地盘旋，船夫说当地人叫它白仙鸥（就是白燕鸥），很喜欢它洁白的颜色，优雅的姿态。我连忙用相机瞄准，空中又多了金丝燕、小白腰雨燕，小小的一片蓝天煞是热闹。我眼睛不离鸟儿，顾不得地面是水还是泥，穿着旅游鞋在水里蹚来蹚去，感染得同行朋友也拿出卡片机拍鸟。当地陪同人见我们一个个忘情的样子，呵呵直笑，告诉我们，这里的鸟算少的，再往洛克群岛里边走，那里聚居着上百种鸟类和果蝠呢。刚拍了几种鸟就到了去干贝城潜水的时间，我们收起相机不舍地离去。

离开帕劳的前一天，第一项活动是到著名的牛奶湖洗"海泥浴"。说它是"湖"，实际上它是大海中一个小小的孤立海湾，三面被山环绕，留下一个缺口和外海相连。牛奶湖是浅浅的青绿色，据说水下面是沉积了数万年的火山灰，火山灰含有多种天然矿物质，和海水中具有杀菌作用的微生物一起，变成了绝佳的纯天然护肤品。导游用水桶把灰白色细腻而光滑的海泥挖上来，倒满船舱，准备让大家开始 Spa。就在这时，湖面小小的空间里，几只漂亮的红尾鹦从空中飞来，掠过丛林。我赶紧装长镜头拍了几张，调换角度的时候，相机从座位上滑落甲板，不聚焦了，霎时，我成了一尊不言不动无表情的雕像。再看大家，每人都用白泥巴把自己从头到脚抹了个严严实实，活脱脱一群会说能动的雕像。

傍晚，回程途中，太阳雨过后红霞满天，彩虹映现，一对一对不知名的小鸟在礁石岛外伸的枝叶上嬉戏，一群一群的海鸟在水面追逐觅食，它只能成为我脑海里永远抹不去的美丽图片，编入我此次所见所感大自然展示出的真实与魅力、伟大与神奇的记忆里不可或缺的一部分。在世人开始瞩目此地之际，我默默地祝福，这块人间净土在人们的善待中绵恒永续，期待着为圆这未了的梦再次踏上美丽依旧的旅程。

# 第五辑

# 亚 洲 行

# 又见扶桑

## 桥

我市与日本桥本市缔结友好城市关系十周年，应桥本市役所的邀请，我随市政府友好访问团于当年八月赴日本参加结好庆典。

从北京起航，经上海越东海在大阪着陆，换乘一个多小时的汽车，来到桥本已是下午四五点钟了。下榻的地方是市区南面国城山上的纪之川苑。从市区北面到宾馆，须跨过此地古老而有名的纪之川河。

这个陌生的地方，给我留下的第一个记忆，是架在纪之川河上的那座桥。桥身全是钢架结构，新刷过油漆，是那种横平竖直的直线美，呈现出简洁明快、坚实有力的格调。我禁不住一乐：一向以谦恭多礼、谈吐含蓄著称的日本人，竟设计了这样一座迥别于性格不同于传统拱桥曲线美的桥梁。

下榻后，从双方交谈中得知了这座桥的来历：五百年前，河上没有桥，两岸居民隔河相望不便来往，而河南岸不远处的高野山，由于来自中国的高僧弦法大师在此弘扬佛法，已成为远近闻名的灵场，居民们每年都要冒寒暑多次涉水前往进香朝拜。天正十五年（一五八七年），高野山中兴的高僧木食应其上人，这位精通土木工程的天才架起了长二百三十五米的木桥。桥本，桥之源本，此地由这座桥而命名，表达出永久的纪念。

187

晚上，市役所组织各界人士百余人，隆重地举行了欢迎宴会。宴会厅正面墙上，并排悬挂着两国的国旗，旗下是一张张笑脸，一次次碰杯，一双双握在一起的手。日本传统舞表演开始了，华丽的和服、雅致的绢扇、端庄的架势、悠长的唱腔，把我们带回久远的年代。当表演者排成长队在厅内环行，用中日两种语言交替喊出"欢迎""庆祝"时，全场爆发出不息的掌声。在座的七十多岁的老画家井关清水先生再也按捺不住激动，颤巍巍地走到我们的团长面前，把自己积一生心血而成的画册双手送上，打开看，全是汉字书法和水墨绘画。多么珍贵的礼物，多少对沟通交往的渴望！目光交汇在一起，手紧紧地握在一起，在场的宾主无不为甘如饴、醇如酒的场景感动。是啊，在时光的长河里，人类之间的关系也是因时因事而不断变化的，如同日本的"纪纪神话"中天神与国神的对立与和解一样。日本驻华大使佐藤嘉恭先生最近也在泰山上留下了"登泰山祈祷和平"的题词。历史的不幸发生过，那是个不可改变的客观存在，时代前进了，历史成为过去，任何一个优秀的民族都应该在正视历史的前提下，把目光投向美好的前方。

窗外，焰火还在放，纪之川河两岸，空中地上，到处是火树银花。桥身灯火通明，像一条火龙。桥侧河滩上，是桥本人民耗资上千万日元，精心编制的巨型焰火标牌："热烈欢迎中国山东省泰安市友好访问团""庆祝友好都市提携十周年"。两排大字熠熠闪光，把夜空照得如同白昼。

愿桥本之桥常新常明。

愿架通的心桥常在常通。

## 绿

清晨起个大早，到宾馆外山坡上走走。

触目所及，到处皆是绿。看山上，上面有数不清的合抱大树，中间是丛丛灌木和花，地面上是密实实的草；望地里，田中齐崭崭绿油油的稻子，河里清清的流水，路旁景观树都修剪出不同的造型，房前屋后更是见缝植绿。而每根枝条、每片叶子，都一尘不染，像刚冲洗过似的。联想到在飞机上看大阪的印象，整个千岛之国就是佩在碧波万顷的太平洋颈上的一串翡翠项链，大阪一带是项链中间的一颗绿宝石。眼下，桥本这片南北两座山脉中间的狭长盆地，像浮在水中的一块碧玉，绿到了立体，没留分毫。原来，日本是个草木的国家、绿的世界。

茵茵的草木，遮映着一座座白墙青瓦明快玲珑的日本小房，把一方家园打扮得如同幽静清雅的童话一般。天上尚有淡云薄雾飘过，地上绝没有尘土，水里绝没有污染。流淌着的浓绿，像一掬情绪调解剂，调和着人世间各种各样的喜怒哀乐。人们在绿色中徜徉，如同依偎在大自然的怀抱里，身心接受自然界的抚摸，情绪接受自然界的慰藉。山坡旁，有一片不知名堂的绿色开阔地，有年轻人在那里静坐读书，也有或站或坐来健身养性的老年人，有的干脆平卧在草地上，好像正在把大自然的精气和营养吸收进体魄里。想来山坡上散乱的墓地，有了花草树木的陪伴，连作古的人也不会再感寂寞和冷清了吧。

虽然草木生长于自然，日本又处于"风雨的故乡，太阳的世界"的太平洋中，拥有得天独厚的自然条件，但能够拥得这片丰茂的绿，同样耗费了心血，进行了精心呵护。国家有保护森林树木的法律，人们已养成爱护草木的习惯，搞建设盖工厂不允许损害自然植被，就是无意中轻微地伤害了草木，也自认为是不光彩的事。日本多台风多地震，住房全部用木材建造，用量很大，他们宁可花大钱进口木材，也绝对不允许砍伐本国的树木。早就知道日本的物质文明很发达，看来搞现代化不是排斥而是更需要更利于自然优美的生存环境。

晨风乍起，绿叶沙沙，那是草木生命的语言、欢快的歌。细细聆听，叫人心静气和。人的语言时有糟粕，而叶的语言却都是亮丽清纯的。我无法破译它，它却大度地润透我的心扉，教我深切地感受这片别有情愫的土地。

# 走进桥本人家

桥本市前议长齐藤捷彦先生是个极富热心的人。他先后十次率团访问泰安，为两市结好做了许许多多有益的工作。我与他就是在他访问泰安时相识的。欢迎宴会一结束，他和他的夫人就邀我去家中小坐。于是欣然前往。

齐藤先生的家坐落在纪之川河岸边，房子不小，是传统式的白墙青瓦歇顶直檐方形二层小楼；院子不大，贴着房门窄窄的一条。院门是竖起大的河卵石为墙、铺下小卵石为阶的象征性的门，门旁院里花木繁茂，造型漂亮，一丝不乱。沿卵石铺就的小径走进室内，地上全铺着镶了边的细草席。木格贴纸的隔墙，有的绘了山水画，把空间界成五六个单间。迎门的一间摆设最多，当中一套漆制矮桌凳，靠外墙放了彩电、音响，靠里边墙下摆几个高橱子，里面满当当的全是工艺品，又全是来自中国的。其他房间里或放张矮桌或置柜摆设饰物，一切皆精致、精到，却别无长物（壁橱、推拉门是日本居室两大特点，其他物品大约进了壁橱），给人留下简洁质朴、高雅舒适的印象。

自我们进门，齐藤先生一直在笑，夫人忙着招待，几只古朴的茶碗盛着煮成绿汤的茶，同时果汁、矿泉水、各种水果、自制的精巧小糕点摆了一堆。宾主在融洽的气氛中谈笑着，谈中国的艺术，谈日本的习俗；说他们在物质文明发展的过程中，精神追求的失落与回归。看摆设，听谈吐，显明地看出先生崇尚的乃是日本目前正兴起的：不过分追求物质享受，保持简朴平和的传统，在自然简单朴素中求得内心丰盈与人格完善。我们对他高出一筹的见识予以赞许，也由此体味到日本文明将要达到的新高度。说得更多的是先生在中国所见的景物、人与事，谈及结下的友情及朋友更是滔滔不绝。他说："好多桥本人问我，你既不经商做生意，也没其他目的，一再到中国到泰安去干什么？我告诉他们，仅仅为了那里有我许多朋友。"说着，他爽朗地笑起来。

夜色已深，起身告辞，主人拿出他在高野山求签所得的吉祥物送给我。古历十四，月色正好，回望月光下的小院及久久伫立的主人，心中一片温馨。

## 高速路　高野山

今天去高野山，并非去朝圣，但定会收获新感觉。连日的疲劳没有影响高涨的情绪。

第一个美好的感觉先给了道路和车子。桥本在日本算乡下了，公路同样宽阔平坦，道路交叉点总有立交桥，山坡急转弯处有钢架的安全网，没有拥挤争道的车辆。坐这样的车是种享受。

拐上一个陡峭的大坡，"呜——"，坡下铁路上一列火车飞驰穿过隧洞远去了。我们还没弄清是怎么回事，陪同见状笑了，说："这就是被称作'弹子列车'的高速电气列车。这算什么，新干线上，车速平均每小时一百六十多公里，一九六七年一开通就超过了法国的特别列车。下个月，东京至长野的新干线要开通了，那才棒呢，时速二百六十公里，全程仅用一个小时多一点。它叫我们的时间观念都变了，乘火车出门，半个小时就算很远的了。"小伙子说得眉飞色舞，洋溢着豪气。在国内知道日本发达，是从三万六千美元的平均国民生产总值、百分之八十的人为城市人口、百分之八十的国民自称为中产阶级等一系列数字上，到这里，方才真真切切地感受到、看到。

车子在平缓的山间公路上行进，窗外苍松翠竹一掠而过。进了山门，庙宇寺院沿路依次摆开，接连不断：常喜院、莲花院、大圆院、不动院、清净心院……一个比一个肃穆威严，一个比一个完整洁净，浓重的香火烟气一路伴随。现代的日本人仍然如此看重神社庙堂的修建，依旧重视拜佛敬神，而且是不愁没有去处的。

过石桥到了奥之院参道。参天古木下长石条铺的甬道，别有一种气韵。两旁都是建筑宏大做工考究的墓地。有一座崭新的墓地，据说是某财团的老总为夫人建的，耗资几亿日元。这种显明的重生又重死的意念，不知是延续了徐福"长生不老"的思想，还是接受了西方宗教的来世学说。仔细看那些墓碑上的姓氏，天皇近支、文臣武将、当代巨贾名流，从古到今，要道显位，都被有权势有名望的人物占着。嗬，等级观念挺进极乐世界，连亡灵都三六九等地标牌挂号，使之不得安宁。众多游客流连于墓地中，再没有进墓地的传统感情，而是在欣赏另一种表现形式的艺术，在感受一种被带进坟墓的社会现象。

看到了松下集团买下的墓地，一位相遇的日本人告诉我们："松下在这里建墓地主要是借名山搞宣传。进这块墓地是有条件的，得是集团里优秀的管理者及工作多年有贡献的老职员。"说的听的都笑起来。松下不愧是松下，连坟墓的账都算得精到，堪称古为今用、死为活用的典范。

过御庙桥进奥之院，迎面是气势恢宏、气象森严的大殿，里里外外挂满灯笼，故称灯笼堂，为佛光普照之意。系当年弘法大师建造，也是他习法讲学、修行圆寂的圣地。如今，佛门子弟依然众多，每年照例举行隆重的祭典，保持着完好的历史传统节庆。香客络绎不绝，烟火鼎盛。许许多多日本人来此处祈神，满腔虔诚，一脸庄重，长揖叩拜，有板有眼，极为讲究。

看着日本人西装革履、打躬施礼谦谦逊逊的样子，想起以前同事曾说过的话：日本在封建时代，主要学中国的文明，建立资本主义制度后侧重西方的科学。传统文化与现代文明相交汇，东方精神与西方科学相融合，是构成日本高速发展的重要因素。

想来有道理，今天的所见所闻正在印证。


## 她们终于向我走来


明天就要离开，桥本泰山会和国际友好亲善协会出面安排了一百五十人参加的欢送宴会。各方面的首脑及县议员都要做热情洋溢的致辞，日方翻译仍是几天来一直参加活动的桂子和玲子。

记得刚到的第一天，我比我们的翻译小张晚一会儿到房间。待我进屋，见一位衣着俭朴、身体单薄、面容憔悴、目光倦怠的中年女子，双膝跪地，正与小张谈着什么。见我进来，礼貌地问候过后便到阳台椅子上坐下再没说话，只是一只手托着腮，目光并没离开我们。她走后，小张告诉我，她就是桂子，十几年前从我国某大城市嫁到桥本来，先生比她大二十多岁，去年患喉癌动了大手术，至今卧床不能自理。她婚后没有子女，前房的儿女都不来，只好砍掉了果园，转让了土地，一个人维持着空荡荡的家，既伺候病人，又要到高尔夫球场打工，以补家计。

我的心一下子缩紧了，说："她和她的丈夫都与你很熟悉，咱们去看看他们吧。"

"恐怕不行，她不愿让祖国来的人知道这些，刚才还嘱咐我不要告诉你们呢。"

望着她远去的方向，我的心情更加沉重。

桂子日语不十分熟练，日方又派来一位叫玲子的，小巧的身躯，小巧的五官，嘴边常带着微笑，就是怯生生的，一双大眼睛聪慧里含着机警。听说她生长在台湾，从没到过大陆，也是十年前嫁到这里的，我们倒添了一份特别的爱怜。

几天来真诚的接触，加深了彼此的了解，她们神情自然了，话也多起来，我们都有意谈些使她们高兴的话题。玲子说她正在办华语训练班，自己国语不好，很想学。我们答应回国后搞一套专供华侨用的华语教材寄给她，她开怀地笑了，还唱了《外婆的澎湖湾》《阿里山的姑娘》。歌喉很美，唱得很投入、很动情，我们都和着节奏拍手。她唱完了笑，说她都快十年没这样唱歌了，这是她来日本后最开心的一天。

宴会在继续，致辞之后是自由演唱，上台演唱的人很多，气氛很热烈。桂子与玲子都异常踊跃，唱了一首又一首，不觉中过了一个多小时。玲子咬着嘴唇一副思索的样子，然后提出要唱邓丽君演唱过的《独上西楼》，没等我反应过来，她就拉着桂子的手上了场。老歌没伴乐，只好清唱。"无言独上西楼，月如钩"，一起调就是那种如丝如缕的倾诉，唱得人心里栖栖惶惶的。"剪不断，理还乱，是离愁"，一下子挑高了八度，简直是揪心的呼唤。一句唱过，听不见下音，抬头看，二人已泪流满面向我们快步走来。我连忙推小张上场接唱，一边紧握住她俩的手。哪个客居他乡的游子没有这份冷冷热热、剪不断理还乱的离愁。十年客居，该有多少话要对家里人说！人到中年天过夏，剩得秋风冷月伴随时，怎不加剧远行的孤苦心境呢？

妈妈合唱团最后的演唱掀起又一个高潮。歌声落下，我们在掌声笑声里，在日本朋友的簇拥下乘车上路。驶出几十米，后面还有急促的脚步声，回头看，一伙熟悉的日本朋友赶着送行，跑在前面的有桂子和玲子。

风筝有线，倦鸟思归。

今夜，热烈留住了友好的思念，亲切里潜在一抹离愁的伤感，叫我们走得满怀牵挂。

# 坦诚与谅解

## ——记泰安市荣誉市民、日本友人盐谷保芳

　　一九九八年，泰安市首次向境外做出贡献的友好人士及华侨华人授予荣誉市民的称号，排在第一位的是日本人盐谷保芳，他专程赶到泰安，参加市政府为他安排的授荣仪式。当市长与他两双手握在一起，全场掌声响起时，他表现出异常的激动，连连说，这是他一生中最大的荣誉！终于使自己生命中最沉重的负荷有所减轻，愿中日两国人民世世代代友好下去。回国后，他连日在家里设宴庆贺。

　　这位身高不足一点五米、干瘦干瘦的七旬老人，既不是捐赠或投资合作的商贾巨富，在日本，在中国，也都不是什么名流高士，何以得此殊荣，表达如此的心愿呢？

　　盐谷保芳，一九二二年生于日本东京附近的山梨县，一九四二年刚满二十岁，就带着"为什么要到别人的国家去打仗"的疑惑，应召随日本军队入侵中国。一九四二年上半年进驻泰安，是二等兵。一九四四年末奉命去中国的东北，后被苏联红军俘虏，送到西伯利亚煤矿挖了三年煤，颠沛流离和疾病使他体重减至二十五公斤。一九四八年苏日谈判，他获释回国。四年不义战，百年孤苦心，中国军人在他身上留下的六处伤痕，远远不及他为侵略别国人民而留下的心灵伤痕那么深重，他忘不掉自己的同胞烧杀强奸中国人的恶行，忘不掉中国人那些仇恨的眼神。

　　对这段史实，盐谷在日本国内是属于记忆清楚、心态清醒的一类。

回国后，他就和同伴们组织起了一个叫"衣会"的对华友好组织，凡在中国山东驻过军，又反对日本军国主义发动侵华战争的军人都吸收进来，兴旺时逾千人。他们用亲身经历和目睹的日军在华杀掠的暴行来呼吁：那是一场非正义战争！对中国人民的侵略行为不容辩解，要道歉，要承担罪责！立志要尽自己所能，发展中日两国人民的友好来减轻罪责。绝不是像日本学者野田正彰所著的《战争罪责》一书中所批判的那一类日本人：战后一段时间突然"记忆缺损"了，苏醒后再也不记得曾发生过什么事，不清楚"八一五"是个什么日子了。嗣后，一旦走出战败阴影，便转为对过去的全面肯定。更有甚者，仍把那场可怕的侵略战争说成是为建"大东亚共荣圈"的"圣战"，为早已被远东国际军事法庭处决的甲级战犯评功招魂。在大战硝烟散去的今天，人为地搅起片片阴霾的迷雾。

一九八五年，盐谷先生战后第一次来到中国济南。他作为团长，带来了八十五名侵华老兵。他说，来之前他一个一个地审查，确有谢罪之心的才可以加入这个团，否则"滚蛋"。到山东的第一句话："我们是侵华老兵，我们来谢罪。"开门见山的坦诚换来了中国人的宽容，中国人的宽容善良让这些当年的侵略者对自己过去的行径更加无法释怀。此后，他十一次率团，通过旅行社自费来山东访问，一个一个地到他驻过军打过仗的地方，把当年的真实情况告诉他的同胞们。每到一个地方，他总先说："我参加过侵略中国的战争，我来向中国人民道歉。"在泰城东郊，他抚摸着曾被他们炸毁的一段残桥，愧疚得泣不成声；面对当年被他们烧过的村庄，他跪下了。盐谷在日本是普普通通的百姓，他只能代表他自己，而他正视历史、勇担属于自己责任的健康心理和明智举动，与德国总理维利·勃兰特代表德国人民给"二战"中死难的犹太人下跪谢罪之举同样伟大，同样使世界震动。不同的是，德国明智了整个民族，日本只清醒了一部分。清醒的盐谷比起日本那些表面自负而内心自卑的健忘者来，才是真正的强者。佛家常说，知错才得对，有迷才有悟。青山不老，碧水长流，天地本来不大，何况中日近邻，中国人民从来不会拒绝来自任何方面的真诚和友好。九十年代以后，泰安市政府以对待友好外宾的礼仪正式接待了他，从此，泰安人民回敬这位瘦弱老人的是谅解和友善。

此后，盐谷先生以多年不变的身体力行，来澄清迷雾，构筑两国人民心灵上的桥梁，他的歉意和友情是发自内心的。

他把泰安作为第二故乡，凡是利于双方人民友好和发展的事，都努力去做，多次热情接待我市赴日访问团，帮助组织各种交流活动，还帮助过不少我国留日的学生。一九九四年五月，七十二岁高龄的他，为了宣传泰安、泰山，使更多的日本人，特别是青年一代到中国来，加强沟通和了解，用七天时间，从北京骑自行车来泰安，沿途向相遇的日本旅行团队介绍泰安、泰山，引导他们到泰山参观古老灿烂的历史文化，领略泰山的优美风光。他对他们说："战争年代，我们都疯了，为什么胆敢侵略这样一个伟大的国家。中国是日本文化的摇篮，没有中国的文化，也就没有现在的日本和日本文化。"向人们讲中日两国人民千百年来的友好历史，讲两国人民世世代代友好的美好希望和前景，沿途的人都被他的坦诚所感动，为之拍手叫好，祝他长命百岁。当他精神饱满地骑着自行车进入泰安市区的时候，受到市政府和人民的热烈欢迎，为了纪念这一活动，市政府在岱庙正阳门前的遥参亭内竖立起一块中日友好纪念碑。

盐谷先生致力于发展中日友好是着眼于未来的。

在日本，他着重对日本青少年一代进行宣传和教育，在中国，他同样重视和关心下一代。每次到泰安来，他都不忘到学校去访问。他既讲述日本自明治维新以来，重视教育在整个社会和经济发展中所起到的关键作用，希望我们着眼国家的前途来搞好教育；又毫不回避地讲日本大环境的影响和对下一代的教育缺乏全面性的因素，使日本年轻人正在丢掉吃苦耐劳的精神，出现了靠社会、靠父母，只贪图享乐，而自己不努力、不想立业的通病，希望中国的下一代不要丢掉中国好的传统、好的精神。盐谷先生在日本仅经营一家小旅社，资产不大，而他在有限的财力中拿出一部分，先后向我市的教育系统捐献过上百台电子琴、手风琴、摄像机，还有许多教学用具。一台教具一份心，他被泰安市实验学校聘为名誉校长。

盐谷先生普普通通，他所做的一切似乎都是点点滴滴，而他正视过去，面向未来，选择沟通来寻求共识的大智大勇是弥足珍贵的，因为他知道，中国人民不再愚昧无知，不会忘记那段血雨腥风的历史。他更清楚，日本忘记了侵略他国的历史，则意味着灾难重演，将在破坏人类美好未来的同时不可避免地殃及本国人民。我们正在开放发展之中，需要国外经济方面的支持与合作，更需要来自国际上的出于真诚、立足长远的友好力量，以共创美好的发展大环境。

泰安市选择盐谷先生为荣誉市民是认真的，他接受这个国际友好方面的最高荣誉称号也是无愧的。

# 泰安郡　兰花盛开的地方

识得兰花真面目，倒是在韩国忠清南道泰安郡。

四月，泰安市与泰安郡缔结友好城市关系，市政府代表团前往进行友好访问。到首尔一下飞机，便受到早等候在那里的副郡守一行热情的欢迎。拥着郡守送上的花束，踏上了去泰安郡的行程。

首尔到泰安郡一百八十公里，途经直辖市德山。德山境内有著名的温泉和修德寺。夜宿德山伽倻宾馆，挂着"欢迎中国山东省泰安市代表团访问"横幅的迎宾大厅左侧便是温泉，观赏、饮用温泉水自然是很方便的事了。第二天上午去修德寺。出德山市区不久，汽车拐下窄了许多的小路，向西北行驶，过片片竹林，几经曲折，寺院展现在眼前。

寺院依山而建，长长的宽宽的石阶烘托出轩昂的气派。牌坊，山门，以前殿、大雄宝殿为中轴线向两侧展开配殿和厢房的三进庭院，雕梁画栋的平台楼阁，都给我们似曾相识的感觉。唯有殿堂前全由木棂方格构成，透出韩式建筑特有的简洁明快格调。大雄宝殿墙体斑驳，彩绘脱落，正与翻修一新的前殿相映成趣，共同显示出寺院古老而兴盛、质朴而堂皇的风貌。殿内一尘不染，香烟缭绕，众僧人正在为四月初八佛祖释迦牟尼诞生日举行隆重仪式做准备。我们脱鞋进去，泰安郡一行几人对着佛像齐刷刷地跪倒在地，长揖叩拜，僧人击磬诵经，顿时一片肃穆。我承受不了这份凝重，悄然退出，看殿后山上青翠的松柏竹林，读廊柱上的汉字楹联。台阶下一株一米多高的木兰，满树鲜花，朵大如拳，发着紫莹莹的光，几位游人正围着拍照。

住持带众人进禅房品茶叙话。室内榻榻米占去大半空间，右边立汉字书法屏风，左边方几上兰花亭亭玉立。僧人捧上松子人参茶。住持缓缓讲述佛教在韩国的兴衰史，讲述韩国佛教"律、慎、惮"的宗旨，还特别叙说了中韩两国僧人源远流长的交往和两国佛教的一脉相承。禅房幽幽，花香阵阵，人人打坐，真有了几分品茶悟禅的味道。茶道唯情，禅道唯心，只有来自天籁的花香可载情，可养心。原来，越出于自然、本真、美好的东西，越是属于人类共同拥有的智慧，越没有时限，没有国界。不知怎的想到了《景德传灯录》里的禅宗名句："青青翠竹，尽是法身；郁郁黄花，无非般若。"

　　出禅房门进前殿，殿内设施还没完全就绪，东北角桌子上一大盆恣意怒放的兰花，在空荡荡的大厅里格外引人注目。我伫立凝视，猛然有一种如同参悟禅机的惊喜：兰花在韩国同在我国一样，受到十分的珍爱。

　　我国历来是兰花生长栽培的中心，几乎拥有世界上兰花所有的品种，仅云南就有三十三种。兰花一向作为国粹和民族的风骨，以俏丽清奇的形象，超凡脱俗的气韵，清而不卑、艳而不媚的品格，赢得国人的倾慕和赞誉。它与梅、竹、菊并称为"四君子"，是人们在自然界的良师益友。人们用野生在深山里的"空谷幽兰"来形容清高不俗的人物。后来又有了"大雅植兰"的说法，使兰花及种兰人都具有高贵圣洁的象征性。古往今来，写兰画兰颂兰的名宿巨擘灿若星辰，连文学巨著《红楼梦》都是以"兰桂齐芳"的结局来寄托作者美好的理想。与此同时，许多事物一与兰联在一起或以兰冠名，便多了层美好的意义，美女的居室叫"兰闺"，好文章称"兰藻"，交结了知心好友称"兰交"，于是有了"同结兰心""同心之言，其嗅如兰"的词汇，结拜时交换的帖子叫"兰谱"。当然，兰谱本义指记载兰花品种特征、栽培管理的书籍，如南宋时的《金漳兰谱》，它还是教人如何画兰的教科书，可见兰在我国形成的一种灿烂的文化现象。而我的故乡泰山脚下，由于气候干燥，冬季寒冷，兰花的品种和数量并不多。于是，居芝兰之室、沐幽兰之香只能在书中、在梦中了。想不到，在同一纬度的邻国岛屿之地，无意中圆了个久已心仪的品兰赏兰美梦。

泰安郡的朋友告诉我们，兰花在这里也有千年的历史，品种繁多，除了和我国一样有春兰、剑兰、墨兰、蕙兰外，还有当地的春寒兰、白云兰、榧子兰、文竹兰等等，而且十九世纪才杂交生成的欧洲洋兰系列，诸如卡特兰、虎头兰、兜兰、石斛兰等在这里也落地生根。每年一度的兰展上，成千上万的兰花争奇斗艳，绘成绚丽的景观，也成为当地人们生活的一部分。走在郡里的大街小巷，随时可见盛开的兰花。类似我国"大一品"的那种矮株兰花，一摆就是一片，每棵几片瘦长的叶子，几串碎碎的浅黄小花，朵朵亲偎，株株相依，清秀里流泻出一种天然的亲切，平易中蕴含着强烈的生命感。再细品味，幽幽花香和着飘来的海风，空中弥漫的都是不易被人察觉的清醇香气，浮载起我们这些远方来客的某种渺渺思绪。蝴蝶兰单摆一盆，几片短叶缩在盆沿里，猛地拔出一条长茎，高挑一朵两朵花，灼灼华彩尽展扶疏有致、清高飘逸的神韵，比真蝴蝶还美十分。叶、茎、花瓣都肥硕得闪着亮光，玻璃做的一般。初次见到，我们几人打赌辨真假，直到上前伸手摸一摸，才敢相信，自然界真有这般造型奇巧、玲珑剔透的景物。雍容华贵、富丽堂皇的要数杂交虎头兰了，叶子蓬蓬勃勃，张若短剑；几条花茎，条条从根到顶满缀风铃般的花朵；配上漆制方几，圆筒高腰豆青色花盆，独具超然卓立、恣意奔放的绰约风姿。多情的韩国人唯恐他的爱物美不够，特意用彩布将盆里裸土花根包扎起来。操办这次访问事宜的企划室室长办公室里就摆放着那么一盆，我每次去都默默注视这灼目耀眼、摄人心魄的花仙子。李室长见状真诚地说："把它送给你吧。"然而我们都知道植物出境的法规，只能留下一份心意，微微一笑，收回自己忘情于色的爱恋。

参观千里浦树木园的时候，我们见到原野里的兰花，又是另一种景象。树木园里七千多种树木，遮不住兰花遍地盛开的热烈。水仙在这里大片大片生长在树下土地里，植株和花朵都可与郁金香媲美。一株株高大的木兰，简直是一座座花山，小朵的妆成一树纷飞的蝴蝶，大朵的连成一片起伏的波浪，树树相接，连成一脉堆银砌玉、高耸连绵的雪山，显示出饱经风霜后的伟岸。又一个想不到，一直被认为娇贵纤弱的兰花，也能汇集成如此磅礴大气的壮观，发散出一种震撼的力量灌注人的身心，触及灵魂深处的至爱至情。此时此刻，任何人都会一洗日常的焦躁，还原为纯净的本真，所悟所觉的是人最原本的始终不泯的性情是爱美，爱勃勃向上的生机。兰花美丽了泰安郡，赋予这方边远岛屿丰厚的文化底蕴；泰安郡人在对兰花培养品味中修身养性，因为拥有了历风雨而不改美丽、坚贞本色的兰花，多了为创造美好而生生不息的自信和力量。陪同的主人要拉我们市长照相，谁肯舍弃这壮美的一幕？大家主动凑了上去，留下一张大合影。

访问就要结束了，郡守设宴欢送，地点选在岛屿最西边丘陵上的松岛会馆。我们赶到的时候正是日衔西山、晚霞映辉的黄昏。金辉中天低海阔，海岸线蜿蜒远去长不见头，岸边山丘上松柏被映得青翠葱茏，水里一片金光抖动的细浪，有节奏地轻拍低矮的峭壁，传出悠长而邈远的声响，一切都洋溢着说不出的安详与和谐，犹如故乡晚唱的牧曲。主人对我说："这里距贵国最近，天气晴朗的时候，那边岸上的树都能看到。"我不由得翘首张望着遥远的对岸，蓦地闪现出一个念头：千年前，六次航海、历尽挫折、曾经高丽、终于东渡的鉴真大师是否找到了这条最近的航线？四五百年前，渡海去中国、受万历皇帝敕令、重修泰山普照寺的高丽和尚满空，可是从这里起程？遐想不能代替考证，然而两岸人民绵绵相续的来往却是事实。店老板招呼进屋就餐，是正规而隆重的韩式餐饮。正中长条矮桌上摆满烤肉、海鲜和泡菜，一边一排棉垫代替了灯芯草的垫子，别无他物，简简洁洁，只在墙上挂一幅水墨画，临海窗口摆一盆兰花，气氛一下子多了雅致、温馨。宾主盘膝相对坐下，双方致辞话别后，便是频频劝饮，娓娓叙谈，说着大海两岸的远与近，说着世世代代或断或续的来往，说着同出一源、濡染至深、从古到今不断给我们智慧和辉煌的东方文化，说着进一步交往合作的前景……坐在同一张桌子前的朋友没完没了地说着笑着，不知不觉地忘却了海潮的涨落、尘世的纷扰，直到夜阑更深。

回国那天，郡厅的李室长一行三人披着兰花的馨香，送了一程又一程，一直送到首尔机场海关门栏外。待到我们办完所有手续走向候机室的时候，再回首，三个人依然并排站在栏杆前，依然挥着手热切地望着我们。

心又一次被震动了。

一个热情好客的民族，一个兰花盛开的地方。

再见了！

待到兰花盛开时，我们会再见！

# 根系千年

## ——韩国前总统卢泰愚

## 山东寻根

应中国外交学会的邀请，韩国前总统卢泰愚及夫人金玉淑一行二十人于二〇〇〇年六月七日至十九日来我国访问。到山东访问曲阜、泰安、长清、临淄，是他此次访问的重点，而最后驻足的地方，则是到长清区卢庄村，前去寻根谒祖，参加在这里举行的世界卢氏源流研究会成立大会。

中韩两国，一衣带水。韩国西海岸同山东半岛最近的距离只有一百九十公里，可谓鸡犬相闻。山东半岛与韩国的交往可追溯至春秋战国时代。进入二十世纪中叶之后，由于冷战的特殊情况，双方经历了一个近乎隔绝的时代。卢泰愚任总统期间，以他的智慧和才具把韩国的经济与社会推向一个加速发展的新时代，同时，他还做了一件深得民心的大事，就是在他的积极推动下，从与山东的交往开始，直到一九九二年实现中韩关系正常化。就在同年八月，山东省一位副省长率团访问韩国时，卢总统坦言，自己的祖籍在山东，先祖是太公姜子牙，殷切地期望副省长帮他寻根，拜祭卢氏先祖。

迎接这样一位在中韩交往中做出贡献、又坦诚认祖归宗、经考证得以证实了的海外山东卢氏后裔，山东人自有一份格外的亲切。

十六日上午，他们一行参观考察了曲阜孔府、孔庙，下午三点驱车直抵泰山桃花源索道站。按外交礼仪要求，泰安市的最高官员及有关人士在此迎候。只见车上走下来身着丝绸花色上衣，手抚一把绘有中国字画折扇的卢泰愚先生（礼仪要求便装）。第一印象：身材高大，脸膛方正，特别是那双雕塑般的眼睛，此刻多了一缕慈祥柔和的目光。握手介绍后，先生略做停立，举首向泰山投去无言的凝视，瞬间，不知这位来自海外漂泊千年的齐鲁宗亲、名声显赫终归故里的卢氏后裔，与闻名于世的神圣大山进行了怎样的心灵交汇。默默地走进客厅落座，我方领导致欢迎词，介绍本市情况，一并介绍了明代高丽僧人空明来到中国，于明朝宣德三年（一四二八年）奉皇帝敕令，在泰山普照寺做住持到正德十六年（一五二一年），直到他涅槃的历史，以及目前我市与韩国忠清南道泰安郡缔结友城后交流合作的情况，卢泰愚先生微笑着点点头。在先生观看墙上挂着的金大中总统一九九五年访问泰山时留下的题词"阳春布德泽"时，我方提议先生也留下墨宝，先生笑了笑说："他写得好，我写不好。"然而，还是走到了早已准备好的书案前。于是一行随员围上来，纷纷提供词句，先生不慌不忙地提笔濡墨，写下了出于他内心的词语——"五岳之尊"。一落笔，我方人员一片赞叹，词语之精到，足见先生有备而来，而字体呢，只要懂点中国书法的，一眼便可认出那是颜体。先生略做停顿后，又一笔一画地落款：韩国第十三代大统领卢泰愚。一段不容改变的史实，一代领袖的浩气，在祖居故乡里、泰山怀抱中，被挥洒得酣畅淋漓。

乘缆车上山，至极顶碧霞祠而返，下山后直赴济南，省里的领导人要会见并宴请。时间仍紧迫，归来也匆匆。

卢氏家族起源于山东，自卢泰愚总统提出来访后，省里做了认真的安排。一九九五年，省外办也接到国家外交学会的电话通知：卢准备来山东访问，寻根拜祖。此后，山东的史志部门以及有关方面进行了艰苦细致的调查考证，撰写了《卢氏起源考》一文，大致如下：

卢氏起源，从狭义上讲，指的是史书记载的卢姓始姓一族，即卢泰愚提出的卢姓始祖系齐太公姜尚的十三代孙名傒，任齐国正卿，因功分封于卢（今长清区卢城洼），傒的后代以地得姓，均姓卢。时间大约在公元前四世纪。古卢国城旧址在长清区归德镇庄西卢城洼，齐时为五里之城，距今已有两千六七百年，几经变化，城址早已无存。此地卢姓人众多，人丁兴旺。在历史长河中，卢氏后裔历经从卢迁至燕、秦之地，后魏时期回山东，明成化年间迁回卢国的变故，但历朝历代世皆为官，代有英才，仅唐代就有卢氏宰相八人，是国中的名门世族。东渡韩国的是唐朝的上护军、翰林学士卢穗，为避安禄山叛乱及各地蜂起的起义，带领他的九个儿子和八名学士东迁朝鲜半岛。新罗王朝第五十二代王考恭王在东京（现今的庆州）给予卢穗以国宾礼遇，此后，据其功对卢家九兄弟封伯九贯。卢氏父子为新罗的政治、经济及社会稳定做出了不可磨灭的贡献。

悠悠千年过去，韩国卢氏已发展到三十余万人，他们在韩国的各个领域均发挥着重要作用，同时，始终没忘记卢氏家族发祥的根基地。当然卢泰愚是其家族的杰出代表，实现中韩关系正常化，于国于家来说都是件意义非同寻常的大好事。中韩建交掀开了两国之间，特别是与近邻山东半岛广泛而友好的往来合作、共谋发展的崭新篇章。近年来，面对亚洲金融风暴的侵袭，山东对在鲁韩资企业深表同情和理解，给予了尽可能的优惠和扶持，竭诚帮助他们渡过难关，使韩国各界感受了一衣带水、友好邻邦的特殊含义。交往合作的增多，使历史上因故流落韩国的山东人后裔们寻根祭祖的心愿找到了合适的机会。二十世纪九十年代后期，卢氏家族每年都有高层次的访问团到山东长清等地考察寻根。史志部门形成了研究成果《卢氏的源流》一书，最终促成了世界卢氏宗亲会的创立。

据报道，六月十七日下午，卢泰愚先生及其随行人员兴致勃勃地参观了长清区卢庄村。他们夫妇与故里乡亲共叙亲情，在村里植树作为纪念，并参拜了古卢国国君墓地遗址，在墓碑前合影留念。卢泰愚先生在世界卢氏源流研究会成立大会上，发表了热情洋溢的祝词。

六月十八日，卢泰愚一行访问了齐国故都——临淄，他偕夫人一起在太公牌位前焚香敬祖，叩首膜拜。接着，拜谒了苍郁树木掩映下的姜太公衣冠冢，夫妇在墓碑前伫立良久，鞠躬献花。随后在参观姜姓渊源考证展厅时，卢泰愚先生欣然题词：继承祖先遗志。

　　根系千年，一脉相承。卢泰愚先生终于实现了他以及散居于世界各地的卢氏后裔寻根归宗的久远心愿，也为以血缘宗亲关系为纽带而形成大家族的东方社会文化特色又添新的内容。

# 胜败凉热世界杯

在酷暑乍退的立秋时分，我再次收到韩国釜山侨领李溪信先生寄来的礼物，打开一看，又是二〇〇二年世界杯盛会的纪念品，一个印有徽章和吉祥物的足球，两张安眠岛国际花展和美食节的特种邮票，还有一套文字材料。这次先生在信中写明："得知你写作见长，如果你对世界杯想说点什么，写点什么，这些或许有点用处。"

我本不是球迷，向来缺乏看球的兴趣和热情。然而，这届狂潮般的盛大赛事，却使我俨然成为一个准球迷，是因为我们国家队首次出线入围？是因为韩国队以惊人的斗志冲入四强？还是因为它高潮迭起，冷门频爆，新秀蜂拥，用自己的实力刷新了历史？说不清楚，反正整整一个暑热的六月，我都被牢牢地拴在电视机前，心被裹在赛事狂浪里抛来抛去，一会儿跃上峰巅，一会儿跌入谷底，一会儿拍案叫绝，一会儿深表惋惜，毫不节制地抛洒着自己的情绪，来不得更多联想和思索。

比赛过去，狂热骤退，俗务使我很快恢复了门外汉的本来面目。今天，面对这份特殊的礼品，分明是面对一颗对祖籍国、对侨居乡、对全人类共同理想寄予热爱的纯粹之心，它再次点燃我的热情，拉回了我的目光和思绪。

在世界杯开赛的日子里，全世界所有热爱足球的目光都集中到日韩赛场上，看竞赛中挑战极限的拼搏与角逐，看东道主国民比四十摄氏度高温天气更高的热情和庆祝胜利的狂欢，当然也注意到了十个赛场一个模样的茂密草坪，还有因此汹涌而起的体育经济。中国人就更不用说了。国家队的出线，令今年世界杯的吸引指数成倍激增，不论是不是球迷，对于二〇〇二年的世界杯，每个中国人都有许多不得不说的故事。大家是以期待的目光，看着自己的国家队第一次挺直了腰板，一步一步走进世界杯赛场的，队员们在比赛中的每一个动作、每一个表情都揪着全国人民的心。国人何止是在看一场比赛，是在抚慰、呵护着一个古老民族在积贫积弱之后的伟大复兴中，终于实现的一个梦想，一个倾注了无限向往的美好希冀。

毕竟是第一次，毕竟国情不同，足球竞技运动的历史不同，队员们经过努力拼搏之后，终归名落孙山。失利的那一刻，犹如一块泰山石重重地压在国人的心头，带来的是无边的落寞和显而易见的失望。听说有的中国球迷竟怅然退场回国。

那一刻，我的心也是沉甸甸的，一时无法超拔，盯着李先生早就捎来的世界杯徽章和吉祥物出神。随意翻弄那些五颜六色的宣传品，世界杯简介卷首语赫然入目："世界杯也许是和平年代世界上最引人注目的一件事，它几乎可以让整个世界为之转动！"为什么呢？有这么重大吗？我略过了现代足球运动的起源和演变过程，目光落在了它所体现的主义和原则上："现代足球一产生就是现代奥运会的一个重要部分，它充分体现了奥林匹克主义，这就是增强体质、意志和精神并使之全面发展的一种生活哲学。"是"谋求把体育运动与文化和教育融合起来，创造一种在努力中求欢乐，发挥良好榜样的教育价值并尊重基本公德原则为基础的生活方式"。其宗旨是"使体育为人的和谐发展服务，以促进建立一个维护人的尊严的和平的社会"。我耳边响起了联合国秘书长安南在接受美国 ESPN 电视台采访时说过的话："足球是世界语言。"它能以一种难以置信的方式将人们联系在一起。响起了人人熟知的奥运格言：更快、更高、更强。细看奖杯造型和说明，两个大力士双手共同托起一个地球。本届世界杯的徽章由象征世界杯奖杯的图像和涵盖亚洲文化、太阳、世界和人生的缩记符融合组成。吉祥物上的 NIK、ATO 和 KAZ 是将天电（能源粒）形象化出来的，微小的粒子具有人们想象不到的威力，它的宗旨也是让全世界人民融为一体。一个小小的足球，一场体育竞赛，竟承载起如此重大的主题。

当时复杂的心绪阻遏了我对这些主义与原则的深析彻悟，今天读来，倍觉它的分量与真实。世界杯令全世界人民鼓舞、雀跃，就在于它具有一种超过了体育运动本身，蕴含着超越国界、超越种族的生活哲学和令世界人民共同向往的生活方式，唯有奥运会和世界杯，能在当今多元文化、多元价值观和依然存在敌意、纷争的世界上，让原本兵戎相见的对手暂时放下武器，让老死不相往来的民族走进一个赛场。它就是这样把和平和发展的主题展现得淋漓尽致，由此获得了超乎一切的感召力。哪个国家、哪个民族要靠近进而实现这种生活哲学和生活方式，要接受这种超然的力量，首先要敢于挑战自我，实现自我超越。中国人在短暂的足球运动实践中和刚刚走出灾难的时代里，毅然昂首挺进世界杯，不正是对挑战自我的勇气和追求更快、更高、更强目标的意志的自我检验吗？我们并不是真的不在乎一场一球的得失，但我们更在意参与世界杯本身，在意经历过曲折和失败后，能够超越成败的功利，抛弃"赶英超美"的轻狂和一败不起的浅薄，而保持不停奋进、永远追求的精神。竞赛的三十个日日夜夜，都是对我们的每一个队员、每一个公民乃至整个民族的考验。经受住考验才是真正的胜者，面对一时失利，坦然而冷静地处之才是应有的境界。

这届世界杯竞赛的结果，既在意料之中，又出意料之外，值得世人说道。巴西队在一九七〇年以三连冠的佳绩，捧起了自一九二八年世界杯成立以来的第一只以希腊神话胜利女神造型的奖杯之后，这次又创造了第五次夺魁的奇迹。巴西沸腾了，热烈的桑巴舞步伴着清脆的鼓点遍布八百六十万平方公里的绿原热土。韩国继一九六六年在英格兰世界杯赛场上以优异的成绩令世界震惊之后，今天，他们挺进四强，在史册上留下了迄今为止亚洲国家足球队参加世界杯竞赛的最佳成绩。四千五百万韩国人狂欢起来，九千平方公里国土被激情点燃了，大街小巷，球迷们的面颊上，到处是挂着画着国旗的情景，表明了他们把队员们顽强、勇敢、永不言败的表现上升为民族优秀的品质。怪不得韩国半决赛的对手德国不断发出感叹："韩国队员斗志太旺盛了，拼抢积极，在进攻上不遗余力。"他们正是以其卓越的表现，在国际足联公布的世界杯"最具观赏性球队"的奖项中，得到百分之六十一的高支持率而获此殊荣。韩国在笑，亚洲在笑，全世界都报以掌声和微笑。不同种族、不同价值观念的人群，就是这样在世界杯所提倡的原则和精神面前，表现出惊人的一致。一旦各个民族、各个国家都来实践这一原则和精神，此后的一场场激烈而友好的竞争中，就只会有第一、第二名次的排序，再也没有本质意义上的失败者可言了。

世界冠军可喜可贺，亚洲的佼佼者可喜可贺，中国球队的参赛同样值得庆贺。我相信，彼岸的李先生要诉说的就是这句话。因为同在世界杯精神感召下，榜样近在咫尺，世界杯阵容中不会一直缺少中国。

中国人在认定的路上迈出了第一步，还怕路远吗？

# 清风古韵济州岛

在与韩国商定访问的行程时，说是去济州岛需提前两个月预定，这就更勾起我们前往的欲望。于是，早做筹划，又压缩了其他访问项目，确定了足以细细观赏的计划。

按照行程，先考察了世人瞩目的大田世界科学公园，有了科技先进人力胜天的现代感，再去号称"韩国夏威夷"的济州岛。一落地，便强烈地感觉到海蓝天阔、山绿草丰、自然天成、酣畅绮丽的亚热带风情。

第一天，要去岛西边的翰林公园，有意地沿公路向东做环岛游。显然，脚下是一条经过开发的旅游路线，却丝毫没有人类对山林野趣的搅扰，那原本的宁静被精心地呵护起来。一路走去，扑面而来的是清新苍翠，草木葱茏，空气里弥漫着轻轻的海腥潮润和树木花草淡淡的芬香。路两旁的原始山林和草地里都隐藏着许许多多引人入胜的传说故事。遍地黝黑嶙峋的火山熔岩，恣意铺张到院墙上、房屋上、墓地四周围栏上，偶有飞来石翘然凌空，更叫人感觉大自然神来之笔的巧妙。特别引人注目的是，不论什么样的建筑物，什么样的场所，都立着一个火山岩雕成的石头爷爷。雕像压低了帽子，微斜着头，有一双突出大眼，圆鼻头，两手攥拳放在身前，好像随时准备与谁争斗似的。问导游方知道，这尊雕像名为多尔哈鲁邦，济州人视他为保护神，房前门外立上他就可保平安。问及来历，都说并没有什么说法，只是世代延续的习俗。

车轮辚辚，与之相伴的是溪水潺潺，待要寻找却不见溪流踪影。此时正是春旱未过、湿夏不来的四月，没有多余的流水，渗入河川的细流是以维持生命的血浆来为家园增一分灵动的意韵。导游讲，在过去，海岛虽近临浩瀚大海，淡水却是奇缺无比的，人畜动植物每年冬春都要经受干旱致死的威胁。待到夏雨滂沱时，人们忙不迭地在树上绑上稻草辫，放进大缸里接水，挖地窖储下能吃一年的水。集中的雨水在滋润龟裂的大地后，撕开一条生命的通道，曲折辗转，流成生生不息的血脉，进而营造出装点山川美不胜收的溪流飞瀑，著名的就有水岳溪谷、安德溪谷、天地渊瀑布、正房瀑布。如今淡水充足了，自来水到处可见，济州人仍然保持着对河流飞瀑偏爱的那种深情。转到岛西边，走进翰林公园，第一眼看到的是排排拔地通天、临风独立、自有一番立于天地间豪气的椰子树。走进树下宽阔的甬道，拐上曲折的幽径，是一个偌大的兰展园地，形色各异的兰花，白的圣洁、黄的恬淡、红的热烈、紫的凝重，或袅娜、或端庄、或舒展，构成一种东方典雅的传统美，叫人感觉到风俗淳朴、文化独特的小岛上包含着不容轻薄的厚重。

海岛地理上最大的特色是火山大而多，整个济州岛就形成于汉拿山喷火时期。汉拿山为韩国第一高峰，立于岛的中心，以海拔一千九百五十多公尺而傲视全岛。山上山下处处是完好无损的天然植被，共生着亚热带和寒带的一千八百余种植物，共同拥有亚热带的风光和寒冬的雪景，整个山四季分明，景象各异。因为它的存在，济州岛被昵称为"梦幻之岛"，它当得起国立公园的称谓。由于海底延伸，坡度和缓，乘车在山道上奔驰，感觉不到它的高度。行了一个多小时，车子停下来，满以为到了山顶，一看标记一千一百米。立在这里的耽罗阁古亭和雕塑的群鹿仅是山皱褶里的一枚精巧的书签。待到登上顶峰，站在由昔日喷火口变成的白鹿潭旁边，看山坡缓缓伸进海里，山与海相接，岛与山为一，天与地一色，方深切感觉出济州岛的小，汉拿山的大。

汉拿山是大，大到拥有三百六十个子火山，位于海岛最东端、有九十九座山峰的巨型海岸火山口——城山日出峰仅是三百六十分之一。日出峰满山滴翠，巨石奇立，登上去，山顶昔日的喷火口成了一片凹下去的圆形牧场。立在翻卷起的东沿上，清晨可观海上日出，平日可见广袤的海螺鲍鱼养殖场里，穿戴着现代潜水衣帽的海女在水中采集，再远处，游览汽艇正飞驰。汉拿山于千年前才停止了喷发，遍岛无数洞窟无不由熔岩喷涌而成，环岛近两千平方公里的沿岸无以计数的断崖绝壁、奇岩怪屿无不由火山而生，可以想象出当年汉拿山爆发时那翻天覆地的威猛情景。海岛北岸屹立的龙头岩，正是岩浆奔涌与海水相撞而凝固的典型。望着栩栩如生昂首远望的老龙头，油然升起一种熟悉而崇敬的情感。当时火山爆发地热喷涌是何等的摧枯拉朽、势不可当，而大海咆哮怒浪翻卷又是何等的磅礴威猛，二者相撞又是何等的惊天动地。就在惊天动地的瞬间，一个东方共同引以为骄傲的不朽形象凝成了，直到熔岩消失，火山死亡，海潮退却，它依然如故地屹立到永恒。这一历史故事堪称水至柔、石至坚、柔以克坚的范例，龙头岩则是刚柔合为一体的物化，它留住的刚强无畏、永生永新的精神，始终吸引、牵动着地球上所有黄皮肤、黑眼睛的人。不信，你看看那些同样的肤色，不同的语言，争相在老龙头前留影的如潮人群。

　　海岛上从古到今都占重要位置的风俗民情是"三多"（石多、风多、海女多）"三无"（无小偷、无乞丐、无大门）。这是往昔生活的写照，也是岛上居民心地情怀宛如纯洁美丽的波光之折射。民俗村里保留着早年岛民居住过的院落房屋，低矮、昏暗、简陋，墙全是由火山岩垒砌。出于防风的需要，茅草房顶上用草绳打着方格捆绑着。院子里摆着石碾、石磨，背水的瓦罐和年代久远已开裂变黑的木排，这就是渔民当年出海打鱼的工具。它如何抵挡住大海的惊涛骇浪，又曾有多少男人架木排出海再没有回来，岛上怎能不女人多呢？看着这些古老破旧的设施和工具，可以想象出当年岛上居民过着怎样艰难穷困的日子，在这种情况下，保持着路不拾遗、夜不闭户的"三多"民风，怎不令人肃然起敬？民俗村里的一石一木都活生生地向我们展现出岛上人昔日生产生活的场景，又向我们宣示出岛民祖先们坚韧、旷达、淳朴的性格和自尊自强的精神。如今它仅是一个古老的存在，一个岛上人不愿挥去的记忆，

214

济州人正是站在这最开阔的地方，翘首远望，把美好的传统风俗与现代科学的思想编结起来，用智慧和勤劳去创造新的美丽。

出民俗村沿海岸公路向西走，来到天帝渊瀑布旁边，只见一片花草树木规划得美如图画，设施先进到具有世界水平的观光场所，这就是如美地植物园。它与古朴的民俗村既形成对比，又相映成趣。济州岛由一个贫瘠的海岛发展为具有世界水平的现代化旅游区，才是近几年的事。如此迅速，如此高的水准，该有什么精神、什么动力、什么境界呢？植物园大门对面是一座轩昂的纪念牌坊，据介绍，是纪念二十世纪初一位抗日英雄的。那次遭侵，岛上人全被杀光，鸡犬未剩。这位来自半岛的军队统领以义无反顾、舍生忘死的殊死搏斗，在一个月内赶走了强大的侵略者。导游还说，这仅是岛上有史以来三百三十余次抗侵保家斗争中的一例。我们听着无不为之动容。

用鲜血和生命浸透了的沃土，再倾注所有的心智去耕耘、去开拓，它怎能不硕果累累、蒸蒸日上呢？深情地展望如花似锦如潮似霞的美景，面对济州人一张张纯朴而刚毅的面容，我们懂得了这里的昨天、今天，也感觉到它蓬勃奋进、更加灿烂的明天。

# 此时此地此人

## ——朝鲜纪行

从丹东赴朝鲜跨过大桥便到，再走五分钟就是新义州。但过桥后要验证、换车、换导游，还要集合所有的中国游客一起行动，需要等待。

等待什么时候都是躁人的，于是，我们去看中朝友谊桥。钢架耸立，那边油漆如新的一头属于中国，这边弹痕累累、锈迹斑斑的一头属于朝鲜。由于身旁有当年被炸断的那截残桥陪伴，整座桥都透着一种炮火余生的幸运。再看这部由日本战败赔款而来的大巴车，日本造，外形不落后，只是车内顶棚两侧被抽走了音响、空调，留下一个个空洞，现出残破相。

又过了一会儿，朝鲜导游来了，请我们上车。导游叫车京守，三十七八岁的样子，挺精神，就是瘦。他汉语不算流利却词汇丰富，连时下国内流行的俏皮话也会两句。一开口再没停下，不知他是想在我们面前表现一下自己的汉语水平，还是为调节因等待而焦躁的情绪，总之，有了他，大家活跃起来。

应该说，小车的开场欢迎词是得体而精彩的，说得我们心里热乎乎的。在介绍行程和内容时，强调了在新义州瞻仰金日成主席的铜像时，要献花，要庄严。小车讲得很认真，满带敬仰之意。我们见他胸前佩戴的金日成像章很漂亮，想要一枚做纪念。小车告诉我们，这是国家发的，一人一枚，绝不可丢失，也不可送人。我们问能不能帮我们买，小车惊讶里有点不高兴，说："伟大领袖的像章怎可以买卖？"此后，又提醒了注意卫生之类的事。我们这才注意到，四周的建筑物虽显得陈旧，行人穿戴不太入时，但人们精神很好，环境干净，真是个乐观而爱清洁的民族。

继续等待。小车提议教我们几句朝语，我们都很乐意，这鼓舞了他的情绪。他告诉大家，朝鲜族语言也有一千一百一十四年的历史，也是不容易学好的，回头要考大家，谁答错了就留下来。大家认了真，不一会儿就学会了"你好""谢谢""再见"等。小车突然神秘起来，说："下一句对先生们可很有用处，一定要记好。'阿嘎西——一包油'，就是'小姐漂亮'。"一下子触发了大家的兴奋点，念得一声高过一声，加上戏谑，一片欢声笑语。小车开始提问："小姐漂亮怎么说？"几个小伙子同时举起了手，前边一个抢先回答："阿嘎西——一包肉。"哄堂大笑。小伙子连忙争辩："都是说的肥肥胖胖嘛。车导，怎么你们从一千年前就喜欢胖小姐，是不是你们一直就瘦哇？胖有什么漂亮的，我可不要。"小车笑着反唇相讥："这你可错了，女性以胖为美要数你们唐朝，杨贵妃就是典型，皇上喜欢，你想要，要得到吗？"我们暗暗吃了一惊，小车挺有学问的。与他交谈得知，他大学毕业，在校内学的俄语，毕业后在机关工作了十年，近几年自学了汉语。他很向往中国，很喜欢汉语，费了好大劲，才调到妙香山旅行社这个独家经营中国旅游的单位，总算给自己接触中国朋友、提高汉语水平找到了机会，况且工资还高呢，每月一百五十元朝币，他非常珍惜这份工作。

终于起程了，转眼来到雕塑广场。金日成主席的铜像高大威武，矗立中央，无疑是这座城市无与伦比的标志。后边以金日成和金正日两代领导人的活动为主线而展开的革命与建设历史纪念馆，充实了它的内涵和意义。然而在上千平方米的展览和长长的解说中，那场震动世界的援朝之战，仅表述为："某年某月，中国出兵朝鲜。"听者莫不面面相觑。我眼前涌现出美国在华盛顿市中心的林荫带中辟建的朝鲜战争纪念地的情景：一个超真大小的庞大军阵，一群荷枪实弹的美国士兵，手握冲锋枪、火箭筒，身背报话机，猫腰弓步向前进，一副集体冲锋的样子。雕

217

塑毕竟不是活人，很难辨别它表现的是呼吁和平与友谊，还是呐喊战争与复仇，但有一点是不容置疑的：美国要让他的子子孙孙记住这一幕。时下朝鲜人去美国看到此情此景的人太少，淡忘此事也就难怪了。可是眼前这个世界仍然复杂，并非太平，真正渴望和平与发展的善良人，怎容得淡忘和放松！

旅行本轻松，何苦多思，已继续前行，且听聊天。"百闻不如一见，朝鲜姑娘真漂亮，又苗条又文静。"小车听着高兴得像个孩子似的，很有自豪感。还没等他开口，前边的小伙子又抢先了："你们的电影《鲜花盛开的村庄》里，那个一天挣两个工分儿的姑娘怎么那样胖呀？"又是一片笑声，由此小车讲起了朝鲜的现行制度和分配方式。目前，朝鲜实行计划经济，是没有工商、税务之类的机构以及广告等行业的。农村走集体化道路，劳动一天记一个工分，年底凭分分粮。城市人口吃粮由国家高价收购后再以六到八分的低价往下分配，职工每天一点四斤，中学生每天一斤，小学生每天八两，退休人员每天一点二斤。住房是集体建筑，按人分配，不收房费。全国实行统一的医疗制度，国家为每人办一个医疗证，凭证在全国各地就医，不用付钱。教育免费，从幼儿园到中学实行义务教育，校服由学校统一发。上大学按考试分数录取，毕业按分数高低分配工作，学生一定要服从国家分配。听着小车的讲述，窗外掠过广阔的田野，稀疏的村庄，起伏的道路，少见的行人，还有一排排整齐划一建造粗糙的居民房，一片片因地力不足而黄弱的庄稼。使眼睛一亮的，是那耸入云天的方柱形"永生塔"和金日成的巨幅画像，为这片文物景点不多的土地增添了一景。但当每过一城或一村就看见一处，大同小异，眼中渐渐地失去了新奇，多了疑问。听小车讲，自一九九四年七月金日成逝世之后，从道、州、郡，直到每一个里，都建起了这样的"永生塔"和"太阳像"。

车上越来越静，有人开始瞌睡。小车有些不安，好像自己少做或做错了什么，忙着给大家讲笑话。他一心想讲得幽默些，可惜语言跟不上，倒是他磕磕巴巴、词序颠倒的表达方式引人发笑。小车还以为他的努力起了作用，更来劲了。他讲了个朝鲜男人把妻子看作自己的尾巴，丈夫想要男孩，结果妻子生了个女孩，俩人争辩，丈夫硬说是妻子的责任的故事。显然是男尊女卑的传统观念，经过加工，有点"黄"了。好在车上女性不多，没人抗议，还是一位老同志提醒他："注意，车导要变成'黄'导了。"说得他不好意思起来。

说笑之中，一天的行程临近了尾声，也是此行的高潮，回到新义州看本部幼儿园的节目表演。朝鲜毕竟是能歌善舞的民族。幼儿园里教师们正在各个教室内指导孩子们演练，教得严格，学得认真，舞蹈、乐器、棋类、书法，门类很多，一个七八岁的孩子弹古筝已很有些水准。教师女的多，很漂亮，听说都是大学毕业。我们参观后走到三楼一个不大的演出厅里，在一排排小板凳上坐下来，演出就开始了。有朝鲜歌舞、民乐合奏、民族锣鼓，也有中国歌舞，如《我爱北京天安门》《学习雷锋好榜样》《小草》等。尤其那个叫作"跳绳"的舞蹈，难度很大，有些像杂技的动作，参加演出的最小的孩子才六岁。到后来是十几人的集体表演，这样一来，技巧和配合都很重要，结果表演得很精彩，赢来一片掌声。女教师们用中朝两种语言演唱的《难忘今宵》，不亚于国内专业艺术团的水平。演出一结束，全场所有来自中国的观众纷纷上前赠给孩子们礼物，早已准备的饼干糖果不用说，连随身的钥匙链、小首饰、圆珠笔都送给小朋友。一直站在旁边笑得合不拢嘴的小车忙过来，告诉我们快收起来交给老师，老师会平均分配给孩子们，而且这里代表全州的幼儿园，还要把收到的礼品分给其他幼儿园。

来到门口，大家纷纷与孩子们、老师们照相留念，众多的来宾、众多的孩子，热闹非凡。这可忙坏了小车，也乐坏了他，穿梭于人群之中，选位置，拿东西，照应这个，照应那个。照相机快门的响声，伴随着客人和主人开怀的笑声，使这片似曾相识又觉陌生的土地洋溢着热情和生机。

夕阳西下，我们该与小车分手了，很有点不舍。我们真诚地对他说："你那么热爱汉语，到中国来进修吧，我们会给你帮助的。"他很感动，又有些不好意思，说："我可没条件，这已经不错了。"我们说："将来会有条件的。"他点点头，握紧了我们的手。

江水滔滔，奔流不息，承载着各色船只自由地穿梭，分不清哪是中国的，哪是朝鲜的，因为这是世界上唯一不以主航道而以对岸为界的河流啊！霞辉铺满了江面也镀亮了大桥，渐渐远离的那一头，锈斑已经看不见了，而孩子们天真坦诚的笑容，还有小车热切渴望的眼神仍萦绕脑际。

还有精神，还有友谊。

还是这三千里锦绣江山，三千万优秀儿女。

# 南国风　轻轻地吹……


## 也是西湖

南出友谊关，迎着九月依然灼热的风，颠簸大半天，来到河内，已是灯火寥落时分。正准备洗去一路风尘，尽早安寝，热情的翻译一句"此去不远，胡志明墓左侧便是西湖"，陡然勾起一种亲切。怀着一往情深的神往，来不及邀同伴，顾不得夜深沉，只身前行。

市区西北，一条丛林带的环抱里便是西湖。湖被夜色和湿热的雾气掩盖得看不清面目，更不见最负盛名的桃花。岸上树木黑黝黝的，湖水黑漆漆的，环湖便道上已极少行人，一片静寂尘封了湖光水色。无数不知名的小虫一片唧啾，偶尔传来隔路相邻的镇武观里一两声隐约的钟磬声，平添了夜的苍茫。

沿着湖岸慢慢地踱，到树木稀少的地方，可看见马路边零零星星几个当地人售货的小摊，可惜太小，仅一只高背系的筐子，或铺在地上的一方油布，燃一截烛火，照着几个不知名的热带水果或几样日用杂货，已不见有人问津。往前走，湖里有一只破旧的船，正在被改装成水上餐馆。早已工散人空，只有高杆上度数不高的电灯亮着，像一只惺忪的眼睛。浓雾如雨，打湿了头发，打湿了衣袖，也打湿了我的情绪。

可惜时间太晚了，不能看见西湖本来的生机和美丽。有人说，这个与大海近在咫尺的西湖，若干年前是大海的一部分，奔腾过，壮观过，不知哪朝哪代地壳运动，使之与海隔绝了，渐渐沉静了。是啊，任谁经历那么多的变乱都会疲倦的。而地球上自有人类以来，总是热闹多于安静。获得片刻的安静很珍贵，宁静的思索是庄严的。我踏着四季常绿的这方热土，静静地沉思。我对西湖说：明天你一定拥有一个铺满朝霞的清晨。

远处，闹市区里还有摩托车呼啸而过。

## 先见教堂

沿着直贯南北的狭长海岸，乘火车奔驰一天一夜，饱览这片土地上绮丽的热带景色和越族人民的风情后，来到胡志明市。天色尚早，陪同人提议先看看天主大教堂。

大教堂并不大，在总统府正阳面不远的地方，是一座深红色尖顶塔式建筑，墙体颜色已黯淡，门窗油漆早已斑驳，然而整体是完好无损的。翻译介绍说，它在本市是个不可忽略的景点。真难为，经历了那么漫长纷乱的岁月，当地人竟能为自己保留下一块精神的栖息地。

室内很静，白天也是昏暗的，仅有圣像前数支烛火在摇曳。四壁是各种造型的耶稣塑像，或沉思，或哭泣，或在十字架上受难，都是不幸人的形象。间隔衬托的是陈旧了的欧式风格彩色镶嵌玻璃画，叫人感到一种沉重的肃穆和莫测的神秘。神父都是年长者，翻译上前打过招呼后，他们向我们投来友善的目光，展露出和蔼。

这天，不是礼拜，没有庆典，依然有三三两两进出的当地人，多数是中老年人。无论什么人，一踏进教堂门槛，沐浴在宗教气氛里，都一脸平和恬淡的表情，充满信仰所需要的虔诚。仿佛昨夜里苦痛的噩梦，在这里可化作一缕烟雾，飘向遥远的历史，面前留下的只有如意、吉祥。

我们发现，进来的当地人也并不是为了什么，为了做什么，仅是在神像前合掌膜拜后，静静地坐在长椅上。有的一进屋就那么默默地立着，来此处似乎仅仅为了感受那种肃静安宁的氛围，体验异质文化的洗礼，寻找一种超拔的感觉，或者干脆把人世间的一切抛得远远的，使头脑出现一片空白，从而得到解脱的轻松。这种在神灵前短暂的静默冥想里，没有感动，没有故事，没有背诵经卷教义的劳累，也没有思索命运的沉重，然而却包含着灵魂巨大的力量和在冥想中达到的崭新境界。

从教堂里出来的当地人，大都微笑着眯起眼，抬脸看看灿烂的阳光，然后愉快地上路，显然换了个好心情。我从而又一次感受到宗教内在的洗礼、规范、调节、制衡作用，领会了当地保存这座教堂的要义。

## 又闻琴声

第一夜，下榻西贡河岸边外轮公司的一家宾馆。我们刚踏进大厅，身着洁白丝质绣花越式长裙的一位中年女士和漂亮的服务生走上前来，彬彬有礼地双手递上一张硬纸条幅，上面用大红汉字写着：祝贺中国国庆！今天是十月一日，祖国的神圣庆典在心中，越南朋友这种庆贺在意外，来自异国他乡的第一个见面礼竟如此凝重而真诚，我们怎不深深地感动。接受祝贺和鲜花，紧紧地握住了女经理的双手。

晚餐安排得很丰盛，主人特意加了中餐和白酒。女经理二十世纪六十年代曾在我国山东青岛和广东等地供过职，餐厅经理又是来自海南的老华侨，都破例陪我们进餐，边吃边谈，话题比西贡河里的水还长。饭后，他们执意自费安排了专场文艺晚会。

演出就在餐厅舞台上，阵容不大，总共七八个人，节目倒齐全而精彩，很具民族风格。有各种形式的歌曲演唱，有少数民族细腻典雅的摆胯舞，有越北清淡风韵的植竹舞。深深扣动心弦的是独弦琴和竹琴的演奏。乍听独弦琴声，很像我国古筝弹奏的乐曲，是那种深沉典雅的美。琴声入耳，倍感亲切，仿佛有一种特殊的穿透力，使我们一下子融入纯粹的艺术境地里。外面的世界静止了，语言的障碍、风俗的局限消融了，像在听一位老朋友讲述一个悠长的故事，时而舒缓，时而激昂，时

223

而缠绵，时而晴朗。一根弦倾诉出千言万语，一个单纯的姿势传送出执着的向往和绵绵不绝的情谊。河水被弹响了，月光被拨动了，夜色被弹拨得又清又亮。继而那会唱歌的竹子，像我国的木琴似的，送出清脆铿锵的乐声，载着越南人民竹子般坚韧不拔的精神，载着中越人民竹子般长青不衰、绵亘千古的友谊，丝丝入扣，声声悦耳。艺术的语言是全世界通行的，优秀的艺术是架通各族人民情感的桥梁。

我正遐想，阵阵掌声里，越南朋友让我出节目，实在不会，顿陷困窘。有谁忍心破坏这美好的气氛呢？立即让同行的翻译上场。他选择了一首粤语民歌，忘情地唱起来。女经理唱了，餐厅经理唱了，琴师又一次拨动了琴弦，我们也不由自主地和着旋律哼起来。大家肩并肩地站着，手拉手地唱着，空中飞扬着一片和悦的歌声、琴声。

## 河水依然

乘着晚会的余兴，披一身热带新月的清凉，来到西贡河柳影婆娑的堤岸上。

月色星光下的西贡河是一幅给人带来轻松愉快心境的淡淡水墨画。石砌的两岸平展展的，河里没有湍湍的激流。岸边高楼里的灯光、月辉，还有星星，都隐隐约约地映进水里。微风吹来，河面摇曳出一片波澜，波澜揉碎那一片光亮，于是一河纤细跃动的碎银花，很美。依稀可见不远处一桥卧波，旁边一艘豪华的游艇仍然亮着一船灯火。这条与湄公河、红河并称的越南母亲河，就这样水波不兴又不舍昼夜地在这座城市身旁流淌着，安详地守望着它的四百万儿女，迎接着五洲四海的友好宾客。

这是一条凝重的河。它目睹了千年历史的变迁，历经了无数次的纷争战乱，在它令人思索的潺潺流水里，浸透了三十二万平方公里的国土上六十二个民族的悲欢离合。如今，它终以清澈明亮的眼睛，看到了踏上世纪大道的奋进脚步。

这是一条富庶的河。它滋润身边这座城市，使之成为全国最大的工业和贸易中心。它和奈河、威古河形成的三角洲平原盛产稻米、蔗糖，是重要的出口基地。下游的河口既是富饶的渔场，又拥有优良的商港、军港，成为中南半岛海陆空交通中心。

这是一条文化河。看看河岸游园里各种风格的文化设施，还有门口张臂大笑的弥勒佛，看看沿岸飞檐斗拱的古典建筑，举目可见的诗词对联，这一切，都深深镂刻下中越文化曾互为渊源、两国交往绵亘千古的史实，又展示了在广泛吸收外来文明中砥砺的独立自主的民族精神和独具特色的本国文化。这条河啊，并没有惊涛骇浪，却始终百折不回，千古不绝，从而孕育了越南人民坚韧不拔的柔美而顽强的品格。无论在什么时候，它都是越南人民心中的一片绿洲。

"青山遮不住，毕竟东流去。"河水依然，星月依然，河水载着岁月不断地流淌，流淌，向着大海……

## 边贸沸腾

凭祥与凉山交界处，新建的边贸市场在深山沟里。

分属于两个国家的两脉东北西南走向的重峦叠峰，默默对视了多少载，而今，山嘴上树起一座东方格调的彩绘牌坊，山谷里铺开一条随弯就势、起起伏伏的宽阔大路，两旁急急忙忙摆上预制板做的商屋，于是深山沟延伸进两边千千万万赶场人的心里。

天刚麻麻亮，汽车、拖拉机、摩托车，还有驴驮子、挑担的、背篓的，都从新修的大道上、两边崎岖的山路上，一起涌向这里。机动车喇叭声、牲畜叫声、商贩喊声、音响送出的流行歌曲声，汇成奇特的晨曲，搅沸了这条沉寂千年的山沟。

市场在深山的怀抱里，逶迤的峰峦在市场的怀抱里，小市场怀抱了一个大千世界。

连成串的小店里，挂着摆着各式各样的商品，令人眼花缭乱。见缝插针的露天地摊上，多是两边山上的土特产：五谷杂粮，畜禽，小动物，中草药，刚从地里刈来带着朝露的蔬菜和热带水果。在这里，受欢迎的有中国的日用百货、家电、服装、玩具、小型农用机械、化肥、水泥等，还有越南用牛角雕的、红木做的、竹子刻的、大漆镶贝的各式工艺品，吸引着涌动的人群。

有意思的是那些走来走去的小商贩，或臂上挎一只竹篮，或手里提一只简易布包，有的干脆把香木念珠挂在脖子上，珍珠或海贝饰物缠在手腕上，贵重的玉器则用红布包了、盒子装了插在胸前的衣袋里。见到顾客笑着迎上去，边走边谈，一直跟随好远，往往成交。当然，关键是物品极富民族特色，具备应有的价值。对那些假冒伪劣商品的纠缠，可千万不要大意。

繁华处，有一家门面较大的越南工艺品商店，我们挤进去，看到摆满的各式工艺品大都制作精细，具有一定收藏价值。店主是一位着西装、说中国话、态度温和的中年人，向我们热情地致意。说话间方知道他几辈都曾到中国做生意，他也到中国美术学校进修过，笃志进行中国技艺和越南风格相融合的设计创造。听说我们是来自泰山脚下的友好访问者，非要送我们每人一件礼品不可。乍见面怎好接受馈赠，于是享受了贵宾优惠价。我选购了一件牛角雕制的在椰树下悠闲漫步的大象，还有一只红木做的口衔橄榄枝高飞的和平鸽。

从此后，那敦厚的大象和可人的鸽子，将永久地停靠在我的书架上，留住赴越美好而深刻的记忆。

# 初识老挝

"澜沧江—湄公河"，一条从古流到今的母亲河，一条继尼罗河之后纵贯中南半岛六国的国际河，沿河各国各族的风情、故事像河里的波浪一般，消消长长，多彩多姿。西部大开发的波浪使沿河各族人民交流合作的热望升温。于是，我们乘区域开发合作研讨会之舟，顺流而下。

## 山路弯弯

清晨六点起床，从勐腊出发，出磨憨口岸，过二十九号国境界桩，就是老挝的土地了。

一踏上失修的道路便陷入了泥泞。初夏连绵的雨水冲坍了两旁的土坡，赭红色的土被浑黄的水和成黏黏的泥，把路面弄得面目全非，坑洼遍布，溅满泥浆的各色车辆在这里拥塞一团，使我不由得想到某一个战后的荒墟。我们的车在车缝隙里向前蠕动，有的是时间来观察老挝用小货篷车改装的客车和望着我们和善憨笑的乘客。

过关手续办得真慢，等办完手续，我们从关卡房前高台上一个一个走过去，已是上午九点多了。

路是平坦了一些，但弯很多、很大，司机极力把车开稳，大家仍有被筛来筛去的感觉，连那几位一上车就爱睡觉的同伴今天也睡意全无了，正好看沿途的风景。入目皆是连绵不断的高山深壑，无边无际的葱茏苍翠。原生态的热带雨林，旺长的杂草野花，把山丘沟壑覆盖得严严实实。在会上就听说过，老挝政府在开放中，为保护自然生态环境，林业是不允许对外合作开发的。这种自觉保护的态度可取，而方法是否适应这个国家必然要走向现代化明天的发展需要呢？一时说不清。且不去管它，继续欣赏眼前的景象。与茂密的草木形成反差的是稀落的居民，行进千里，沿途没有看到过像样的村庄或房屋，走好远，才会有三五个或八九个架在木桩上的草棚，一个棚子一户人家，顺着路边摆在那里。很少见到行人，偶尔一两只瘦瘦小小的鸡在草丛里觅食，车子驶过处，有的棚门口便一齐探出几个小脑袋，个个蓬头垢面，衣衫不整，浑身黑黄，仿佛刚从地里钻出来似的。陪同告诉我们，这北部边区是不种粮不种菜的，要烧的，想吃了，都是上山临时去找。在这片辽阔肥沃却无法掩饰原生状态的土地上，与之对应的只有最原始的物质需求和生活方式。再向南，靠近城市的地方才有少量烧荒开垦的土地，种香蕉或种玉米。山民不知道间苗，玉米都是三五棵一墩，一齐长，结果玉米穗只有几厘米长，整穗地煮着吃。他还讲了个这一带流传的故事：一个人上山去砍柴，回家后，发现斧头丢了，再回去找，怎么也找不到，仔细一看，木柄已发芽长成小树了。故事未免夸张，而这里得天独厚的地理条件确实给我们留下了太深的印象，可惜少了勤奋的身影。好在这里举国重视教育，我们走一段就可见到孤立于"村"外的教室——一座木桩或竹篱搭成的大棚子，使大家慨叹之余的理想有所皈依。

车子又开始跳舞，大家紧抓住座椅栏杆。再往前，道路被冲断了十多米，贴山坡一侧新垫出一条窄窄的土路，另一侧则是不见底的深沟，前头是个九十度的急弯。车子停住，司机去察看路面。大家也跟着走下来，关切地问："你常来这里，道路熟悉，为什么不选条好路走？"司机说："这是从磨憨到琅勃拉邦唯一的通道呀，也是老挝的国道，叫十三号公路，是一九六七年中国人民解放军帮助修建的。修筑时太艰难了，在一座大山的开通中，就有二十多名战士牺牲了。现在他们分省管理路段，富一点的省就维修得好一点，拿不出钱来的省就没办法了。前面的路还不好走，大家沉住气，过了勐赛省就好多了。"

空车慢慢地开过去了，大家上了车，都不再说话。不知道走了多少路程，又在一个寨子边上停住了。这次是交通事故，一辆南去的大货车与一辆崭新的小敞篷车相撞，货车主人是在万象做生意的一位华侨，小车主人是老挝人。双方不争不吵，等待从附近城里赶来处理的交警。同时被堵塞的还有一辆大客篷，乘客全是来观光的外宾，有欧洲人、阿拉伯人，也有亚洲人。路边的住房用木板造的，比较漂亮，通了电，有自来水管道。翻译去打听这是什么地方，当地居民很热情，只是说的土话，怎么也听不明白。大约过了五十分钟，交警骑摩托车赶来了，察看出事地点，询问、记录情况，处理得很麻利，一会儿就办妥了。

赶到勐赛省省城已是下午四点左右了。城市不大，城中心有几座矮层楼房，城边上有前国家主席凯山的塑像，用木栅栏围了大大的一圈，远处有座水电站。我们跑去照相，沾了一身带刺的野草种子。

就餐选在省政府旁边的一家中国人开的饭店，门前，两国的国旗迎风招展。服务员是老挝人，满面笑容地跑来跑去，端茶续水。饭菜一会儿就上齐了。豆腐来自中国；青菜是当地的野菜，吃起来有点涩，有点苦；当地的米，颜色很暗，很粗。我们吃得很香。

翻译结账回来，大笑起来："嘿，我们二十几个人，一顿吃了他们平时经营七天的饭菜，花去七十万老币。"

笑声在城市上空飘荡。

山青青，路弯弯，城很静。

## 化　　缘

昨天，来到老挝的古都琅勃拉邦，参观了整整一天，很晚才入住宾馆，一躺下便进入了梦乡。

睡意蒙眬中，隐隐听到一种极轻极轻的醒板拍击声，抬眼看窗外，天空已现出清明的晨光。双眼发涩，在不经意中又要睡去。钟声响了，那种悠远绵长、足以穿山越岭的钟声，深深地渗入我心，带来一种惊醒与沉静的力量。呀，听说这里每天清晨有和尚托钵化缘的，不是打定主意要去看吗，赶快起身下床。

整洁别致的千年古都，无愧"千寺之城"的美称，到处可见古老宏大的寺庙，在晨曦里更多了几分神圣庄严。与宾馆相邻的寺院，门前有长长的银雕七头巨龙。栅栏墙内，鸡蛋花树坚实挺直的主干，举起长短有致规规整整的枝丫，撑开伞状的绿冠，洁白端庄的花朵散发出淡淡的馨香，整个地发散出那种圣洁、沉定、高雅的气质，隐喻着觉者历尽人生彻悟后的自我规范、自我提升，成为东方宗教人本思想的象征，无可置疑地成为寺院规定必种的圣树、这方人士喜爱的国花。

树下花香中，身披袈裟的和尚出来了，有年长的，也有十来岁的，三五人一队，排列整齐，一手托钵，一手打躬，步伐沉稳，缓缓前行。在晨钟和霞光中，以化缘为早课的形式，来体验生命的价值。这个国家有男人一生中必须出家一次的风俗。有的儿童从七八岁起，父母就送他们出家。在过去是两年左右，现在时间短了，三个月或更短一些都可以，到寺庙里识字学经修身，过僧团生活。但他们与发愿长期出家接受沙弥戒的僧人是不同的。

乞食和尚不断增多，一伙一伙的。居民们纷纷走出家门，把认为最好的食物拿来，放在他们手上的钵里。

不予不取。

舍食多数是抓饭，也有鸡蛋、水果，极少肉类。在这里，和尚食荤食素是不受限制的，因佛祖说过，施者给什么就吃什么，不要挑食。我想，恐怕还有一个客观原因吧，这里很少吃蔬菜，不吃肉无法生活，而且还有一天一餐过午不食的佛制。

和尚们一队一伙地过去了，不远处，老皇宫、普西山沐浴在灿烂的朝阳里，我也该就餐起程，前往万象了。

到万象，看塔銮，是首选的节目。

塔銮即皇塔之意，在万象北郊，是一五四八年万象王国的国王色塔提拉建造的，如今已成为举世闻名的佛教圣地。塔身通体敷金，分为三层，底层呈正方形，四面有四个膜拜亭，中间一层有三十个小塔，第三层是主塔的顶端。老挝每年十一月都要举行隆重的塔銮节，国家要员都要在塔銮的佛像前进行忠诚宣誓，饮圣水，参加游神。善男信女都来膜拜、祈祷。

下榻的宾馆在城西南边，被包围在寺庙和正在施工的建筑群之中。走过一段坎坷的道路，路经中国政府援建的金碧辉煌的老挝人民文化宫，踏上澜沧大道，横穿繁华的桑姆顿大街一直前行，就来到了塔銮广场前方的凯旋门，再经过色塔提拉国王的雕像，便到了塔銮正门。人真多，门外停放了一大片摩托车，门里满满坐了一地人。原来，塔銮乞食实行的是附近城乡村寨流转送饭的制度。今天是礼佛送饭的日子，信徒们、施者们早早地来了，坐在地上等。我们要进去，连插脚的地方都没有。看门的和尚帮我们开路，顺着墙下回廊的边沿到塔西面的空地上，静默地观瞻这金光四射的宝塔。

和大家一齐攀登塔銮。走到第二层被挡住了，原来，女性是不能和男性一样进塔的。我虽然在琅勃拉邦相同寺已得知女人与和尚在一起必须跪下或蹲下的常识，但面对眼前的现实仍旧愕然，这符合佛家"众生平等"的基本教义吗？别说女人与男人，在佛教教义里，连佛都是与众生平等的，区别只在于是否"觉悟"。佛是觉悟了的众生，众生是未觉悟的佛；对佛的皈依，实际上是对自己的皈依，"修正行为""明心见性""命自我立"。看来，这一方的佛教是与本地文化融合了的。当今的佛教活动已如同一切人类活动一样，都是女人搭台，男人唱戏。

入乡随俗，在塔外看施舍人群。从塔东面禅房门口一直排到南面大门口的长桌上，放满各种器皿，更长的人群鱼贯前行，在热风细雨里，怀着无限希冀，一步一揖地走近长桌，每到一个器皿前就要放下一份食物、一朵鲜花、一张货币，一趟走下来，得要不小的一篮饭、厚厚的一沓钱，恐怕是平常人家全部的积蓄。而信徒们一个个满脸虔诚，满腔情愿，直到手中空了，身心也就随之轻松了，也就感觉幸福了。我一下子想到费尔巴哈在《幸福论》里说过的话："对于幸福的追求，是一切有生命的生物的基本的原始的要求。""而不同的民族，不同的信仰，追求的形式又是那么不同。"佛家也有"迷时佛度，悟时自度"的说法。眼前谒拜的人群，此时此刻不知是迷还是悟。桌旁站立的和尚们表情肃然，坦然受之，不做任何答礼。是啊，当施予者与接受者都认为，向众生乞食，实际上是对众生的超度，是给予一个建立功德的机会的时候，一切也就都在自觉、自然之中了。

到万象来的一个重要内容，是与其政府官员会谈双方的交流合作。下午进行，在外经贸部办公楼。我们赶到那里，原定主谈的副部长因故不能参加了，一个级别低一点的官员接待了我们。双方叙说友好，各自介绍经济发展情况。当我们推出欲寻求合作的重要项目时，对方介绍了他们国家最近在万象近郊建立起万顷经济开发区，表示欢迎前来投资搞项目，还笑着说："我们两国关系一直很好，对中国给过的援助是感谢的。目前，我们经济还不发达，很希望贵国再给予援助。"并说不用全国性的，仅云南省就够了，每人两元，就是八千万，他们就可以办点事情了。望着他坦然的笑脸和颈前金光灿灿的佛像，一位佛学大师说过的话涌入脑际：一百个佛教徒对佛教会有一百种不同的理解。有的为己求福求寿；有的为求做人的理想境界；有的求诸己，皈依为了修炼完善自己；有的求诸外，拜佛为求佛保佑，给予帮助。一切全由自己理解，自己把握。这位先生属于哪种哪类？无从知晓。但让人分明地感觉到，在这块佛教圣地上，化缘，随时随地可见。

晚餐过后，热烘烘的气浪仍然把人熏蒸得难以承受。我们来到湄公河畔，寻找丝丝清凉。大河像一条硕壮的血管，把生命的琼浆注入胸前怀抱着的城市，用身躯为这座城市、为这个内陆国家打开瞭望外部世界的窗口。只是今夜，天色已晚，人倦了，船泊了，岸上河里都空无人至。冥冥中，只有佛的慧眼在静观依旧的风景，看河水不舍昼夜地向前流动。

# 难忘那片微笑的土地（一）

难忘那片土地，不仅因为它是一座既古老又现代、既传统又多彩、既宁静又热闹的水乡花城，让人感受如同热带雨林一般的万劫不灭的生机，更因为那里有以微笑和鲜花待我的邻邦友人，还有我生生不息的侨居乡亲。

——题记

二〇〇〇年深秋十月，市政府组团出访泰、马、新，进行旅贸推介和文化交流。我们在泰国的活动，得到中国驻泰国大使馆的帮助，受使馆的委托，由泰国华人青年商会来承办。

泰国时间大约晚十点我们到达曼谷，一走下飞机，仍然是热气扑面，仍然是乡音盈耳。青年商会的副会长林翊先生一行，早进海关来迎候，使我们出关、取行李、乘车节约了不少时间。车子很快驶入市区，有些塞车，越来越严重。正好借机欣赏一下异国首都的夜景。整个的一座不夜城，街上亮着灯的轿车排成长龙，像缓缓流动的河水，路灯、建筑物上的彩灯齐放，照亮了路旁和我国南方相似的常青阔叶树木，照亮了多彩华丽的建筑，照亮了各处布满的鲜花。随处可见大大小小的佛龛、祭坛、寺院、尖塔，华丽的装饰在灯下闪闪发光，成为这里独有的景观，使我这个初来乍到的陌生人，产生一种既生疏又亲切的异样感觉。

终于到了下榻的绿宝石酒店。迎门大厅里设置水吧茶座，坐满了等待办理入住手续的客人，多数是外国游客，由此可见作为国家支柱产业的旅游业多么旺盛。我们也坐下来，一边等一边看柜台里的服务小姐工作。只见她们虽然忙碌得脚不沾地，脸上却始终绽放出使人如沐春风般的微笑，不论顾客问询什么，总是耐心温和地解说。这时，我回想起此次乘坐泰航飞机，一登机就见到那些让泰国服饰装扮得妩媚可人的服务姑娘，祈祷般双手合十，低眉前鞠，轻道欢迎的姿容和一路相伴的微笑。方知道，泰国人谦恭温和的微笑是自然的、普遍的、发自内心的，那种友好、和善的态度不仅对我一个中国人，也不仅对每一个外国人，而且同时存在于他们国内的人与人之间，让人感受亲切，感受泰国人善于把紧张和冲突化为微笑的聪慧，感受他们尊佛、敬佛，把佛的教义发挥到极致的虔诚。

第二天是集中拜会。在曼谷几百家华侨华人社团中，只能代表性地拜会影响最大的几家。于是，拜访大使馆之后，接着就是中华总商会，会长是郑明如先生。商会大楼高大气派，光地下停车场就有七八层。我们比约定的时间提前了一些到达，转了几层才找到一个空闲的车位。乘电梯上楼来，里面装饰得富丽堂皇，显示出商会财力的雄厚。大厅里摆设了巨型玉雕龙舟，镶贝雕龙的大漆家具，墙上挂着木雕的《清明上河图》，寄托了这些得志游子依然不泯的乡思。占最显要位置的还是泰国国王和王后的肖像。与客厅相连的过道墙上是会长、副会长、会董的排排彩照，绝大多数身穿泰国洁白的礼服，别着勋章，披挂着金色绶带。照片下除标示出在商会的职务之外，大都有博士或其他社会荣誉头衔，有的中国姓名和泰国姓名同时并用。看来，他们与我们虽然仍讲同一种语言，但早已融入了他们所在的那个社会。

会见时间还没到，我们坐进西式茶点水吧里聊天。交谈中了解到，曼谷人口一千万，占全国总人口的六分之一。在泰国的华人华侨四百多万，集中在几个大城市里，在曼谷就有三百多万。曼谷的华人华侨社团与商会最多，经济实力雄厚，在其经济总量中占到百分之九十左右，具有举足轻重的影响，因而受到国家的重视。商会的首脑人物都是当地富有者当选，他们的先人大抵是带着"一张草席"来"过番"。经过一两代人的艰苦奋斗和辛勤积聚，到了他们这一代，成了经济实力雄厚的工商业主。由于热心社会公益事业，得到泰国国王的奖赐，或是一个勋章，或是一个头衔，或是一个泰国姓氏，体现出他们在这个国家里的价值。望着墙上勋章闪烁的挂像，联想到曼谷城百里外吞武里大片华人公墓里，一块块面北而立的墓碑，在经世不变地表达着那些漂洋过海到此、病饿而死、葬身异域的无以计数的孤魂，至死思念故乡、渴望向亲人诉说闯南洋无奈而又艰辛的悲怆情怀，那种情景让任何一个来访的国人不能不留下刻骨铭心的记忆，还有不容忽视的思考。如今曼谷大街上华人商贾如云，室内金牌勋章闪烁，这些又在向世人宣示：中国人以其特有的适应性、坚韧性和生命力，无论走到哪里，一旦具有维系生命的基本条件，就能像地瓜藤一样落地生根，繁茂延续。

商会里参加拜会的各位先生到齐了，大热天里个个着西装，打领带，据说，这在讲究严谨的泰国很重要，同时也是对我们来访的重视。进客厅叙谈，客厅正面悬挂着中国国家领导人视察中华总商会时与郑明如先生握手的大照片。郑明如会长在合影下面落座，比照片里显得苍老了些，对我们的来访很高兴，很热情，也很谦和。他很关心我们这次推介招商活动的安排和国内发展的情况，关照了许多，了解了许多，还谈起他回祖籍河南寻根祭祖的情形。其他会董也谈起回国的经历和见闻。

只有乡情相续，没有语言阻隔，给人以家庭的氛围。直到中午时分，大家仍谈兴浓浓，恋恋不舍。

日程紧张，午餐由李桂雄担任会长的华人青年商会安排，进餐与会谈同时进行。顾名思义，这个商会里全是华人华侨中青年企业家，主要是上个世纪八十年代以来的新移民，他们已渐渐成为泰国华人经济的生力军。与靠扛大米出苦力的老一代不同的是，他们靠着智力和科技来闯天下，带来的是中国的现代文明。商会规定在会内讲汉语普通话，用简体字。我们之间自然有了更多的联系和沟通。由此，我们也体会到了大使馆安排这个商会来接访的用意。

下午，还要拜会郑继烈会长的泰国总商会、曼谷华校时代中学等等。明天的推介活动，已邀请到了泰国国会旅游委员会的主席吴振桂先生、国家最高法院的副院长黄其国先生、华文教师兼公会主席黄继卢先生等各界政要富商，大使馆的商务参赞谢富根先生受付学章大使委托要到会讲话。泰国的六家华文报、四家泰文和英文报的记者，还有我国《人民日报》、新华社、《光明日报》、中央电视台、中央人民广播电台驻曼谷记者都要到会。如此好的机会，我们务必把雄伟壮丽的泰山、开放发展中的泰安介绍给这里的朋友和亲人。时间太紧迫，大量的准备工作需要做，好在明天各位会长还要到会，今天只好起身告辞。

# 难忘那片微笑的土地（二）

此次访问泰国，在曼谷获得很大成功，其中一个不可忽视的重要因素，就是在中泰交往史上友好关系发展到高峰的大背景下，泰国上下沉浸在经久不息的"中国热"之中。

阳春三月，诗琳通公主访问中国；七月份，为庆祝中泰建交二十五周年，一系列隆重的庆祝活动在曼谷举行，王室显贵、政府官员都以不同的方式表达自己的祝贺。国家举行的庆祝晚会，是以演唱诗琳通公主作词的歌颂两国友谊的歌曲为高潮的。就在我们到访之日，曼谷又一次呈现出中泰友好的浓重氛围，因为接受江泽民主席及夫人的邀请，王后诗丽吉在诗琳通公主的陪同下，于十月十六日至三十一日到中国进行国事访问。这是国王和王后三十三年来第一次正式出访，又在国王和王后结婚五十周年的纪念年份里，充分显示了泰国王室对中泰友谊的重视。王后此次中国之行，要访问北京、上海、西安等八九个重要城市，同时要带着泰国历代服装进行表演和文化艺术演出。王室正在做紧张的准备，各大新闻媒体都做出强有力的报道，曼谷城内到处在街谈巷议。

我们在会场上挂出了诗琳通公主在泰山上的大彩照，受到与会的泰国各界人士的欢迎，纷纷在照片下合影，形成推介宣传活动中的又一朵绚丽浪花。他们不无感慨地对我们说："中泰友好是两国人民的共同心愿，关系着两国人民的共同利益。过去的历史且不说，就是眼前，泰国在东南亚金融危机中受损最惨重的时候，是中国伸出了援助之手。继而，一九九九年双方贸易额创历史最高纪录，达到四十二亿美元，今年已达到八十亿美元，有关方面预测，明后年可望达到二百亿美元。为促进中泰友好，一位公主能做出这样的努力，国民怎能不爱戴呢？"

何止泰国，中国人民同样敬仰这位伟大的友好使者。大家回忆起了她登临泰山时的情形。

层层传下来接待国宾的重要任务，方案详备，要求明确，资料齐全，来宾是在中泰两国人民心中都享有很高声望的、有泰国王位继承权的玛哈·扎克里·诗琳通公主，她第一次来登泰山。全办上下做好了充分的准备，专门请对泰山有研究的泰山管委会副主任担任导游。是日，我们陪同市长提前到中天门索道站去迎候。

省里的礼宾车队来了，公主在外交学会副会长、驻泰国前任大使金桂华的陪同下走出车门。只见她胸前挂一架照相机，左边斜挎一个大大的黑皮包，右手拿一个大大的黄色硬壳笔记本，面包服，旅游鞋，普通的服饰装束，不施粉黛的质朴面容，和蔼可亲的微笑，没有一点儿王室贵胄凌人的傲气和架子，只有轩昂的气宇显出不同一般的身份。第一印象便印证了公主的中文老师、我国资深外交家王俊香老先生对她的评价：位尊而不孤，学博而不傲。贵为公主，却平易近人；地位显赫，却朴实无华；见多识广，却孜孜不倦地寻求新的知识……看来，人的尊贵并不在华服丽表，而在其心灵、思想、学识。

落座后，市长介绍泰安和泰山的情况，她始终认认真真地做记录。此后，我方提议请公主题词以做纪念，公主毫不迟疑地起身，走到摆放文房四宝的桌前，略做思索，挥毫写下"文化泰山"四个大字。在泰山之前冠以"文化"二字，足以见公主对泰山的体悟和认知。

乘缆车到南天门，沿天街到碧霞祠，一路上，导游不停地讲述，我方陪同人员还不时插话，打心里愿意把泰山尽量多地介绍给公主，同时也有泰山的历史文化太久远太深奥怕她费解的担心。公主始终微笑着，随时随地记录着，而且在几处重要的景点前停顿下来，审视、沉思、拍照，严谨而执着的求知精神，给我们留下深深的印象。站在碧霞祠高台之下，面对孔子望吴楚的胜迹，她用汉语与身边的中方陪同人员讨论起这个历史故事。流畅的汉语会话，对历史故事的准确表述，使我们为自己多余的担心而汗颜。自一九八〇年开始，公主就师从中国驻泰大使馆资深教师学习中文，至今锲而不舍。她首次把中国的古典诗词译成泰文，编辑出版了《琢玉诗词》，已成为中泰文化交流史上的里程碑。从一九八一年五月她第一次访华，至今已第十次来访了。每次访问之后，她都把在中国的见闻写成书出版，第一次来访后的《踏访龙的国土》，访问丝绸之路以后的《平沙万里行》，访问华北大地后的《雾里霜桂》，访问云南后的《云南白云下》，访问长江三峡后的《清清长江水》，访问香港后的《归还中华领土》等等。仅《踏访龙的国土》一书，在泰国一版再版，已印刷了五万五千册，译成中文后在中国又发行了一万册。如果说一本好书就是人们认识一片新天地的窗口，诗琳通公主的书就属于这一种。在泰国每发行一本她的访华纪实文学书，都会立即掀起一次中国热。如她于一九九〇年访问中国丝绸之路，发行《平沙万里行》一书之后，泰国的男女老少，从王室成员到政府官员，从专家学者到平民百姓都蜂拥而至。还有"长江三峡热""西双版纳热"……热潮至今不减。面对这样一位如此热爱中国文化、了解中国历史、自身对中国文化具有深厚造诣的国宾，还用得着我们更多的解说吗？

下山后，市政府在华侨大厦宴会厅设宴招待，宴会间，精心安排了我市最高水平的乐队演奏我国民族乐曲。宴会过后，乐声渐起，《春江花月夜》《平湖秋月》，每一曲公主都听得非常专注且频频颔首。到了艺术学校的校长、副校长的二胡演奏了，他们都曾在全国获过奖，我们诚邀公主参与，公主微笑着站起来走向乐队。先合奏，后独奏，她奏出的第一串音符是《好一朵茉莉花》，顿时悠扬的琴声飞扬在大厅的每一寸空间，飘落进每一位主人的心头，人们无不惊喜地赞叹和由衷地敬佩，感受文化艺术超越国界的魅力，感念这位伟大使者的无愧。二胡是深沉的，它善于表达的是那种具有历史凝重感的情愫，诗琳通公主偏爱二胡，技艺卓然，显然对此是了解的，也是经过思考和选择的，在中泰友好交往的史册上，她谱写下的正是一曲深沉而凝重的乐章。

　　阵阵掌声里，市长把特制的二胡赠送给她，诗琳通公主破例地首先向市长伸出了手。两双手紧紧地握在了一起。

# "东方威尼斯"的背影

到泰国要欣赏首都曼谷的景色，最关键的内容、最佳的方式是乘船游览湄南河和它的水上市场，否则，就是不识曼谷真面目了。

湄南河是泰国的母亲河，是曼谷的发源地，二百多年前，拉玛一世将首都由吞武里迁到这里，不能没有湄南河的因素。曼谷由一个小渔村发展成国际大都市，只因为有了水上城市、水上市场、水上人家的独特美景，才被称作"东方威尼斯"的。

上午十时许，我们来到河岸码头，只见湄南河穿城而过，为地处热带进入秋季仍高温不下的城市送来清凉，送来湿润。曼谷重要的古迹和主要的建筑分布两岸，形成一条秀丽的风景线。如今，陆地空中交通的发达，使湄南河少了喧嚣，多了平静，不少河汊支流被填平变为街道，建成高楼，各种各样的汽车代替了从前河里的小船，码头再不是唯一的远程货运与贸易的场所。然而，两岸风景不变，河里舟楫如梭依旧，仍然是令人向往的游览胜地。

一对强悍的夫妇赤脚撑过来一艘游船，船体着彩，两头尖尖，真有点像威尼斯的"贡多拉"，只是大了许多，可容纳几十人。我们跳上船去，舱头挂着一串串鲜花编成的花环，幽幽飘散着馨香。沿着风平浪静的河道缓缓驶去，两岸的各式建筑和绮丽风光尽收眼底，像一幅鲜明的油画，更像绚烂多彩的泰国历史画卷。建筑中最多的是多种多样的寺庙殿堂，大片洁白的是郑王庙，湛蓝湛蓝的是清真寺，深红色的是圣克劳斯教堂。当然富丽堂皇、气度非凡的是大王宫和连在一起的玉佛寺，拉

241

玛一世建的达思特宫和拉玛五世建的查库里宫，上面的尖顶塔耸入云霄，通体敷金镶玉绘彩，在阳光下闪闪发光，宛如河岸上的两颗明珠，活现出君临天下的帝王气象。

驶过王家船队码头，河道渐渐变窄了，岸边出现了水乡特有的高脚屋，越来越稠密。顾盼渔乡泽国里的水上人家，知道闻名遐迩的"水上市场"到了，只是不见载货交易的船只。导游告诉我们，随着时代的变迁，水上市场几近消失。政府为了保护本国文化和吸引游客，专门在这运河上保留住了这一段具有昔日风貌的水上集市。就是过去这里买卖的也都是鱼虾、蔬菜水果、日常土特产，小本生意，利润很低，现在的城里人有谁再到这里买东西？生意少了许多，一般只是早市。看来，我们今天错过了时辰。

静静地欣赏两岸的风光，鳞次栉比的居家都延伸进河里，用木桩高高架起的房屋，倒影随波浮动，风情万种，如诗似画，使人想起风姿绰约的泰国姑娘。千万间水屋千万种样式，有的白墙绿瓦，现代化厅堂居室，外铺红色木板阳台，青藤垂落，鲜花点缀，自是小康人家；有的旧式木棚，老旧门窗，看上去也窗明几净，朴拙宜人。不管什么样式，门前都有一架小小水梯，一个小小码头，拴着条小船。陪同的先生给我们讲了个笑话，说这里的一位大学生留学日本，和一个日本姑娘谈上了恋爱，姑娘的父母不放心，要盘问他家中的产业。他就把这里鱼米之乡的富庶描述了一番，特意告诉人家，自家有码头有船。姑娘的父母听后觉得一定是个大户人家，于是完婚，之后随女儿女婿来探亲，走进低矮的水屋，怎么找也不见码头和轮船。女婿指给他们看门前的码头小船，老夫妇大失所望，无奈木已成舟。讲的人绘声绘色，听的人都笑了起来。

岸上阳光下，女人们正在忙家务，洗衣洗菜；孩子们三三两两在水池边戏水；老人闲适地坐在竹藤躺椅上养神；青年男子匆匆忙忙地走下水梯走上小船，准备出行。不时瞥见卖水果杂货的小商店，还有播放轻音乐的酒家水吧。来到大桥下，几条载货的小船向我们这里驶来，船上的主人一边高喊"沙娃的卡，沙娃的卡（您好）"，一边把一些工艺品递上船来。低头看，小船上有水果有食品，多是当地特色的小工艺品。我们每人选了些木质或银质的小象，以留住这条古老长河里沉淀下来的异国传统文化所拥有的独特魅力、别样风情。虽未见到往昔水上交易的繁荣景象，有此一斑，尚可追寻"东方威尼斯"的背影。

还有哪座城市哪条河流，能给人以如此深刻的印象？

# "盲人摸象"说印度

## 谁能说得清

印度，这个今天人们对南亚次大陆上大片国土的称谓，竟然出自唐僧玄奘的首创（《大唐西域记》）。印度，的确是个你只要看上一眼就永远忘不了的国度，因为它同世界上任何地方都不一样。

很有幸，我三次访问印度，前后跨越十几年，这个曾经的文明古国、当今的大国所具有的独特魅力，对我的吸引力丝毫没有减弱。去得多见得多，听的说的自然也就多了。有人说它古老文明影响的强大，有人说它当今发展步履的缓慢；有人说它古堡神庙还有今日豪宅的宏伟，有人说它仍有世界上最大最多最破烂的贫民窟；有人说它名列世界富豪排行榜前列的富豪和占国民百分之五十五达到七亿以上的贫民同在；有人说它既有终极人文关怀的世界文豪学者，也有不分男女老幼随处可见的乞丐；有人说它繁盛强悍王朝的专制及其遗风，还有人乐道它当今的小政府大社会的管理格局。

记得二〇〇五年我第二次访问的时候，正有些人热衷于中印两国当下发展的比较，有的说改革开放的中国已经领先于印度五十年，另一些人则说中国仍然落后于印度五十年，而使馆的调查结论则是中国略为领先十五年。

实地观察，它确实拥有多元文化融合、古老悠久、历久弥坚的印加

244

文明，却鲜见系统而翔实的文字记录；它拥有发达的软件工业和核武器，又存在最庞大的文盲人群；全国至今还没有一条真正的高速公路；它古有以众生平等为教义的佛教，今有大力倡导并自以为最平等的社会制度，但实际上种姓制度扎根于民间，离众生平等实在太遥远；它拥有闻名于世的富庶的恒河平原，拥有多于中国的耕地面积，却无法满足全体国民的温饱……

林林总总，让人只觉得，这个国家时空跨度既宽又广，拼合性、包容性极大，拼合到相互冲突的事物同在，包容到事物的两个极端相邻。令人诧异的是，冲突的，极端的，在这里既不相互融合，又不势不两立，就那样自然地摆在那里，长久地共处着，掺和着，让任何一个外国人都无法把它看清楚说明白，让任何评价的任何侧面都有成为正确的可能。它深厚而复杂的今生往世，让每个人的看法观点，都变成了盲人摸象似的一种感觉。

## 信仰在印度

这次访问从上海起程，到新德里六小时四十分，不算长，也没觉出短。对以往访问的回忆和本次访问的遐想刚觉得有点眉目，眉一蹙一展，目一合一睁，英迪拉·甘地国际机场到了。下飞机过甬道，气势非凡的航站楼豪华的大厅哗一下子抖落在眼前，那雍容华贵和现代气息让人无法想象此刻身处的是一个发展中的国家。两次访问，间隔五年，变化之大，不能不让人感觉到一个巨人向前迈动的步伐。

宽敞明亮的到达大厅金碧辉煌。要入境，顾不得品味两旁风格独具的艺术品，来不及揣摩处处可见的繁复、神秘、堂皇、民族风情浓郁的装饰图案和花纹，直奔入境柜台。柜台前一片人，一队队排着，很静。上方那面墙亮得耀人眼目，抬头看，满布的铜盘中间嵌着九种姿势各异的佛手印，匆匆而过的众生不由自主地收住了脚步，以渐归平静的心绪，注目一个个充满禅意的手印。宗教的张力无国界无时限，文化的感染力没有出境和入境。每个手印中心有一朵莲花，它是印度的国花，佛教和印度教的圣物，面对手印、莲花，宛如再见城乡山野遍布的教堂神龛，再见遇庙必进见神必拜每天第一件事就是面神祈祷的圣徒。一面艺术墙就这样把印度千百年来八亿信众笃诚的信仰以现代文明的形式定格于此，展示于世。信仰，信仰在印度恒远而坚韧地生存着；信众把宗教看作生活本身；一脉相承的宗教信仰已成为社会精神气质的奠基石。蓦然间，我触摸到了几次访问给我印象最深的节点。日月流转，世事嬗变，唯一不变的是印度人虔诚的信仰，以及由此养成的善良、宽容、自律、乐观的性格。这种性格既是他们在大起大落、大苦大难的砥砺中的凝结，又是使他们能够超越生存苦难之上自由飞翔的翅膀。

我从这扇洞明的国门，开始了再次的造访、认知。

## 入印第一夜

第一夜，我们是在大巴车上度过的，从德里到北阿坎德拜大约六七百公里，晚上十一点起程，出城沿三十四号国道北进，需要十一个小时。

车窗外，嘈杂声依然成片，车鸣人吵牲灵叫，一股脑儿地冲塞耳鼓，理不出头绪。车辆更是五花八门，轿车、卡车、摩托车、三轮车、斯古特（三轮蹦蹦车）、牛车、马车、自行车，把道路塞得满满当当，随处可见车辆或行人任意横穿斜拐。对面的车扑头盖脸地冲过来，到了跟前，车身一侧，过去了。眼睁睁看着前边没有可走的空隙，司机把方向盘左扭右扭，蛇行着一次又一次地躲开懒散的神牛、目光迷离的路人和发疯似的三轮摩托出租车，硬生生地挤着向前挪，让人胆战心惊。挨到出了城，人少车稀了，路面反而愈加坑洼不平了。想不到位于恒河中下游地势平坦的冲积平原，国道的路况竟然这样差。更有趣的是，印度的朋友并不认为他们的道路差，还高兴地说："路况不错呀，司机技术高，交通秩序好，我们就是这样乱中有序的。"真是叫人啼笑皆非，不得不再三嘱咐他们要十二万分地小心。

雾来了，天阴沉沉、灰蒙蒙的，掩去了一切。夜已深沉，我抵不住一整天乘机转机的疲惫，裹件衣服躺下了。

不知过了多久，咣的一声，车子把我抛起来半尺高，坐起来，身上凉飕飕的，进入北部邦气温更低了，路面依然如故。窗外天转晴，星星亮极了，一颗又一颗，向我眨眼睛。不平的道路依然把我们像筛糠一样抛来抛去，嗅着窗外传来的阵阵泥土混合着牛粪的味道，恍若小时候坐在田间小道的老牛板车上。一晃五十多年过去了，不承想在印北平原上找回了自己的童年。光阴荏苒，人老物非，别有一番滋味。想着晃着又迷迷糊糊睡着了。

一阵声响再次把我惊醒。天已黎明，红霞瑰丽。司机贾司比·辛格是位锡克教徒，正随着村里传来的钟声做礼拜呢，朝霞映着他的脸庞泛出红光。他一只手握着方向盘，一只手竖在胸前，口中念念有词，全神贯注。一会儿又忘情地唱一些缓慢悠扬的曲调，手在方向盘上打着节拍，身子随着节拍摇晃。结束礼拜的辛格发现我们都被感染，回过头来冲着我们笑，笑得那么天真灿烂。中午经过蕾妮妲地区的小湖边，辛格兴奋地在驾驶座上站起来喊着，指着窗外让我们看，全程陪同的康密旭告诉我们，那里有他的锡克教堂，拱券大门，洁白的圆穹顶教堂。相邻的还有印度教堂和清真寺，都很精美，信徒不断。他和我们在锡克教堂门口合影，那是回程中的事了。

他们以坚定的信仰获得了发自内心的幸福感，这是低下的物质条件无法诋毁的。


## 喜逢喜马拉雅


喜马拉雅，心中的神山圣山，远得使我心力难及，高得令我绝望。一次飞越，就这么着，突然地落在我的对面，真真让我喜出望外。本是来拍鸟的，竟然连过路的珍禽虹雉也顾不得了。这是在德里五百公里之外的印北蕾妮妲山口。

尽管高海拔山口的寒风让身着棉衣的我们依然瑟瑟发抖，但大家仍然都在屏息凝神地翘首遥望。沉静之后，跟着一阵"嗒嗒嗒"的快门声，像是庆祝喜逢点燃的鞭炮。

丰茂葱茏的松林之上，湛蓝到玄奥的天空之下，云雾缭绕中，一列起伏连绵的雪峰无根无际地悬在那里，向两边延伸着，延伸着，扎进云雾里就不见了，缥缈、神秘、纯粹、晶莹，仿佛是天帝在他的庭院里摆设的一架盆景。

黄昏里，偶尔一只两只鹰慢慢地飞着旋着，黑黢黢的，像是专门来给山峰换装的小矮人。夕阳一踩着地平线的门槛，雪峰马上换上了绯红的晚礼服，铮铮大汉一转身变成了婷婷淑女，楚楚动人，可怜可亲。

喜马拉雅在这里挡住了北来的寒流，把南来的印度洋季风抬升，形成充沛的雨水，滋润得山南麓的大片土地肥沃丰美。这里每片土地都是粮仓，每道丘陵都是果园，从平原到山区、从山下到山顶都布满居住区。雪峰的冰雪化作清泉，汇成了恒河等六条大大小小的河流，哺育着十几亿南亚儿女。

今天第一次见到你，竟然如此瘦削，眼下，山间若隐若现的潺潺细流，莫非是你最后的泪滴。


## 徜徉于原生态的诗意园林


在印度，我们的眼睛似乎已经不适宜这样的视觉，德里北二百九十七公里外的北方邦，喜马拉雅山河沿岸一带的这座国家野生动物保护公园——吉姆·科比特，林深树茂，至清至纯，至静至幽，绿的青翠，黄的灿烂，无杂音，无杂质，地地道道的原生态。世人皆知印度有绚丽丰富的宗教与文化遗产，是一片形而上的土地。芸芸众生灵魂皈依了宗教，日常生活依然留在世俗。开门七件事，一件不能少，于是，进入我们眼帘的多是人站满街巷，车挤满道路，垃圾遍地望不到边，少有这样自然、生态、清幽、恬静的体验。

这座公园占地五百二十平方公里，海拔四百到一千二百米，温差从四度到四十二度。它建于一九三六年，是印度第一座国家公园，当时以海里爵士的名字命名。一九五七年，改以英国自然学家、作家吉姆·科比特的名字命名，是为纪念他从猎虎转为致力于推动保护老虎等野生动物的国家公园建立的贡献，由此带动政府陆续在全国十七个邦设立了二十七个类似的保护区。

国家公园尽是国宝，最重要的有大象、"国兽"孟加拉虎、"国鸟"蓝孔雀。这里生活着一百只野生孟加拉虎，自然赏虎出了名，但看到看不到还要靠运气。此后，我们乘吉普车在向导的引领下找了两天，几次风吹草动，屏气凝神，终无结果，只见了一串虎脚印，再加一泡老虎尿。倒是见到了一群大象带领孩子喝水洗澡的精彩场面，也有几次和高贵典雅的蓝孔雀谋面。沿途还有无以计数的麋鹿、梅花鹿、黑面猴、小豺狼等等。就是和优雅而不失敏捷的孟加拉虎缘分不到。罢了，我们还是观鸟拍鸟吧。

下榻在公园附近的一家度假村。馆所坐落在稀疏有致的粗大矮树间，别墅式的小楼散布在棵棵大树下，风情独具。接待大厅仅有一张木制小柜台，几张木框沙发。没有华而不实的摆设，没有冷气、电视等现代化的设施，空气中弥漫着木头、树叶、风声、雨迹的原始味道。服务人员说，就是为了让客人在纯粹安宁舒适的环境下，静心地与大自然共度时光。在如此澄澈纯净、安详静谧的世界面前，你不得不改用耳朵去聆听，用心去体会。脑际萦绕的满是文学泰斗泰戈尔《飞鸟集》的句子：

> 我想着摇曳的树枝，想念万物的伟大。
> 树枝像大地的热望，踮着脚尖窥望天国。
> 绿草在大地上寻找她的伙伴，树木在远空寻找他的寂寞。

小鸟呀，你虽渺小，但你拥有你脚下的树林……

推开门窗看景色，深林茂树间的风是慵懒的，鸟儿也懒散。风不易觉察地吹着，吹得没有方向，一会儿抚弄这蓬绿叶，一会儿又去纠缠那两只随随便便停落在窗前斜枝上半睡半醒的小鸟，用它纤细的思维，去拨动小鸟敏感的心弦，啾啾啁啁，鼓奏出几声流水般的小曲调，不动窝地倚在枝干叶子间，歪着歪着又入梦里去了，或许梦见自己变成了一缕风。风儿吹着吹着，觉得怪没意思，顺溜到树梢上沿，找个缝隙跑出去，寻找自己的声音去了。

离晚饭还有一小段时间，同伴们招呼到附近去看看鸟。出门遇见了衣着简便的村民牵着水牛慢慢地行走。又见一头大象驮个农人走来，脚步缓缓的，落地重重的，时间似乎被它硕大的脚掌踩在了地上，碾碎了，丢失了。大概印度人觉得，千年的神，万年的佛，都不会来计算人间分分秒秒的。这里的生活就这么简单，简单得没有多余；舒缓，舒缓得没有边际。

树木高大，把林荫路变成了一条线，小鸟也成了树干纹路上的一个点。旋木雀、鹪莺、侏儒啄木鸟，形形色色的，虽小，却不很难拍。走在前头的伙伴见到一对渔鸮，呼叫我，我正恋着大金背、磷喉绿啄木鸟。这片园林记录有六百种鸟类，一时能拍得完吗？走人。半小时后赶到，渔鸮还蹲在那枝上，一会儿睁眼一会儿闭眼，时不时地睁一只闭一只，跟我们这些外来客闹着玩呢。回头看陪同的地导，他的头向左向右轻轻地晃动一两下，笑了，说："国家非常注重野生动物保护，全国有二十七个这样的保护区，信教的人不杀生，其实，国家整个都是保护区。所以，各处的鸟儿都不太怕人。"此后，德里南面的巴拉特普湿地公园里，铺天盖地的鸟儿穿梭于人群；德里市区的一座清真寺，一塔的鹦鹉，一树的鹰雕，悠然飞落席地而坐的游人中间啄食吃，证明此话不虚。这印度真有意思，一不小心，让我的感觉也出了错。

时至黄昏，林深处传来几声高亢、单调、让人略感凄婉的鸣叫，正是"国鸟"——野生蓝孔雀，颈部鲜亮的蓝色，丝毫无损的长长尾翎惹人注目，冠羽张开，昂头端立在那里，矜持而不慌张，华美却不妖艳，高贵并不骄奢，真不知道这到底是一种鸟还是哪位神的使者。驻足倾听那省人的啼鸣，令人产生一种高深莫测的冥思，想到了历史上最强大的孔雀王朝，想到阿育王统一印度次大陆，弘扬佛教，使它走向世界，等等。德里的阿育王柱记载了这一切，孔雀也许在咏唱这一切吧。

来到餐厅依窗坐下，一片宁静，无限空灵。窗外，隐约可见远处山峦的影子，隐隐可听禽虫走兽时断时续的低鸣，挂满眼帘的雨丝，若有若无，如雾如纱，为我编织着诗意的黄昏。带雨的枝叶莹翠如花，盛开在印度岁月的枝头，沉潜到我们记忆的心底，让我感到心安意醉，难舍难忘。眼前是一条干涸的大河，零星的一汪两汪水，浅浅地沁在石子里，不时有鸟儿飞来啜饮。喝够了的鸟儿低头叽喳自语，像轻柔的道谢，又像念叨一个个老朋友熟稔的名字，然后仰天一声清亮高拔的长鸣，飞走了，飞出了我的视野，飞到了苍穹的极处。

我早就臆想过，鸟儿是有感知有自己的喜怒哀乐的。现在，这片原始森林里的飞禽走兽们，以自己最自然的生态行动，让我看到感到了这一切。你看，它们东张西望，是在寻找和睦相处的邻居和朋友，这其中也包括我们人类。它们的婉鸣里有对让它们惬意的山林溪水的致谢，它们疑惑的眼神里有对人类日趋靠近的脚步的打探和不安。面对这些生动真切的眼神，我们欣喜、感动、怜惜，还有愧疚。是应该倾其心力来表达我们对鸟儿真诚亲近的时候了，以挽留住它们渐行渐远的身影。我们需要如此，我们应该如此，我们留给子孙的遗产里不应该让鸟儿缺席。应该让子孙们知道，这个世界上还有这么多美妙的生灵、绚丽的色彩，有了这些生灵和色彩，世界才美好。尽管每个人的力量微薄，结果难料，只要都尽心去做了，那时，我们就可以无愧地说：天空没有留下鸟儿的痕迹，但我已经飞过！

## 泰姬陵前遐想

我气喘吁吁地爬上了大理石筑成的十米高台，抬头看：蓝天下白云中通体洁白、晶莹剔透的泰姬陵就在眼前。身后的一泓清水，映现它美轮美奂的倒影。我情不自禁地轻抚着一条条滑润的栏杆前行，视野里竟然出现了一个个、一片片被蚕食虫蛀似的小孔洞。这是怎么回事？这是世界七大奇观之一，一个伟大民族和文明古国数千年灿烂文化的浓缩，一个承载着千古哀婉、万众梦牵的爱情故事，世界建筑史上独一无二的旷世佳作泰姬陵啊！它已经和万里长城、金字塔一样，成为一个国家的代名词，有谁能在它的身上留下这般伤痕？

"不到泰姬陵，不算到印度。"我们此次前来拍摄野生鸟类，本来没有观瞻名胜古迹的项目，要去的巴拉特普国家公园距离阿格拉不远，因着挡不住的诱惑，再次造访。阿格拉就是泰姬陵的所在地，属北方邦，离首都德里很近。公元十六到十九世纪，阿格拉是印度莫卧儿王朝的首都，这里曾经演奏出印度历史上的最强音，演绎过一段有声有色的活剧。如今，它被无情的岁月抹去了曾经的辉煌，变得像其他小城镇一样，破烂的街道，拥挤的市民，嘈杂的秩序，普通得再普通不过了。

小城破旧，"有仙则名"，泰姬陵这座印度、伊斯兰和波斯三大文明融合而升华的艺术瑰宝，吸引着游客趋之若鹜，络绎不绝。我们忍受漫天的尘土、遍地的垃圾、成群的乞丐、过分热情的小贩和印度人二十卢比、外国人七百五十卢比的悬殊票价所带来的不快，呼吸着无处不在的泰姬陵气息，经过了严格的安检，走进暗红色的穹顶大门。眼前的泰姬陵，气势恢宏，造型优雅，通体洁白，布局精巧，华丽不失素雅，端庄兼备俏媚，仿佛与泰姬·玛哈尔生前一样，美得让人无以形容。难怪我国的印度美术史专家王镛先生在他的《印度美术史话》中这样表述："泰姬陵在总体设计上，强调数学计算的精密，几何学构成的均衡，光学效应的变化，宇宙学图解的清晰；在审美基调上，追求华贵的简洁，静穆的辉煌，水晶般的纯净，女性式的柔美。"现在，它就在我的面前，静静地立着，尊贵而矜持地俯视着每一位来者，使我们浮躁的心绪顷刻平静了下来。

从大门到陵墓，有一条用红石铺成的直直的长长的甬道，两旁是人行道，中间有一个十字形的水池，水池中间是喷泉，又名照影池。泰姬陵就坐落在甬道尽头的高平台上，上下左右工整对称，中央圆顶饱满耸立。八角形的寝宫内安放着泰姬的石棺，墓室中央有一块大理石石碑，上面刻着波斯文：宫中翘楚泰姬·玛哈尔之墓。石棺一侧矮小的棺墓，则是陵寝建造的主持者，一代帝王沙·贾汗。

我跟随人群进入庄严肃穆的大殿，仰望泰姬陵弧形的穹顶，略间灰色的大理石衬得整个白色建筑更加晶莹，墙壁四周都有五彩宝石和贝壳镶嵌的花纹和黑色的古兰经文，但已显露多处残缺之痕。清风从八方的巨大窗棂吹来，在沙·贾汗和他挚爱一生的泰姬·玛哈尔的石棺上拂来拂去，呜咽着，低语着，仿佛在诉说这对绝世佳偶当年诉说不尽的痴情，倾诉生前身后世事无常、遭遇天渊之别的况景。

当地人告诉我们，泰姬陵由于通体是洁白的大理石，墙壁、门扉、窗棂雕满精美的花纹，不同的时间去欣赏它会给人不同的感觉：清晨，朝霞升起的时候，泰姬陵似乎从睡梦中被唤醒，显得异常的宁静肃穆；中午时分，它头顶蓝天白云，脚踏碧波绿树，出落得玲珑剔透，光彩夺目；每当夕阳西下，泰姬陵迎来它最妩媚的时刻，白色、金黄色、粉红色、淡紫色，最终回归银白色，不断变幻；月上树梢，泰姬陵清雅出尘，仿佛下凡的仙女，另有一番皎洁、别致的风韵。超凡脱俗的泰姬陵和那段感天动地的爱情故事，倾倒了多少文人墨客，他们耗尽了心血，费尽了笔墨，也道不尽它的万种风情。

沙·贾汗是印度莫卧儿王朝第四代国王的第三个儿子，据说他热爱艺术，喜欢珠宝，精通建筑，并且骁勇善战。他的宠妃阿姬曼·芭奴是一位有着波斯血统的绝代美女，风姿绰约，才华横溢。她二十一岁嫁给了沙·贾汗，从此形影不离，南征北战，足迹遍布沙场。她不仅是他生活的伴侣，还是他政治舞台上的同道，他们爱得刻骨铭心。她仰望星空，希望有一座能拥抱星星的寝宫，沙·贾汗用无数宝石和玻璃，请能工巧匠为她建造了"镜宫"。临终时，她的心愿之一是有一个美丽的陵墓。沙·贾汗从各地请来能工巧匠，总共两万名，花费四千万卢比（当时十五个卢比相当于十一点六六克黄金）。民房不造了，楼房不盖了，全国全年就是开采、运输、打造堆砌这些白色的大理石，耗时二十二年，终于造成了这座举世无双的宏伟建筑，了却了一代霸主和王后至死不渝的爱情心愿。

然而，只要稍稍了解那段历史，我们的观瞻就再也无法轻松。泰姬·玛哈尔三十七岁英年早逝，"镜宫"没能住上一天，这座建筑杰作在一个世纪后被入侵者抢盗一空。惊世骇俗的陵墓泰姬用上了，但她已经属于天国，人间的荣耀富贵她再也无从知晓。二十年后，她的三儿子奥朗则布和他的父亲如出一辙，杀兄灭弟，篡夺皇位，她深深爱着的人被囚禁，仅仅从一块小玻璃窗上遥望她的英灵。他们的悲剧是不是他们当年阴谋和暴行的报应？一个世纪后，降临陵墓的同镜宫一样只有灾难，国破家亡，江山易主，这片土地成了大英帝国的殖民地，征服者不仅掠夺印度的财富，还要毁灭它的文化，泰姬陵变成了英国青年的舞厅。入侵者和官盗民贼纷纷将魔爪伸向泰姬陵，陵寝内的金银财宝丢失殆尽，连栏杆上、墙壁上镶嵌的珠宝，都被酒足饭饱后的英国士兵刀挖斧凿偷去，留下的只有这一片片蚕食般的洞孔，和痛彻一个民族心灵的伤痕。更有甚者，英国当时在印度的总督还制订了一个拆掉泰姬陵进行拍卖的计划，只是由于在伦敦的第一次拍卖宣告失败才不得不放弃，使泰姬陵有幸留存至今。一生高贵、满腹经纶的泰姬·玛哈尔，恐怕做梦都不会想到是这样的结局。制造悲剧的不正是封建君主本人吗？他把整个国家只作为自己的家业，让天下苍生以生命为代价去陪他们圆个人的缠绵之梦，肆无忌惮地大兴土木，把满足个人欲望建立在黎民百姓的累累白骨之上，国家还有不衰败的？据说沙·贾汗为了让泰姬陵成为举世无双的建筑奇迹，竟然剥夺了总设计师伊萨·汗留要回自己的祖国伊朗的权利，封建帝王的爱情是何等的傲慢无理、自私残忍。

夕阳西下，余晖轻洒，如钩残月明灭在天，泰姬陵一身淡蓝银辉，魅影拖地，让人只觉得它孤傲里透着凄绝，婉约中含着落寞。尽管游人还在，尽管两侧的清真寺为它诵经超度，它依然形单影只地独立在那里，既不见泰姬的情侣相伴，更不见她的黎民上前亲近。静静地，慢慢地，消隐在夜幕里。

我陷入久久的思索之中。

治国齐家两茫茫，难考量，不能详。独裁奢靡，显赫梦一场。纵是君王拥山河，三碗饭，一张床。

细观陵寝念文章，钟声起，叩心房。众生平等，古今都一样。唯有民本留日月，黎民兴，国运昌。

## 德里和它的芸芸众生

印度首都新德里，在旧德里以南三公里处。

新旧德里两城之间，仅隔一座德里门，著名的拉姆利拉广场为其界线。

"德里"一词，有一说是来自波斯文，意思为"门槛"。

跨越两座紧连的城池，让人感觉不只是跨越地理上的境界，而是似乎要经历漫长的时光隧道，像是从现在进入了过去，但又真实地停留在现在。

旧德里享有"七朝之都"的称誉，拥有两千多年的历史。城池周边残存的古迹告诉来者，这里也曾是一个群雄逐鹿的地方，无数惊心动魄的人间大戏曾在这里上演。现存的城郭，是莫卧儿王朝第五代帝王沙·贾汗下令于一六三八年兴建的。它如同一面历史的镜子，展现了印度的古老文明，连同它原汁原味、独特而浓郁的中古时代气息，倒是别有韵致。

沙·贾汗的建筑杰作之一，也是全印度最大的最堂皇的迦玛清真寺，就在一片繁荣和嘈杂中静静地屹立着，随时迎候它的万名教徒同时礼拜。门外台阶下就是著名的月光市场，狭窄的小巷里密布着数不清的小店铺、小吃摊，支一口锅或一把壶，摆几个饼，围一圈赤脚黑手站着吃喝的人，只见攒动的人头，不见地面。再往外圈看，一大片最破旧最简陋的贫民居所，街道更加狭窄和拥挤，林立的低矮房屋紧接着土墙茅舍，弯曲的大街小巷里，始终拥塞着超载的大小车辆，客车行走时门也是开着的，随时都有蹿上跳下的人，煞是一景。各式各样的车辆首尾相接，加上闲汉、小贩、乞丐、大摇大摆的"神牛"穿行其间，简直就是印度交通工具和各色人等的博览馆。有的书上曾说，这里的人群基本构成是：三成摆摊，一成乞讨，六成闲站着。看目前的状况，似乎得到了印证。

新德里则是一座展现发展步伐的里程碑，是融合了印度传统和欧式风格的现代化城市。它是一九一一年十二月十二日，由贾尔杰·巴杰宣布要建造的新首都。当时的英国殖民当局让设计师考察了雅典、罗马和印度其他城市而后规划设计的，建筑既有印度和外国的古代色彩，又颇具现代时尚气息。

东西向的中心大街宽阔平坦，秩序井然。东头是纪念第一次世界大战的"印度门"，西头坐落着富丽堂皇的总统府，遥遥相对，自有皇家的气派。全城宽阔的马路呈放射状展开，道路两旁树木成行，绿草茵茵，鲜花盛开，松鼠、飞鸟不时与行人擦肩而过。楼群宏伟壮观，布局疏密有致。在这里，我们领略了印度人把精细柔美融合在同一色调中的那种浑然大气、如诗似梦般的建筑艺术，见识了各个阶层首领们的豪宅府第，连同他们的眷属们的高贵，孩童们眼神里的清澈，还有僧侣们的虔诚和坚韧。感受这片热土上安闲、温和、友善的气氛，实在想象不出它战乱不断、暗杀伺伏的历史轨迹。

然而，这里依然不乏一边是灯红酒绿的奢靡生活，一边是啼饥号寒的生存挣扎。街头随地可见一群一伙的孩子，本来大眼睛、高鼻梁、天真活泼，脸上却画着怪离的图案，随时向你伸出乞讨的手，再送上一个让人忍俊不禁的鬼脸。年长的乞讨者面目可怜，而手上身上大都佩戴着手镯和饰品，那是印度文化必不可少的一部分。虽说乞讨也算印度的一种生活习俗，上自佛祖、总统、名流，下至平民百姓，有乞讨经历的大有人在，然一旦目睹孩子老人残疾者流落街头，尾随哀求又面带微笑的情景，让我们这些同是来自四大文明古国的外国人，看得心头发紧。

这里的确是过去与当代、传说与现实、信仰与生存、平和与激荡、新与旧等两个极端融合得难解难分的地方；的确是个放在无数城市里，一眼就可以认出来，再也无法忘记的地方。

毕竟匆匆来去，浮光掠影，难求甚解，怎么会摆脱以管窥豹、自我感觉的范畴呢。

# 古城斑斓尚年轻

中国人对于马六甲，不管去过没去过，了解得多与少，都自有一分熟悉、一分向往、一分亲切。无可回避，这与从小学课本上就学到郑和七下西洋，五次到马六甲的史实有关。

我们这次出访马来西亚，由于日程紧迫，未能安排访问马六甲。入境后与陪同人员确认行程时，明显地感觉出他对这一缺项的遗憾。在吉隆坡的活动很顺利。第二天，我们要乘汽车沿高速公路经马六甲前往马来西亚的南大门——柔佛州的新山市。陪同先生像是自语又像是对我们低语："马六甲恐怕是世界上别处难以重复的一座独特城市了。"一句话引起我们的共鸣，于是决定快马加鞭，挤点时间，拐个弯，去看一眼意想中早已熟悉而久久悬念的城市。

高速公路沿西海岸由北向南延伸，这一带属于马来西亚的发达区域，也是人口密集的区域。原野里，山坡上，大片大片的油棕园和橡胶林旺盛而连绵不断，掩映着马来特色的高脚屋和小洋房。油棕园和橡胶林支撑了马来西亚的经济命脉，其出口量居世界领先地位，在东南亚金融风暴中起到了稳定经济的重要作用，同时也营造出独特的热带雨林风光，美化了一方家园。

马六甲历史上是马来西亚国家的起源地，现在是全国十三个州之一，地理位置差不多在吉隆坡与柔佛中间。我们于正午前到达，先下高速路在城外小站加油，闲暇间踱进站上小商店，柜台里摆着彩绘荷兰风车的大瓷盘和葡萄牙风格的工艺品，却少了马来西亚特有的锡制品。我们面面相觑，陪同笑而不语。一个瓷盘五个马元，有特色又便宜，顺便买了一些，继续赶路。

拐进城来，一股古朴别致的气息扑面而来，狭窄的街道，连檐接壁的红屋，众多的文物古迹，各式的教堂庙宇，城市本身就是座博物馆，向游人展示出曾经的印记。不少建筑物上都有张灯结彩的喜庆痕迹，与当地人谈起来才知道，本月十二日，是甲州元首敦赛阿末阁下的七十五岁华诞，全州同庆。元首也在这一天向州里的六百九十六名各族有功臣民封赐，颁发了不同级别的勋衔。其中受封 DMSM 拿督的四十七人中，巫裔三十四人，华裔十人，印裔三人。其他勋衔中，同样有不同数量的三类人士，各族人民同庆同贺，洋洋喜气至今犹在。早就知道历史上这里就是个移民地区，看眼前，大片湛蓝的是被奉为国教的伊斯兰教教堂，大黄大红的是华人信奉的佛教和道教庙宇，人物动物堆满墙壁和屋顶的是印裔信奉的印度教寺院，尖顶直插云霄的是欧亚混血人和原始部族中一些人信奉的基督教教堂，各就各位，辉映成趣。与此相联系的是多种多样的传统节日。元旦是普天同庆的节日，在这里也不例外。接着是穆斯林的开斋节，华人的春节，兴都教徒的屠妖节，基督教徒的圣诞节。它们和马来西亚的国庆节一样，都是全国性的公休假日。真是个多元种族、多元宗教、多元文化、斑斓多彩又和谐相处的国家。

来到市中区喷泉广场，放眼四望，西北侧一片红屋中耸立着荷兰风格的圆顶白十字标记的基督教堂，唱诗班响亮而悠扬的歌声，飘洒在临近的韩沿白路小街上，满街琳琅满目的古董和工艺品迎风叮咚，为之伴奏。广场的另一侧则是展现昔日王宫辉煌的苏丹宫殿，这座复原的木结构建筑，如今是文化博物馆，马六甲几百年的历史与几个民族的风情，斑驳的过去与活鲜的现实都在这里汇集。文物般陈旧的三轮车，换上五颜六色的新装，沿途招揽游客，势必要把游人载回到过去的时光。最著名最独特的，要算广场南端那座建在葡萄牙时代的圣迭哥城堡了，至今门前还安放着锈迹斑斑的大炮，像一位历经沧桑的老人，述说着过去世事的变故和朝代的更迭，自以为是地为身边过往行人和修旧建新的场地提供安全保障，殊不知，它身外不远处，还有资格更老、面积更大、在人们心中分量更重的三宝山、三宝庙和中国丘。当然，在十五世纪之初，被中国永乐皇帝派到这里来的第一个朝廷命官是尹庆，正因为他完成了联络和实地了解的使命，才使奉命下西洋的郑和带来了皇帝加封拜里迷苏剌为国王的诏书，还有工部制作的"满剌加（马六甲的马来语发音）国王"的金印。从此，这方土地才摆脱了暹罗的统治而独立。强大的中国并没有从这里索取一草一木，而是让郑和留下的百名农民出身的水手和二十名木工铁匠，帮助这方民众告别了只会捕捞不知耕种的历史。从此，马六甲王朝走向鼎盛时期，成为马来半岛上最大的商业中心，形成海上的丝绸之路，吸引来了中国、印度、阿拉伯以及欧洲各国的商人，带来了整个马来西亚的繁荣。"三宝山的和风，温暖了冰冷的人间，苏丹井里的清泉，洗涤了狭窄的心胸"，这首出自马来西亚人之手的诗歌，从古唱到今，唱出了马来人发自心底的情愫。

繁华在不同的历史条件下，在不同种族的眼里，有不同的诠释和作用。一心要向亚洲扩张的欧洲列强把它看作了马来西亚亡国的因由，于是，自十六世纪以来，这里相继沦为葡萄牙、荷兰、英国等国的殖民地，一直到二十世纪中叶。殖民者奴役了这里的人民，带走了能带走的财富，却留下了一段无可搬动的历史和渗入这块土地的文化。

具有移民地区特色的马六甲，自有包容的大度，自有博采众长的明智，他们完好地保护了所有的历史遗迹，使它们点缀在街头巷尾，融合于新式建筑之间，恰如其分地担当起历史见证者和现代陪衬人的角色，使本来历史不长的小城骤添了分量，在致力于把古老的丝绸之路建设成国际化航运中心和现代化城市的步伐中，把历史、现实和未来把握在自己手中。马六甲已于一九八九年被它的国家宣布为历史古城。我们与市民交谈，对他们获得历史古城的荣誉表示祝贺。对此引以为傲的马六甲人此时却腼腆起来，坦诚直率地对我们说："马六甲的古老仅对于我们国家而言，面对中国，无论是过去还是现在，我们都太年轻。而面对发达国家，我们发展得又太慢，像个老长不大的孩子。"置身于如画的风景中，听着坦率又急切的话语，每一个来自文明古国而被现代文明抛在后面的人，都会引起心灵震颤的涟漪。

登上圣迭哥城堡，马六甲全城尽收眼底，洁白挺拔的独立宣言纪念馆，连同门前高扬的两个联邦直辖区和十三个州的彩旗，遮住了背后那一页说不清的历史。巍峨的清真寺一身蓝色，浅蓝的墙，深蓝的窗，暗蓝的门，湛蓝的拜望塔，连着灰蓝的天，接着波澜不惊的蓝蓝大海，仿佛世间所有的蓝都集中到这里，凝成热带雨林区域内一缕难得的清凉。港口繁忙依旧，扩建的工地和海上穿梭的油轮，带来强烈的现代气息。回头看，从喷泉广场那边驶来一长串三轮车，车上坐的有亚洲人、欧洲人、美洲人。原来，十几个国家的大使偕同夫人被甲州长官请到这里来游览考察，观赏文化表演，以便介绍他们各自国家的人民来此旅游。殊不知，不同肤色不同语言的人们共同坐在独一无二的马六甲三轮车上，本身就是一个精彩的节目，引起满城游人，特别是我这个来自中国的外交工作者的由衷感叹。

马六甲没有太长太深的历史文化，却有属于自己的多元文化的融合，多元种族的通达。

马六甲是马来西亚的一座古城，但它并非人们想象中的老态龙钟，而是至今拥有一颗年轻的心。因此，它更加美好的明天不是神话。

# 乡　音

　　出访临近，再检查一下准备事宜。事事俱备，唯有访问团中那位马来西亚归侨仍急得团团转，因为受新山华人朋友的嘱托，要一百盘国内歌曲的 VCD 唱盘，至今仍有几首朋友点名要的歌曲没找到。我有些不以为然，商会的朋友们都是些为经营而忙得不可开交的企业家，哪有工夫去认真地唱流行歌？无非娱乐娱乐，随意挑选几盘不就行了？不料一句话引出恼火：没在海外待过的人，哪里能理会海外游子的心境啊！

　　来到新山，才知道这里是马来西亚的南大门，是连接东西马两个半岛的枢纽，与新加坡隔海相望的百万人口的现代化城市。旧社会，中国人闯南洋最集中最典型的就在这一带，百年海外漂泊，拳打脚踢，从零开始的谋生历程中，曾演绎过多少不堪回首的人间悲喜剧。如今，华人占全市总人口的百分之四十五，柔佛州政府里就有两位华人部长。华人商家社团众多，其经济实力在全市经济发展中占有举足轻重的地位。然而，那种"失根"后的悬空感觉，如同一串孤寂的空谷足迹，始终如影随形。一见面，说不完的话，道不尽的情，热切切的眼神，握住不放的双手，还有对祖国一丝一毫变化的敏感关注，把这一深藏的感觉清清楚楚地传达给了我们。

　　晚餐，新山中华工商总会在统一大酒店设欢迎宴会，商会里来了一百多人，交换名片，叙谈亲情，除了对故乡、朋友情况的关心，还有对悉尼奥运会中国代表队成绩斐然的那份兴奋、那份骄傲，使大厅里一片热烈气氛。署理会长和我们的市长分别致辞之后，我们团中的老归侨拿出了背包，变戏法似的说："我再加一个节目，大家猜猜看是什么。磁盘全带来了。"话语不高，但每一个角落的人都听得清清楚楚，大家一下子围了上来。正在挑选自己需要的歌盘，突然不约而同地停了下来，不知谁提议："我们唱歌吧。"大家一齐响应，首推副会长上台。他从磁盘中选出一首交给播放员，自己缓缓走上小舞台，微笑着深鞠一躬，说："为了欢迎来自祖国的朋友，我唱一支《九月九的酒》。"

宴会厅寂然无声，只有渐起的音乐和他纯正华语的浑厚歌声，好像由远而近的风声雨声心灵之声，把人带回到了传统节日里，人们从千里万里之外赶回那魂牵梦萦的故园与家人团聚的场景里去……忽然，他深深地换一口气，喷发式地唱出了高亢之音：

他乡没有烈酒，
没有问候。

终于，把久久压抑心底的情愫一泄而出。

是的，这片土地上同样有好山好水好风景，有比故乡更好的物质条件，然而，别人的良园美景不属于我们；今天，在中国人圈里讲华语，明天还需要讲马来语，那种语言同样优美动听，但它也不属于我们，我们有属于自己的家园自己的乡音。这首歌在国内通俗得不能更通俗，流行得不能再流行了，连我这从来不会唱歌的也会唱，而且不知听过多少遍，唱过多少遍，但从来没有像今天这样思绪绵绵，心潮翻腾。"此夜曲中闻折柳，何人不起故园情。"一首歌打开了我们彼此心灵的闸门，我理解了他们选要歌带的心情，也理解了选购歌带人那份来自同感的深情，不由得也随之哼唱起来，曲调由高亢回落低沉：

亲人和朋友，
举起杯，倒满酒，
饮尽这乡愁，

263

醉倒在家门口。

百年前为生活所迫离乡背井，异域谋生，那时的故乡千疮百孔，苦难贫穷，今天的祖国仍在发展之中，过上富足生活的海外侨胞，闲聊时也有对家乡落后的抱怨。然而，谁会抱怨那片皇天后土？谁会抱怨那些纯朴善良的乡亲？人活着不仅是肉体生命的继续过程，还需要延续其民族精神和地域传统。世人共知，最缺乏传统心理和地域观念的移民国家美利坚合众国，不是在亚特兰大奥运会上，同样表现出强烈的民族性和排他性吗？炎黄子孙的故乡只有一个，它是每一个华人漫漫人生长旅的第一站，万里远航的第一港，无论你走多远，它都具有祖脉地气般的孕育之功，无论日后的成与败，没有这个第一，一切皆空。大凡华人哪个没有"叶落归根"的观念？故乡烙印般地铭记在心，随时随地都会触景生情地想到它。任空间辽阔，时间悠邈，永远不会使之褪色的唯有这乡音。

副会长用上扬的高音发出最后一个音符，余音被掌声打断了，却再也打不断我们与他们内心的认同。

第二遍，第三、第四遍，不断地有人点唱这同一首歌，每一遍都唱得投入、纯正，每一遍结束都有一片掌声。主人提议我们的市长上台演唱，在国内从来没见过市长登台演唱，大家捏了把汗。市长从容地走上舞台，自己报出曲名——《九月九的酒》，大家顿时不约而同地站了起来，一边鼓掌，一边合唱，洪亮的歌声唱出了"共看明月应垂泪，一夜乡心五处同"的心境。

一首普通的简单的歌，在特殊的场合、特殊的人群中，具有了特殊的象征意义，成了世界上最动听最令人动情的乡音——那种故乡召唤游子，游子始终感念母亲的声音，它是所有华夏儿女共同的根，连着永远割舍不断的情。

# 传　灯

　　满车坐的都是前来参加海外华文教育大会的来自各国的华人华侨。参观完苏州返回上海，途中正遇深冬傍晚的冷雨，任凭点点滴滴的雨珠敲打车窗，毫不妨碍车厢内洋溢着的一片热烈与温馨。说不完的话，叙不尽的情，唱不完的歌，个个沉浸在回到祖国母亲怀抱里一吐心曲的兴奋之中。

　　车子驶进上海市区了，车内暂趋平静。这时从后排座位上站起来一个人，缓缓前来，接过了东道主手中的话筒。抬眼望去，车灯暗光下立着一个微微驼背但仍然高大的身躯，一张满布沧桑却含笑的面孔，原来是马来西亚全国华校董事联合会总会署理主席叶新田博士。会议期间，他一直沉沉稳稳、少言寡语，在这会议即将结束的最后时刻里要说什么，想唱什么呢？他那充满激动与感慨的标准的普通话牵住了我的猜想：“这次回来离上一次回国已十年了。上一次，是在马来当局采取‘茅草’行动，肆意逮捕华教人士的险恶情景下，混在旅游团中偷偷回来的；这一次，是受我的祖国的邀请堂堂正正地回来议事的。三天会议眨眼工夫过去了，大家和我一样，明天一早就要回程了，用这最后相聚的时间，我来教大家一起唱我们董教总的会歌《传灯》吧。”

　　天色奇异地在几分钟之内完全黑下来，小雨仍然不大却越下越紧，无数条细细的水流在车窗玻璃上疾奔。车内鸦雀无声，任那种紧缩缩沉甸甸的感觉雨水一般漫遍全身。叶先生清晰而缓慢地把唱词朗诵了一遍，大家认真而严肃地跟着背诵了一遍。此后，响起了老先生低沉浑厚的歌声：

> 每一条河是一则神话
> 从遥远的青山流向大海
> 每一盏灯是一脉香火
> 把漫漫的长夜渐渐点亮
> 为了大地和草原
> 为了太阳和月亮
> 为了生命和血缘
> 每一条河都要流下去
> 每一盏灯都要燃烧自己

歌声起始平实而坚定，像一位沧桑老人在叙说一段历史，渐渐趋向高亢，是久经压抑后终于喷发的倾诉，继而是那种接近使命般的崇高，终于达到至死无悔的壮丽。特别是后两句掷地有声的强音回环，黄钟大吕般充溢天地云水之间，像南中国海里澎湃的波涛一般，撞击着千年难以开垦的荒园，拍打着每一个海外游子心胸的堤坝，使人感受身处南洋的炎黄子孙对传承民族文化是怎样一种心境。这样一支波澜起伏的歌，一支透射出凝重和执着的歌，是马来半岛上六百多万华人用血与汗汇成的心灵之歌。多少年来，它如同热带雨林中的一股清风，鼓舞着生活在这里的华夏儿孙走过泥泞坎坷的道路，激扬着一代又一代勃发向上的生命。今天听来，凡经历过或了解过马来半岛上华文教育发展状况的人，无不陷入沉思，无不为之动容。

歌声把我带回到前不久访问马来西亚的所见所闻中去。

马来半岛是一片富有生机的热带土地，时至深秋十月，这里仍然是无边的花红草绿，风景绮丽。与湿热的气候同在的，是政府正在倡导的种族和谐相处、共塑跨越种族樊篱、精诚团结的大马民族的热风。政府对华人称：这里的华人是世界上最幸运的，因为这里保留了中华文化和

266

教育。我们听后自然为生活在这里的同胞深感欣喜。

来到柔佛州的新山市，这座华人占到人口百分之四十五，华文教育在全国领先的古老而现代的都市，我们顾不上去看古王国大皇宫和清真寺的辉煌，来不及一睹都市的繁华和海滩景色的秀丽，先去皇家码头对过看一看宽柔中学，这座全国历史最长、规模最大的华文"独中"的风采。接着来到十五公里外的士古来，访问全国最大的华小"智南小学"。在那里，受到了百名学生组成的鼓乐队以古典的跪拜礼仪对我们隆重的欢迎，看到了各个教室爆满，不大的校园里竟容纳下三千多名学生的场景，听到校方介绍的今年招生时被家长三次挤倒校门和院墙的事实。面对这些，我们无不为华文教育在这方土地上发展的强势而兴奋。就在这时，一直陪同我们的新山中华工商总会的秘书长黄耀松先生却告诉我们："这是近几年来的事，过去并不是这样的。任何国家的语言在世界上所占的位置都以它的国力做后盾，我们在海外的人感觉最明显啊。"于是，在去南方学院的路上，先生讲起了华文教育在马来半岛上走过的坎坷路程。

马来西亚的华文教育，是伴随着华裔先辈漂洋过海来这里拓荒而发展起来的，从一八一九年五福书院创立算起，迄今已有一百八十年的历史了。华裔先辈不仅经受了拓荒的艰苦卓绝，同样经历了在创建华教及传承民族文化方面的巨大压制和挫折。祖籍国的语言对于侨民来说被称为"母语"，就因为二者之间具有婴孩与胞衣那种与生俱在的关系。人，身处异域他乡并不可怕，可怕的是被割断精神和文化上的生存渊源，而首当其冲的是失去母语。一旦失却这一精神家园，发自灵魂深处的恓惶，终无归宿的漂泊，带给海外游子的只能是刻骨铭心而又无以言状的孤独和无奈，使"背井离乡"本质意义的悲哀更加惨烈。大概基于此吧，联合国的《人权宣言》里早已明文规定"母语教育是基本人权"。就是在马来西亚的联邦宪法中，同样允许各民族自由发展其母语教育。按说，华人在这里传承发扬属于自己种族的文化和语言是合情合理合法的，然而，在本土人士中固有一些狭隘者，面对一种高于自己发展程度的异质文化的挑战，产生了从心理上的恐惧、歧视到行为上的阻拒。更有甚者，二十世纪三四十年代，英国殖民者和日本军国主义者，以祸心，找借口，企图消灭这里的华校与华文，因而激起了华社和华教一系列的抗争。这些抗争百余年来绵延不绝，前仆后继，涌现出无数为之做出牺牲的英烈人物，他们以"甘愿燃烧自己"的情怀，谱写了一曲捍卫与传承民族文化的悲壮之歌。

从董教总提供的资料看，在马来西亚独立之前，一八一九至一九五六年，华校以私塾的形式存在，处于自生自灭的状态。英国殖民者到来之初，基本上采取任其自生自灭的政策。到了一九二〇年，他们实施了学校注册法令，要通过注册来控制华校，仅一九二五至一九二八年间，就有三百一十五所华校被取消注册。四十年代，日军侵占马来西亚期间是华教最黑暗的时期，由于中日战争以及马来西亚华族民众正义鲜明的抗日反侵略倾向，许多爱国的华校教师与学生被残害，华校遭到严重破坏。一九四五年日军投降，英国殖民者重返马来西亚，他们对怀有强烈爱国意识与反殖民传统的华教倍加敌视，炮制了多项教育报告书，企图一举消灭华教。直到一九五六年，在《拉萨报告书》中，提出了以马来文为各校主要教学媒介的"最终目标"。在这种情况下，华教工作不仅要面对筹钱聚力办学的问题，更要面对重重教育法令和条例的束缚和压制。为了领导华教为争取教育政策的平等而抗争，董教总应运而生。

度过了四十年代的黑暗，送走了五十年代的风雷激荡，华族人与马来人并肩战斗，迎来了马来西亚的国家独立，但并没有使华族的母语教育获得应有的地位。六十年代以后，当局无视民意，在华社强烈反对华文中学改制声中，国会通过了《一九六一年教育法令》，强制全国的一千多所华小和几百所华文中学接受"改制"，即变为国民型中学，这样一来，就把华文教育局限在了小学阶段，使华文教育的整个体系受到重创。董教总大力反对这项不利华教发展的法令，为此，教总主席林连玉先生被褫夺公民权。也就是在这个时候，当局采取"茅草"行动，逮捕了包括下一任董教总领导人沈慕羽在内的百余名华教人士。此后的

"独中"，就是不接受改制，坚持不变"质"的华文中学。然而，他们毕竟要面对缺乏教师、生源和经费的种种困难和一项一项的限制法令，无可避免地走向了式微，到头来只剩下大小不一的六十所。

母语教育、民族文化是其民族地位和尊严的象征，是民族的根基和灵魂。这片土地上的华族人深深懂得，一个民族若失去了灵魂，就是失去了元气和生命力，无论人数多少，力量强弱，都经受不住风浪灾变的袭击。一个没有族魂的民族，就像军队失去了旗帜和号令，在生死存亡的关头势必溃不成军。而华教和华校，就是延续民族传统文化、凝聚爱国爱族力量、提升民族公众素质的阵地，华族民众怎会轻易放弃呢？

有华人的地方就有华校，有华校就有华校董事会，就会得到华社的支持和捐助。马来西亚的华裔最大的愿望是建立起从小学到中学到大学完整的教育体制，使子孙后代接受完整的华文教育。终于，经过艰苦的抗争，八十年代末，利用国家元首大选之际，争取到了第一所以华语文作为主要教学媒介的高等学府，这就是一九九〇年诞生的南方学院。尽管政府仅允许它以无营利的企业注册，属民办形式，得不到政府丝毫的资助，但它毕竟是自一九八〇年新加坡南洋大学被勒令关闭华文教学后的一项伟大创举，华人为之欢欣鼓舞，华社纷纷解囊捐助。它自诞生之日起就宣示了"配合亚太地区经济发展大势，承担与发扬华族文化，扎根华社，立足大马，进而展望天下，结合本地国情，融会世界知识，培养人才，促进各族文化交流"的办学宗旨，得到了华社各界广泛的支持。相继北方建起了新纪元学院和韩江学院。百年奋争史，万里坎坷路，一步一脚印，始终向前方。大马华文教育的完整体系终于初见端倪，使数百万华夏子孙深恐不知自己从哪里来到哪里去的"失根"感觉终于有所皈依。

眼前就是南方学院，它坐落在一片开阔的丘陵之上，民族式的飞檐教学大楼拔地而起，绿地如毯，鲜花似锦。迎门大厅以"畹香"命名，是为了纪念为学校捐地二十五亩的著名侨领萧畹香老先生。学院以国内"独中"毕业生为招收对象，现设商学、电脑、马来学、中文和英文五

269

个科系，明年要增设电子工程系。它已与我国的南京大学挂钩，进行学分转移，为中文系学生毕业后赴南京大学深造铺好了道路。看校园内外披红挂彩，师生衣冠整齐，满面春风，原来就在昨天，十月十五日，刚刚举行过建校十周年庆典大会。十年漫漫，有苦有乐，师生怎能不好好庆贺呢？

华社的名流贤达来了，各位国、州议员，巫族各界来了，国家教育部副部长拿督韩春锦来了，国家副首相拿督斯里阿都拉巴达威来了，他们与师生合影，副首相主持了开幕典礼，致以开幕的贺词。他明确地指出："华人私立学院有助于促进种族的和谐，促进国家发展。""各族分享治国的权力。"

各种族的融合与和谐相处，是以各种族的平等为基础的。平等不仅体现在经济上、政治上，还体现在精神上、心理上、文化教育上。多元的种族本来就应有多元的文化教育与之相呼应。只有当一种文化被接受，属于这种文化的种族才会真正地在这片土地上落地生根，与本土种族相融，共建家园。对于成为合法公民的华族怎能剥夺其接受母语教育的基本人权呢？力图使马来西亚走向世界的当局怎好阻止人才培养国际化的潮流呢？尽管华校仍然面对政府学校不接受其毕业生、没有政府津贴、不准许聘用国外华文教师等尚未平等的实际问题，但万涓归大海，扬帆必起航，华裔前辈用血与汗铺垫出来的道路会越走越宽。何况，身后还有崛起的九百六十万平方公里的故土在瞩望着。

大厅里，师生们在唱歌，校长告诉我们说，他们唱的是会歌。当时我们虽然漠然不知所以，但清晰在耳的，是一种脆亮恢宏的合唱，在半岛上空传扬得很远，很远。

# 阳光　总在风雨后

　　从马来西亚柔佛州的新山市中区乘汽车赴新加坡，仅仅二十分钟的时间，就过了两国各自的海关。跨过锃亮的栏杆，走下高高的台阶，我知道早已越过了柔佛海峡，脚下油绿的土地就是新加坡了。一直陪同我们的新加坡复发中记集团的薛先生连忙嘱咐大家："在公共场所千万不要随地吐痰丢垃圾，不要吸烟，否则，惩罚会很厉害的。"夸张的表情并没有引起大家的恐惧，反倒让我们看出他掩饰不住的自豪和夸耀。

　　海关到城区，从北向南，大约二十多分钟的路。高速公路车辆虽多，却秩序井然，没有塞挤。进入城区后不大一会儿，便遥望到码头装卸吊塔的背影，那就是新加坡本岛南面的边缘。

　　新加坡的确太小了。

　　说它是弹丸之地，不是蔑视，不是夸张。二〇〇〇年，新加坡整个国土六百四十平方公里，而可利用的土地百分之九十一点六在仅五百八十平方公里的本岛上，总共二百八十七万人口。这个孤悬于马来半岛南端的小岛，没有天然资源，没有广阔的腹地，但它是马六甲海峡的出入口，是亚洲与大洋洲的桥梁，是连接太平洋与印度洋的通道。于是，出人意料的，在这么个小地方，包容了那么多世界一流：世界一流的港口，特别是居世界第一的集装箱装卸速度和数量；世界一流的造船中心和炼油中心；世界一流的机场和铁路系统；世界一流的金融中心和外汇市场；世界一流的高科技中心和信息传播；世界一流的效率，还有信誉……站在这块神奇的土地上，人们思维定式中大与小的概念不得不重新界定。

新加坡实在太短了，短得没有自己的历史。

临行前，一位归侨老朋友告诉我，他三次到新加坡，经历了完全不同的三个历史阶段：二十世纪五十年代，新加坡是英国的殖民地，战乱、灾荒，使这里贫穷到除了土地和人口之外，一无所有；六十年代，新加坡成为马来西亚的一个州，依然随时可见一触即发的种族暴乱；到了七十年代，它已退出马来西亚，成为一个独立的国家。这时的新加坡人，面对巨大无比的困难，以坚强无比的毅力，越过一道一道看起来无法逾越的障碍，去创造人间奇迹，使西方评论家"独立后的新加坡没有前途"的断言化为废纸。此后，世界水准的美好环境，世界水准的先进设施，世界水准的国民行为……今天，我们面对着奇迹般的现实，长与短，孰为优势孰为劣势，不得不重新思考。

"请下车!"服务生微笑着站在面前，下榻的濠景大酒店到了。天近傍晚，彩霞还没散尽，雨就跟着来了，有些凉，绵绵的，一副没完没了的样子。我的心一下子提了起来，在这里只待一天，明天再下，出不得门，那么多的疑问和好奇，上哪里去寻求答案? 薛先生看出我的心思，笑着说："新加坡的气候就是这样，四季皆夏，一雨成秋，现在进入秋天雨季了，雨才是这个样子。请放心，不管什么雨，在这里都是来得急，走得快。"

第二天，果真是个云开雾散、阳光明媚的好天气，只是雨的精灵为这座绿海花城洒下了万般情思，使挂着水珠的花草树木，在微风下飞扬起绿的旋律，宣泄出不竭的生机和活力。按原计划去裕廊飞禽公园。穿越市区四十多公里，宛如在花海绿云中神游，一幢幢欧化的或东方式的建筑，都像是为了使这座大花园多姿多彩而特意安置在那里的。特别令我们诧异的是，这么少的土地，这么多的民居加上工业建筑，竟没有丝毫的拥挤和杂乱，建筑之间不时出现大片的绿地，体现了城建规划的科学和严格。新加坡创造出世界第一流的绿洲，是与它独立之初根据自身的实际而采取的经济"对外跃进"策略密切相关的。试想，这样一方

272

最适宜人们居住的土地，谁能不喜欢、不前来呢？即使到此地来停一停、看一看，也是一种享受。

飞禽公园到了，是利用一条山涧和两边山坡的自然环境构建成的，两山之巅罩着巨大的尼龙网。涧里坡上，绿树葱茏，花草繁茂，人造的小桥流水，先进的高架游览电车。看简介得知，这里集中了各类鸟四百二十多种，九千多只，园里设有百座大型鸟舍和十多个驯鸟表演场所，是世界上"最大的鸟笼"。又一个世界之最！原本缺乏景观的新加坡，靠智慧和创造，一出手便是世界级。走进园来，仔细领略鸟的天堂的美妙。渐渐地，被不时触目的精致标牌所吸引："不准丢垃圾""不准折花木""游客不准向鸟投食物"……新加坡政府面对外国媒体的强悍态度，坚决地用鞭刑教训了桀骜不驯的美国少年，这一做法世人皆知，想不到日常生活中还有这么多的不准许。陪同的先生告诉我们，在新加坡大到国家大事，小到衣食住行、言谈举止，都是有法可依、有章可循的，像这一类的告示牌到处可见，都有明确的罚款数目，如上厕所不冲水要罚款的，吃饭浪费也要罚款的。我想起了昨晚余大中先生为我们设欢迎宴会时的情形，饭菜质量很高，道数不多，最后一道菜，是先生征求了大家的意见后按需要数量上来的，结束时，桌上一干二净。看来习惯已成自然。先生接着向我们讲述了与之相联系的政府推出的一系列全国运动，如礼貌运动、清洁和绿化运动、保持公厕卫生运动以及禁止口香糖等等。再看公园里整洁卫生的环境，游览电车站前排成的长队，我明白了，新加坡用严刑峻法和公众参与、内容实在的运动，调理出了一个花园国家，一个井然的社会秩序，一群具有现代文明行为的国民。再用这些令世界惊讶不已的现实，来宣示亚洲的价值。

去圣淘沙公园是从码头搭乘渡轮涉海前行的。未走近这座被称作"伊甸园"的岛外小岛，先为宏大的港口繁忙的景象所倾倒。无愧为世界之最，林立的装卸机械，数不清的泊位，望不到边的停靠船只。交谈起来才知道，码头总长十三公里，港区面积五百八十三平方公里，等于新加坡的陆地面积，分六个港区，共拥有一百六十个轮船泊位，最大的码头能停泊三十多艘远洋巨轮。想到在新山市，港口工作人员介绍到有五架装卸机械能同时工作时的兴奋，不觉暗自发笑，典型的小巫见大巫，两港近在咫尺，却还是这般盲目自大。新加坡现已开辟了二百五十条国际航线，通往三百七十二个港口，每年进出船只三万三千多艘，每年进出口总额达四百五十亿到五百五十亿美元。作为世界转口贸易中心，其中大部分商品直接从产地运往各国，只是账单在新加坡转一转，而需要与二十多个政府单位打交道的进出口报关港口货运文书作业，十五分钟便可全部完成。新加坡能把自己不多的优势发挥到了极致，高效廉洁的政府做了保障。他们视发展生产力、繁荣经济为独立后的国家生死攸关的大事，没有仅仅停留在认识上，而是采取了一系列切实的措施、扎实的行动。沉思中低下头来，看到马达隆隆的巨轮下面，海水一尘不染，依旧清澈碧绿。

渡轮靠岸，我们换乘高架单轨车做环岛游，观看了海洋世界、蜡像馆和各种娱乐场所。一圈下来，驻足于作为岛的也是这个国家的标志的音乐喷泉广场。雨水冲洗过的大理石地面光亮华丽，万千水柱随音乐升腾而起，在阳光下，幻化成红黄橙蓝紫的彩色韵律，使整个岛都充满灵动，充满诗情画意。广场最深处，高高耸立着城标——那只凌空跃起的雄狮。它在这里傲立了整整一个世纪，阅尽脚下这片土地上千年的沧桑，百年的沉浮，依然双目炯炯，一身雄姿，给观瞻者以力量和勃发的英气。同伴们按捺不住地纷纷举起相机，留住这永恒的美丽。

不觉时至正午，大家仍恋恋地坐在石阶上欣赏着。余先生的助手匆匆赶来，请我们去用午餐，同时，递过来一套厚重的精装书——《李光耀回忆录》，说："刚刚出版就被抢购一空，大有洛阳纸贵的势头，先生费了好大劲，才凑齐了，每人一套。"我迫不及待地打开翻看，上卷开篇第一句："一些国家原本就独立，一些国家争取到独立，新加坡的独立却是强加到它头上的……新加坡是马来海洋中的一个华人岛屿。我们在这样一个充满敌意的环境里如何谋求生存呢？"下卷第一章的标题醒目地竖在那里："走自己的路。"

回忆录被媒体炒得沸沸扬扬，如同新加坡建国三十五年来的历程一样，各国各界，众说不一。不管怎样，李光耀和他的政府在小、穷、脏、乱的蕞尔岛上，奇迹般地创造了一个微型强国，他们对这片土地是无愧的，像这雨后的阳光一样，具有无可否认的明媚、灿烂。

# 乡情是一壶茶

　　得知市政府代表团赴新加坡访问考察，新加坡的水果大王、复发中记集团的总裁，也是我市的荣誉市民余大中先生，热情地承办了一应事务。为此，先生在收获的季节里，放下繁忙的业务，从中国专程飞回新加坡，在我们到访的当晚设宴欢迎。之后，先生说："各大宾馆的自助早餐，大同小异，没多大意思，还是肉骨茶有些味道，不妨去尝尝。"

　　第二天清晨，先生因故不能前来，让他的助手、同年好友黄先生和曾在泰安合作企业里任过职的符先生，还有全程陪同的薛先生相陪。于是，我们一行出了下榻的濠景大酒店，穿街过巷，前往龙凤酒家去吃茶。一路走来，满城林立的高楼大厦间，随时可见中文店名牌匾，随时听到汉语华音，全无异国他乡的感觉。肉骨茶店面一处又一处，标示出它在本地餐饮中所占的份额。经过城区中心繁华地带时，一片红柱绿瓦飞檐的中国式建筑群赫然入目。薛先生说："这是一位华人的物产之一。五十年前，他只身提个铁皮箱来到这片荒乱的土地上创业，到如今已成为远近闻名的富商。"我们注目那片辉煌的气派，忆念闯南洋的先辈们走过了怎样的路程，凝视大红灯笼下、门窗里精致的中国诗词字画、大型陶瓷器皿，揣摩着营造这种文化氛围的主人久怀不变的该是什么样的心境。

　　龙凤酒家到了，是座大厦。我们上二楼临窗坐下。一桌一个烧开水用的微型煤气炉，茶具一应俱全。待黄先生熟练地冲泡茶水完毕，用瓷坛煲好的肉骨茶就上来了。原来肉骨茶是工夫茶，是排骨汤与或北面或南米的主食的组合。煲排骨汤十分讲究，要加入十几种中药，还得把握火候，才能煲得汤浓而不腻，肉多而清香。佐料单放，或咸或淡，或酸或辣，随意添加，味道自取。肉骨茶是华人带到新加坡来的，在这里成为众口交赞的食品，其中包含了对故土的几多思恋。迎沐湿热的海风，坐拥窗前的绿树花丛，细品茶浓汤醇的家常饭，不觉中滋生出"身处异乡非做客"的情怀。

餐后，我们去复发中记集团总部拜访。走进这座现代化的楼房，依然能感受到五年前公司庆祝创立三十周年时的喜庆气氛。厅里挂着当时国家副总理前来剪彩的巨照，有各方送来的贺词旗匾。我们在招待室稍做停留，余先生笑着走出来，连说抱歉，迎我们进了他的办公室。嗬，四壁挂的都是中国的字画，里间老板台后高挂《虎啸山林图》，外间沙发上方是果实累累的葡萄巨幅画。与之相对的长案上，在先生与李光耀同席对酌和新加坡政府为他颁奖的两幅照片中间，摆放着泰安市政府授予他"荣誉市民"的证书和金钥匙。里外间当中的隔断上，一侧是取材于道家故事的《蜀南丹枝图》，画面空旷，人物清癯，自有一股仙风道骨的气韵；另一侧，也就是先生落座后目光迎视之处，则是一幅陈旧的黑白照片，影像模糊得难断年代，依稀可辨是个水果摊，摊后站着瘦削的摊主。

"先吃茶！"在我们欣赏室内布置的当儿，先生已泡好了茶。"我的茶肯定比早餐吃的茶还要好，这是我从国内带回来的，乌龙茶里的极品——铁观音，茶具也是我在宜兴选的。茶几倒是就地取材，用了有三百多年树龄的原木，也只有它才能与我们的古老饮茶文化相匹配。"略做停顿后，又说，"过去，在我的家乡，吃工夫茶是很讲究的，现在在国内一些地区倒被遗忘了，海外华人中却一直保留着。"先生指着隔断上一排大小不一的紫砂壶，告诉我们几个人饮茶该用多大的壶，还认真地讲起了泡工夫茶的程序，边讲边操作，不时说出些很文化、很老到的专用词语。此时此地相坐对酌，茶浓意更浓，一缕茶香，连着万里情长，茶被品成了一种传承的心情。

下午，招商推介会之后，先生邀我们到家中小坐，我陪市长欣然前行。来到南洋大学的隔壁，一片住宅区的最里头，在两座过道相连的小洋楼前面停下来。在地域狭窄到寸土万金的新加坡城区，它名副其实地在豪宅之列。进门来，依然是中国的古董、字画、大漆红木家具等等。先生边指点边说："程十发的牛，黄胄的驴，冯大中的工笔虎，不但在中国，在整个东南亚都是名贵的艺术品。我喜欢这些。"听着介绍，看着那饱经风霜的平静的面容，明白了这位文化程度并不高的华人老板，并非满脑子的生意经、金钱账，还有被他视为生命一部分的祖籍国文化。在他的卧室里，又见到那张模糊的旧照片，与他们夫妇的结婚四十年纪念照并排挂着。先生告诉我们，照片上的青年就是他，那年他二十八岁，是一位不相识的路人拍下的，距今已三十五年了，就是那一年他创立了复发中记。在复发中记创立三十年庆典上，照片拍摄者认出了他，把照片送给了他，他作为最最珍贵的礼品放大后挂了起来。

　　先生邀我们进了家中的茶室，一个不大的房间，一种简单的布置，简单到几乎一无所有，更加突出了中央茶几矮凳和射灯下放茶具的壁橱。方几上有茶，也有葡萄酒、啤酒之类。先生真诚地请我们自己选用，我们不假思索地选了茶，看先生，同样茶杯在握。坐下来慢慢地啜饮，静静地叙谈，方知道，先生祖籍是福建福清人。父辈来到马来西亚的新山，他在那里出生，九岁辍学给人家打工，此后随父母迁至新加坡，父亲靠拉人力车来养家糊口。他十六岁时父亲去世，是同样贫穷的华人兄弟一家一块钱凑起来出的殡。从此八个弟弟妹妹，加上母亲和他本人，十口之家的重担就落在他稚嫩的肩头上。到他母亲七十多岁去世的时候，他创立的复发中记已具相当的规模，国家总理和一些政要都前来吊唁。先生讲述这些时，依然平静。他说："他们尊重的并非我一个人，是一个种族，一份成功，一种精神。应该说，新加坡的成功，是华人的骄傲，它体现了华人应有的智慧和价值。人活到世上，就是为了干点什么，干成点什么，其他都是次要的。市长说我那些古董、艺术品价值连城，您不知道，每件背后我都标着'暂归我有'。国内发展了，我打心里高兴，发展中存在的问题我也知道，但还是去投资，而且不止一处。我告诉大家，我是来建庙的，为的是造福子孙后代。"

语调平缓，目光灼灼，有那种历经沧桑后知途而不返的壮烈。望窗外茫茫暮色，听大海潮起潮落，先生举杯邀我们共饮，说："不管什么时候，与我相伴的都是这盏工夫茶。"

乡情是一壶茶，包容百味，香远溢清，滋润着海外游子的生命。冲淡了，会重读陆羽的《茶经》。

# 约旦民间艺术的绝活——沙画

人们说到沙，有谁会由此联想到精美的艺术？这在约旦民间艺人的手里变成了现实。其实，应该想到，生活在百分之八十是沙漠的国土上的约旦人，早在两千六百年前，就在沙漠中的穆萨山谷里，硬把裸岩凿成了世上绝无仅有的石头城，时至今日，摆弄摆弄这些细沙还算得了什么？

二〇〇二年四月十二日，我们到利比亚首都黎波里的国际展览会参观，场地还算宽阔，环境洁净，高大的椰子树和浓绿的涂料把这里装点得清清爽爽，任稀疏的游人闲庭信步于一间间德国的、澳洲的、日本的或电子、或机械、或轻工产品、或农作物展销的大厅。我看完后站在甬道上等候同伴，看夕阳下秋千上利比亚的孩子们欢快地嬉戏。蓦然见甬道尽头一个露天摊点前挤满了人，在好奇心驱使下赶往前去。

用阿拉伯文字书写的"约旦——沙画"横幅赫然入目，下面一位卷头发、浓眉毛的年轻人，正聚精会神地往瓶子里装各种颜色的沙，一边装一边用一根细细的铁丝在瓶子壁上勾勒。沙子装满了，一幅美丽的图画完成了：湛蓝的晴空，艳阳正旭旭升起，朝霞映红了连绵的群山，成队的骆驼踏着霞光在大漠里昂首跋涉……

典型的大漠风情，典型的大漠精神，可谓"点石成金"。原本只会向人类施暴的满地沙尘，在他手里绽开了艺术之花。

游人们争相购买，谁都想带走这沙漠独有的精粹，好让它来抚慰被荒漠刺痛的眼睛。霎时，现货告罄。于是，大家交谈起来。

"哪里人?"

"佩特拉。"

"噢?"双方眼神里都有了久约未逢蓦然邂逅的机缘。凡是稍有世界历史与地理知识的人,提到约旦,都不会略掉那座罕见而神奇的岩洞古城的。它是约旦的骄傲,也是人类的自豪。

"去过?"年轻人顿时神采飞扬。

"没有。"

"呀。"掩饰不住的遗憾,"就算你走遍了世界,只要到了那里,看看那气势、那色彩、那雕琢,就不会不感到震撼,不会不感受伟大、永恒。"

一位白皮肤、黄头发的客人有意调侃他的自信:"今天,我只能在这里,遥想石头城下连漠千里的卓绝艰辛了。"

"有我们这双手,总会有奇迹的。"年轻人耸耸双肩摊开双手,用西方人的习惯动作表示出了另一种含义。

面对这张棱角分明的刚毅脸庞,敬意油然而生。

约旦,未曾谋面,却给人留下了不容遗忘的记忆。我只有以心中的诗情奉送:


技艺

穿越时空

在日积月累中

定格为独特

于是成为不朽

引世人注目

智慧与毅力

居然让肆虐的沙尘变成美丽

足以使岁月感动得热泪盈盈

# 走不出的金角湾大市场

访问北非回国，伊斯坦布尔是必经之地，在此停留一天多点的时间，实属短暂。

伊斯坦布尔无愧是一座风情独具的国际化旅游城市，它跨越亚欧两大洲，扼亚、非、欧水陆交通要塞的地理位置，使之成为自古以来的兵家必争之地。罗马、拜占庭、奥斯曼帝国先后在此建都的漫长历史，为它积淀了厚重的文化，在留下这座美丽城池的同时，也留下了许多神奇的传说，留下了人们创造新生活的聪明才智。地中海与黑海相伴左右的秀丽景色，吸引来世界各地的游人，如云如织。它也是申办二○○八年奥运会的五大城市之一，城内既有数以百计的清真寺，有奥斯曼王朝的老皇宫、新皇宫，也有现代化的交通和城市建筑。堪称世界第一的大吊桥——欧亚大桥，飞架博斯普鲁斯海峡两岸。踏上这海上长虹，跨过桥中间白色的亚欧分界线，去感受那一步跨越两大洲的兴奋。凝视桥下的碧波，正是黑海与地中海汇合处，两股逆向水流，因水质重量不同而一上一下，互不相犯，各自湍急，海表面却水波不兴。这一切要在一天多的时间内完成，实在太匆匆。

然而，伊市的接待人员丽丽，在日程中安排出半天去参观市场。我们这些过路客毫无购物欲望，且归途川资所剩无几，到市场待那么久干什么？不免心生诧异。在北京民族学院读过四年汉语的丽丽似乎读懂了大家的心思，微笑着说："去那里不光是为了要买什么，它也是这个旅游城市里难得的一景，去过的还想再去看看。你们都是第一次来，时间够不够用还难说呢。"

天也凑巧，淅淅沥沥地下起了小雨。阿拉伯的女人让人"纱里看花"，这少女般清丽的城市也不让人轻易地看她姣好的面容，整个地裹进了雾纱里，只剩下一组组耸立的宣礼尖塔，像海里舰艇上的桅杆。海上来风冷飕飕的，把我们这些刚从非洲沙漠高温里出来的过路客吹得直打寒战。从旧市区乘上游艇，沿博斯普鲁斯海峡来到新城贝约格卢，岸边那座古老的寺院背面就是金角湾大市场。

市场真大！简直是一片人海商潮，更像阿拉伯神话传说里的一座奇妙迷宫。

从高大的拱门往里一望，主道上的穹顶一圈一圈往远处延伸下去，看不到尽头；顶部彩绘，墙壁用以蓝色为主调的花色图案瓷砖装饰，漂亮、恢宏；两旁的店铺像鱼骨一样一排一排摆开。数不清的摊位，令人眼花缭乱的商品，人头攒动的游客，五颜六色的旗子，各国语言混杂的叫卖声。铺展在面前的，是一幅以土耳其为主，杂以各大洲、各民族色彩的风情画卷，西亚特有的一派商贸繁华景象。

看门前图示，听接待人员介绍，这一带成为世界各地的商品集散地由来已久。据说，它还是中国丝绸之路通往罗马的一个重要驿站。作为最大的室内市场，始建于一四一六年，几经扩建，现在占地三万平方米，室内有四千多家店铺，两三万名工作人员，每天在这里出入的商客不下十万人。商品以旅游工艺品和日用品为主，也有电子产品和汽车等大型机械，来自各大洲，而土耳其本地产品仍占主流。在这座城市里，像这样大规模的商场还有一个，小一些的许许多多。置身色彩斑斓的大市场，看精明的伊斯坦布尔人如何把这座城市的地理优势和东西方文化交汇的特色经营到最大效益，本身就是一种见识、一种欣赏、一种实实在在的参与和体验，它为我们此次西行增添了不可或缺的内容。

步入市场，空气中弥漫着香水、香皂、茶叶和土耳其烤肉、面包圈混合的气味，耳旁是英语、法语、德语、日语、阿拉伯语和土耳其语交汇的声浪。穿行其间，时不时被眼前品种众多、样式精美的货物，还有商人们奇特的促销方式惊得目瞪口呆。土耳其的地毯，阿拉伯式的大披风，铺天盖地；以清真寺、欧亚大桥、皇宫为主题的各种工艺品风格独具，引人注目；肚皮舞的全套服饰，珠光宝气，出尽了风头；特别是产自地中海里的一种又白又软的石头，一经雕刻成阿拉伯国王头像的大烟斗，便成为价格不菲的特有艺术品。其他诸如意大利的皮货、水晶制品、中国的丝织品、宫廷古画和古董的仿制品，英国、法国的皇家瓷器和化妆品，日本的小型家电，埃及的草纸画，还有分不清国度的金、银、铜、漆各种器皿，应有尽有。在这里，让人真正体验到了"买世界、卖世界"全球化流通的意味。面对唯此仅有的当地特产和各国具代表性的精品，无法不产生购买的欲望。况且，可爱而精明的小贩在"不是一定要你买我的东西"的许诺下，不厌其烦地介绍和演示，送茶递水地热情服务，使大家不得不倾尽囊中最后的分文，去做计划外的采购。

店铺多但并不杂乱，一般都是以商品种类划分地段，有次序地排列。比如地毯、皮货、首饰、工艺品各占一个区域，皮货旁边是银器，然后是金器、玻璃制品、瓷器等等。市场各处都可找见钱币兑换商。当然，游客本人应了解当地的币值和当天的汇率，否则会面对一大串零的土耳其里拉不知所措。还有随时可见的食品摊，其中土耳其烤肉别有一番风味。在地毯区一头，有一土耳其小伙子摆一个烤肉摊，一根金属签把一片片烤好的牛肉串成圆圆的一大坨。小伙子头戴阿拉伯小白帽，两撮高翘的小胡子，面目精神且滑稽。两手把刀叉舞动得像耍杂技一样，嘴里念念有词："你在想'我要你最好的烤肉，我要你最好的烤肉'……"翻译讲给我们听，大家失口大笑。小伙子乐了，一面与我们搭讪，一面忙着为我们选割肉，大家连忙摇手告退。翻译告诉我们，摊位租金每月在数千美元不等，这对土耳其人来说是个不小的数目，所以商贩们销售的压力很大，促销的手段也就五花八门了。在这里买东西一定要讨价还价，没有不能砍价的东西，卖方最初叫价通常都很高，买方直到把价格杀到自己了解的合理水平为止。讨价还价也有学问，也是一种乐趣。但不必太担心物品的假冒伪劣，因为这里是固定的市场，相对固定的商家，有一套管理机制，有判断商品质量标准的中立机构为顾客提供咨询；一些大宗的高价位商品已经上了网，如瓷器、珠宝、古董、机械等。

我们的队伍早已被冲散，大家抓一个会阿拉伯语或英语、法语的同事，自由组合，三五成群，匆匆忙忙地去寻找自己最喜爱的物品。在一个画摊前，我被一幅幅阿拉伯男性舞蹈者的大写意小品所吸引。只见洁白的纸上，用鲜红色勾勒出的三个舞蹈者，一手卡腰，一手舞动，鲜红的阿拉伯小帽，鲜红的长皮靴，白色长袍因旋转而飘动起来，和我们在前一天晚会上见到的舞蹈形象一模一样；面部五官皆无，却能让人感觉出他欢快的情绪；整幅画面简洁明快，流畅而灵动。忍不住前去问价，小伙子边介绍边打开一册速写本，告诉我是他自己的作品。我惊喜地望着他，他马上抽出一张白纸，拿起台面上的颜料，三笔两抹，活灵活现的阿拉伯舞蹈者跃然纸上，价格二十美金。是啊，艺术无价，况且绝无赝品，可惜我囊中羞涩，只是接过来珍爱地欣赏。我拿出仅剩的五个美金说明原因，正要讨价还价，同伴们前来招呼：时间已到，抓紧集合。抬眼看，才进来入口处不远呢，上百个专门商品区刚刚看了几个，半天时间就这样过去了？再看表，确定无疑，只好对他现场作画表示谢意而匆匆离去。走到市场门口，听到身后有喊声，回头看，小伙子持画赶来，五美元成交，而且带来一个玻璃制作的蓝眼睛赠送给我。我们已听接待人员讲过这个神话故事，蓝眼睛是使佩戴者不受"使人倒霉的恶毒眼光"伤害的保护神，它已成为这座城市的标志性纪念品，戴上它会祛邪获福。我接过他的创作，也接受了他的祝福，遵照传说里的习俗，把蓝眼睛戴在了衣领下面。

花掉了最后的几个钱，获得了一个难得的好心境。凝望高大拱门上的蓝色彩绘，我知道，从此后，我带走的是对这个市场、这座城市永远抹不去的记忆。世界上没有一座城市是没有自身特色的，像千千万万的人都各不相同一样。而只有当城市发掘出自身的特色，并把它发挥到淋漓尽致的时候，这座城市才会具有永不衰退的魅力，进而使无形的魅力变为外显的价值。

# 文如经石（跋）

耿　立


　　经石，即我所心折的龚定庵所谓"北书无过《金刚经》，南书无过《瘗鹤铭》"的泰山经石峪的石刻榜书，令人想起的是"一默如雷"任凭人世毁誉的无上境界。它大度自在，不像后世书法，以奇巧、险怪取胜，即如金农的漆书、郑燮的六分半书，也惹人耳目，但就是有些小家子气，少了些气度和刚正。经石峪的榜书不追求外在的喧闹，而是着意于内敛的真气弥漫，它们以脱去外界羁绊的生命之汁浇灌你、包围你，直至使你最后心生敬虔，被它征服。

　　读桑新华的散文，给人的感觉就像与泰山相匹配的经石。

　　桑新华本是女性，但她的作品所传达的信息却不是婉约一路。中国文人常以婉约为审美的极致，花发月影，萧条淡泊，或是消极避世，登山则放浪形骸，临水则顾影嗟叹，少有刚健的品性。桑新华笔下不是清淡的闲适、一己的得失宠辱、个人的恩怨喜怒，她的散文多是攀登的希冀、远足的屐痕，不风花也不雪月。

　　在为人为文的女性当中，桑新华算是异数，也许这蓬勃刚正的性格来自于她早年环境和现实空间的磨砺，她在尚不谙事的幼年即因家境困窘而被送人，几年后养父重病。我们在她的散文《走过大雨》中读到"一向乐观的父亲终于被政治责难，家庭不幸压得无法承受，冒雨走出家门"。那年，她才十二岁，"不知道究竟要发生什么，惊恐万分，迎

287

着瓢泼大雨追出去"。在雨夜的电闪雷鸣中，她盯着父亲隐约的背影，跌撞跋涉，悄悄跟随，最后见父亲蹱进桃园里的一个低矮的土屋，我们看到的是这样一幅艰难年代里的雨夜父女图："就在他划着火柴的刹那间，发现了立在门口的我。父亲愣了，一把拉过我，粗糙的大手捧起我的脸。我分明地感觉到，他手在剧烈地颤抖，脸在剧烈地抽搐。我牢牢抓住他的双臂。静默了好久好久，父亲才说：'傻孩子，我只是想清静清静。'又说：'你也是打小刚强，往后还得学着向命运让让步……'"

如果要追寻精神的来路，追寻在苦难的血水和碱水中浸泡并没有委顿，而是勇于担当苦弱承受生活之重的巨大能源，一是她生活的泰山那种彻骨彻髓的伟岸磅礴的大山壮美，再就是作者自身经年的沧桑心路吧。

桑新华的散文多以泰山为背景，这不仅是说泰山是她的血脉之地，就食之所，不仅是说这是出于一种写作策略，而且在她的故乡笔墨的背后，是一种自然之爱，是一种深厚的人文背景。就像屠格涅夫散文深处的白净草原，沈从文散文深处的湘西，还有他的弟子汪曾祺的水乡高邮……桑新华笔下的泰山，不只因为它是故乡，而且是作为自然的独立的审美的极致，投射出我们民族本身的文化传承与积淀。在《与泰山对视》中她写道：

> 山，头顶着天，脚踏着地，袒露出自自在在、从从容容的风骨，留下一个空空灵灵、清清静静的境地，任我们审视。久久凝望它安然端踞的姿容，体验到一种肃穆的深邃，一种由静而弥漫升腾起的苍莽大气。

这段文字呈现给我们的，绝不仅仅是纯粹的自然的摹写，它折射的是一种对民族的心路历程的具体的把握，也是作者把泰山作为人生理想至高境界的精神追求。我个人既耽于自然的山水，又好卧游，常常是踯躅在中国传统的"水墨山水"中，或是手执一卷《徐霞客游记》神游于前人的文字灵幻里。《与泰山对视》是桑新华的名篇，读她的散文，我感到她的文字里浸透着中国的自然审美传统，那就是自然与人的精神感应，像太白与敬亭山相看两不厌，辛稼轩"我看青山多妩媚，料青山见我应如是"。在写泰山的诸多诗文中，李白的"天门一长啸，万里清风来"，杜甫的"会当凌绝顶，一览众山小"以及姚鼐的《登泰山记》，无疑是翘然特出。桑新华写泰山的散文，即见太白的文化遗泽，但与古人不同的是，古人的亲近大自然，往往是从逃离"人为物役"的人生深渊为出发点，然后到追求与山水同乐而忘却现实尘嚣的主观精神自由为归宿。这种精神现象，就其人生态度而言，实是一种消极躲避，但是当主体进入了山水审美的领域，这种"坐忘"的精神状态，就产生了积极的意味，它使人们以一种较为纯净的心灵来感应山水之美，让心绪在无拘无束的情景中自由舒展。桑新华的山水文字采取的是一种文化视觉，山水不是她逃避人生的困境，她是把山水人格化，在山水里汲取力量，实现一种精神上的超然。一如她笔下的泰山，是一种崇高伟岸人格的化身；而峄山虽小，依然是"坦坦然立于天地之间，公之于世，献美于民，万众共有之"，回荡着那种"豪庶同赏之的浩然之气"。

自然的人化，犹如一条不息的河流，由古及今。登泰山而小天下的孔夫子说，"智者乐水，仁者乐山"；宗炳在《画山水序》中认为"山水以形媚道，而仁者乐"。确实，在审美者的眼里，自然山水和处于生态圈内的自然景观，已纯然不是自然意义上的山水和景物了，它们已经罩上一层层人文性的意蕴。桑新华所栖居的泰山，既是她现实的景观，也是她灵魂的居所，更是我们民族的一座文化圣山、精神家园，从历代帝王朝圣封禅到文化英杰的题咏，泰山与民族的兴衰与个人的生死宠辱都密切相关了。司马迁在《史记》中说"人固有一死，或重于泰山，或轻于鸿毛"。泰山沉淀进我们民族的记忆，泰山是中华民族的"脊梁"，它支撑着华夏文化最阳刚的部位，即使柔弱的人到了这里，他也能采补到英雄气、阳刚气，这里对于有卓识有抱负的政治家来说，无异于一个汲取能量、提升自己的圣坛！

桑新华在《拥有泰山》中为我们描摹了一幅这样的脊梁图:"刚想小憩,一抬眼看见十八盘起处,人头攒动,近百号担山工,木杠横竖相接,抬着约几吨重的牌坊物件向上攀登。'咳唷,咳唷',雄壮的号子从大山的胸膛里吼出,震彻八方;'咚——咚——咚',铿锵的脚步和泰山那颗博大坚韧的心一齐律动;几人站满一个台阶,层层排列,步步向前……"这是一幅令人亢奋的图卷,山温水软的江南不会有此,即使是雄阔的三峡,在柔媚无骨的文人宋玉笔下,也变成了消磨英雄气的《高唐赋》,巫山云雨,儿女私情。鲁迅先生说:"我们中华民族自古以来就有埋头苦干、拼命硬干的人,舍身求法的人……他们是中国的脊梁。"桑新华的文字怕是先生最好的注脚。

桑新华立足泰山,但并不以泰山自囿,正像她的散文集《天门听风》的名字那样,驻足高高的南天门,倾听四海来风。读她的文章,我看到她壮游地域之多,深感她胸襟之阔,且是性情中人。即便写境外的东西,似乎也能看出她在用中国传统文化的视角,以中国"水墨山水"的笔触来写新的载体。她笔下的阿尔卑斯山、威尼斯,经中国文化点染,可以说是融通中外。她那篇《绿地白羊牧羊犬》的结尾,最能透视出中国文人的审美趣味:"夕阳西斜,霞光依然灿烂,照着剪毛人红红的脸膛,照着归宿的羊群,还有大堆的羊毛,温柔而祥和的景象,让人萌发出回归如初的感觉。"日之将西,牛羊下山,劳动的人归家,这是汉文化的常用意象,读域外的文字到此处,心里滋生一种暖暖的感觉。

桑新华有一篇《晋中人家》,看似平白,实属散文中的上品。她去五台山却没写佛教圣地,而记述了傍晚五台山下的一户人家,古风荡漾,意蕴悠远,亲切里隐含陌生,发笑得让人酸楚。作者在晚餐时,因要送客人食急,被鱼刺卡住,作者为解决骨鲠在喉的急迫,在夕阳下的苍茫中,循隐约可见的"醋"字招牌,找到一户山坳深处的人家。作者重笔叙写这深山里的一老一小:老奶奶和她的孙女。老人家的醋是山里的独一份,造型古朴的瓷坛配上浓酽醇厚的醋,老人家说要卖个好价钱，谁知算了半天说出的竟是只要五块钱。这里的描写非常动人，作者用对话和白描手法，为我们树立起了一位生活于晋商发源之地，置身市场经济的边沿，想跟潮却朴拙得让人落泪的老人的形象。

　　"就五元？你老说定了？""得这个数。"看着她极其认真的表情，不忍心击破她的自信。没带零钱，递过去一张十元钞票。老人家接过去，迎着夕阳照了又照，搓了又搓，直到认为是真的了才收起来，转身进屋找钱了。

　　作者和小姑娘闲聊，把自己的所在地泰山说出，而老人的女儿竟也在泰山脚下工作，老人在屋里没能找开钱，就提着一袋蘑菇问作者充当零钱可否。当老人得知作者和女儿在一个地方时，几次要把钱还给作者。"推来推去直到我跑出房门，老人家嘴里仍不停地说：'你看看，我真是老糊涂了。我要去泰山的时候，怎好意思见你呢。'"

　　在市声拍窗的今日，老人那难为情的面影，真是一服清凉的解药，老人的生活可能是苦涩的，但经过桑新华的笔尖流出，变得是这样的温馨和古朴。我们在这里面读出人性的光芒，这样的人性，也是我们民族的心性和根脉所在。

　　桑新华的散文可以分为两类，一是为佳山水做解人，以天下山水为友；再是即使今天她从政，在别人眼里是一位有身份有地位的官员，她却时时反顾故土黄壤和不泯的亲情。因为她坚信"只要不失去土地就会有收获"，从土地里汲取人世的养料，从而使为官为文具有一种底气，同时也保持了生命和文字的饱满和感性，《走过大雨》《月下老井》便是这类散文中最打动人的篇章。读这类文字可清晰地感受到，她在不忍回首中去回忆自己早年的困窘和苦难，把深埋的心灵伤痕再现本身就需要沉静的坚毅，而当她再次面对故土的贫瘠、愚昧时，并不单单为自己曾经不甘于匍匐于命运拨弄、在奋争中求得摆脱而庆幸，而是把磨砺当财富，固守那种为改变黄土地而冲出黄土地羁绊的义无反顾和昂然不移。

　　桑新华虽然从政多年，但她的散文常常现出书生意气，她把景当书读，把人当书读，把事态幻化也当书读。我知道读死书不可为，而"安坐书房，正对泰山，读我想读，思我所思，写我所写"则是不能或缺的，书是人的案头山水和清供，也是不可或缺的精神食粮。我想起一副对联："书似青山常乱叠，灯如红豆最相思。"桑新华登临佳山水意兴遄飞，而展卷夜读则心游万仞，不知书是山水，山水是书，此般景象实属上乘的"般若"境界。

**图书在版编目（CIP）数据**

山的那边是海／桑新华著. — 北京：中国文史出
版社，2021.1

（跨度新美文书系）

ISBN 978 - 7 - 5205 - 2082 - 9

Ⅰ.①山… Ⅱ.①桑… Ⅲ.①游记 - 作品集 - 中国当
代 Ⅳ.①I267.4

中国版本图书馆 CIP 数据核字（2020）第 103654 号

责任编辑：牟国煜

出版发行：**中国文史出版社**

社　　址：北京市海淀区西八里庄路 69 号院　邮编：100142

电　　话：010 - 81136606　81136602　81136603（发行部）

传　　真：010 - 81136655

印　　装：北京新华印刷有限公司

经　　销：全国新华书店

开　　本：720×1020　1/16

印　　张：19.5　　　字数：269 千字

版　　次：2021 年 1 月第 1 版

印　　次：2021 年 1 月第 1 次印刷

定　　价：68.00 元